Flannery
O'Connor

上升的一切必将汇合

［美］弗兰纳里·奥康纳　著

温华　译

上海译文出版社

目录

上升的一切必将汇合

　　医生告诉朱利安的母亲，因为血压高她必须减掉二十磅，所以每个周三晚上，朱利安得带她坐公共汽车去市中心，在 Y 那里上减肥课。减肥课为年过五十、体重在 165 磅到 200 磅的职业妇女设计，他母亲算其中比较苗条的一个，可她说，淑女是不会把年龄或体重说出去的。自从取消种族隔离以来，她晚上不再独自坐公共汽车，又因为减肥课是她少有的乐趣之一，对她的健康很必要，而且还免费，所以她说，朱利安至少可以花工夫陪她去，想想她为他做过的一切吧。朱利安不喜欢去想她为他所做的一切，但每个星期三晚上，他都强打精神陪她去。

　　她差不多准备好动身了，正站在门厅镜子前戴帽子，而他此时背着双手，像是被钉在了门框上，正如圣塞巴斯蒂安①等待着那即将穿心的箭一样。帽子是新的，花了她七块半。她不停地说："也许我不该为它花钱。不，不应该。我要摘掉它明天退回去。我不该买它。"

朱利安抬眼向天。"不，你应该买它，"他说，"戴上它咱们走吧。"这顶帽子丑得吓人。紫色天鹅绒帽檐向一边垂下，又从另一边翘起来；其余部分是绿色，看上去就像一个填充物外翻的垫子。他认为，与其说它滑稽可笑，不如说它得意洋洋又可怜巴巴。能让她快乐的都是些小东西，但这些东西都令他沮丧。

她再次举起那帽子，慢慢把它放在自己头顶上。她鲜红的脸颊边，各有一绺花白头发伸出来，但她的眼睛，天蓝色的眼睛，仍像十岁时那么天真无辜，并未因经历而改变。若非她是个寡妇，曾极力为衣食挣扎，让他读完书并且继续供养着他，"直到他自己立足"，她也许本该是个要他带着才能进城去的小姑娘。

"没问题啦，没问题，"他说，"咱们走吧。"他打开门自己往下走，好让她动起来。天空是枯萎的紫罗兰色，衬托得那些

---
① 圣塞巴斯蒂安（256—288），天主教的圣徒。古罗马禁卫军队长，在三世纪基督教受迫害时期，被罗马戴克里先皇帝杀害。被尊为圣人和瘟疫者的主保。在文艺作品中，他被描绘成捆住后被乱箭射穿的形象。

幽暗的房屋，像是猪肝色的球形怪物，虽然没有哪两座相同，却是一样的丑陋。因为这儿四十年前曾是时尚社区，他母亲坚持认为，在这儿有套房说明他们活得挺好。每幢房子都有一圈窄窄的泥巴路环绕，里面通常坐着个脏兮兮的小孩儿。朱利安走着，两手插进口袋，低着脑袋，一个劲往前走着，他两眼呆滞，决心在这段时间里要完全麻木，这是他为她的快乐而做的牺牲。

门关上了，他转过身去，发现那个矮胖的身影被那顶难看的帽子压着，正向他走来。"噢，"她说，"人只活一次，多花点儿钱，我至少不会碰到穿戴一样的人走来走去呀。"

"总有一天我会开始赚钱的。"朱利安阴郁地说——他知道他永远赚不到——"不管什么时候你都可以开这些玩笑。"不过他们首先得搬家。他设想，那地方应该离最近的邻居都在三英里之外。

"我认为你做得很好，"她说着戴上了手套，"你才离开学校一年嘛，罗马又不是一天建成的。"

她是少数几个戴着帽子和手套去Y上减肥课，儿子还上过大学的学员之一。"需要时间，"她说，"世界这么乱。这顶帽子看上去最适合我了，胜过任何人，尽管她拿出来时我说：'把那东西拿回去。我不会把它戴在头上的。'而她说：'等戴上你再看。'等她给我戴上帽子，我说：'哇哦。'她说：'你要问我的话，这帽子让你增色，你也让那帽子增色，除此以外。'她说：'戴这顶帽子，你就不会碰到和你一样的啦。'"

朱利安觉得，如果她自私一些，如果她是个酗酒还冲他尖叫的丑老太太，他本可以更好地忍受自己的命运。他垂头丧气地走着，好像在殉难过程中失去了自己的信仰。瞥见他绝望又恼怒的长脸，她突然带着极度悲伤的表情停下脚步，往回拉他的手臂。"等等我，"她说，"我要回家把这东西摘掉，明天就退回去。我真是昏头了。我可以用这七块五付煤气费的呀。"

他狠狠抓住她的手臂。"不要退，"他说，"我喜欢它。"

"唉，"她说，"我想我不应该……"

"闭上嘴享受它吧。"他喃喃低语，比之前更加沮丧。

"待在这么混乱的世界里，"她说，"我们还能享受，真是个奇迹啊。我告诉你，底儿都翻成顶了。"

朱利安叹气。

"当然，"她说，"如果你知道自己是谁，你就可以走遍天下。"每次带她去减肥班她都要说这个。"这世界上大多数人都不是我们这一种，"她说，"但我对任何人都彬彬有礼。我知道我是谁。"

"他们根本不在乎你的彬彬有礼，"朱利安残忍地说，"知道自己是谁只对一代人有好处。你对自己如今站在哪儿，你又是谁，连一点模糊的认识都没有。"

她停下来，眼睛忽闪忽闪地看着他。"我非常确定地知道我是谁，"她说，"如果你不知道你是谁，我替你害臊。"

"噢，该死。"朱利安说。

"你曾外祖父是这个州的前州长，"她说，"你外祖父是富有的地主。你外祖母是高德海家的人。"

"你也不看看你周围，"他紧张地说，"看看你这会儿在哪儿？"他痉挛似的挥动手臂，指着这个社区，在黑暗的天色里，它至少显得没那么肮脏了。

"你依旧是你，"她说，"你曾外祖父有一个种植园，还有两百个奴隶。"

"不再有什么奴隶了。"他恼火地说。

"他们做奴隶的时候，生活要好得多。"她说。他无奈地看到，她又跑到那个话题上来了。每隔几天，她就会像开放轨道上的火车一样，滚滚驶入此处。他清楚地知道每个站点，每个枢纽，一路上的每片沼泽，也知道她的结论将要在哪个确切的点上滚滚驶入站台："荒唐。这根本不现实。他们应该站起来，没错，可是总得在篱笆后面他们自己那一边呀。"

"咱们跳过这段吧。"朱利安说。

"让我感到遗憾的，"她说，"就是那些黑白混血。他们很悲惨。"

"能别说这个话题了吗?"

"想想吧，假如我们是黑白混血，肯定会心情复杂。"

"我现在就心情复杂。"他呻吟道。

"噢，那咱们聊点高兴的吧，"她说，"我记得我还是小姑娘时去过外祖父家。那房子有两座完全一样的楼梯通往真正的二楼——煮饭烧菜这些事都是在一楼。我喜欢待在厨房里，因为那墙壁散发的味道很好闻。我会坐在那儿，鼻子贴着石膏深呼吸。那地方其实属于高德海家，不过你外祖父切斯特尼替他们还清抵押款，赎回了房子。那时候他们的生活比较拮据，"她说，"但是不管穷不穷，他们从来没忘记自己是谁。"

"毫无疑问，那栋破宅子会提醒他们的。"朱利安嘟哝着。他没有一次提起它时不带着鄙视，没有一次想到它时不带着渴望。小时候它还没有被卖掉之前，他造访过一次。那两座楼梯都已经腐烂，被拆掉了，黑人住在里边。可在他心里，它仍是母亲所知道的那个样子，经常出现在他的梦里。他站在宽阔的前廊上，听着橡树叶子沙沙作响，然后漫步穿过有高高天花板的门厅，走进敞开的客厅，凝视着破烂的地毯和褪色的帏帐。他突然觉得，能欣赏那房子的，本该是他而不是她。他更喜欢它那破败不堪的优雅，正因为这一点，他们住过的所有地方对他来说都是折磨——然而她却几乎不知道这其中的区别。她把自己的不敏感称为"善于适应"。

"我还记得做我保姆的那个老黑人，卡罗琳。世界上没有比她更好的人了。我一直对我的黑人朋友怀着深深的敬意，"她说，"我愿意为他们做任何事，他们也……"

"看在上帝的分上，你别谈这话题了行吗？"朱利安说。他自己坐公共汽车时，总是故意坐在黑人旁边，似乎是在补偿他母亲的过错。

"你今晚特别容易生气啊，"她说，"你感觉还好吗？"

"是，感觉挺好，"他说，"现在消停会儿吧。"

她噘起了嘴。"啊呀，你肯定是心情恶劣，"她评论道，"我根本就不会跟你说话了。"

他们到了公交站。没有看到公共汽车，朱利安的双手还塞在口袋里，脑袋冲前，怒视着空荡荡的街道。不得不等公共汽车还得坐上去的挫败感，开始像只热烘烘的手在他脖子上游走。随着母亲一声痛苦的叹息，他才想起来她的存在。他阴郁地看着她。她正笔直地站着，头戴那顶可笑的帽子，像是挂了一面她想象中尊严的旗帜。他有种邪恶的冲动，想杀杀她的精气神。他突然松开领带，解下来放进了口袋。

她身体一僵。"为什么你每次带我进城非得要这个样子呢?"她说,"为什么你非要故意给我难堪呢?"

"如果你永远不知道你在哪儿,"他说,"你起码可以知道我在哪儿。"

"你看起来像个——恶棍。"

"那么我肯定是。"他喃喃低语。

"我要回家了,"她说,"我不会再烦你了。如果你连这样的小事都不能为我做……"

他双眼直往上翻,拿出领带戴了回去。"还是说回我的阶层吧。"他嘟哝着。他把脸猛地转向她嘘声道:"真正的文化在头脑里,头脑。"他说着敲了敲自己的头。"头脑。"

"是在心里,"她说,"在于你如何行事,而你如何行事是因为你是谁。"

"这该死的公共汽车上没人关心你是谁。"

"我关心我是谁。"她冷冰冰地说。

亮着灯的公共汽车出现在下一个小山坡顶上,随着它的驶近,他们都向街道走过去迎它。他用手撑着她的肘部,帮她挤上那吱嘎作响的步梯。她带着点微笑走进车里,仿佛正进入一间人人都在等待她大驾光临的客厅。他投币时,她在正对过道的一张三人长座上坐了下来。一个长着龅牙和黄色长发的瘦女人正坐在另一头，母亲挪到她旁边，留出地方让朱利安挨着自己。他坐下来看着过道对面的地板，一双穿着红白相间帆布凉鞋的瘦脚杆在那儿。

他母亲立即开始了泛泛的聊天，意在吸引随便哪个想说话的人。"这天还会再热一点儿吗？"她说着从手包里拿出一把折扇，黑色的，上面有幅日本风景画，在自己面前扇了起来。

"我觉得很可能会，"龅牙女人说道，"但我知道，我的公寓是热得不能再热了。"

"那一定是吸了下午的阳光吧。"他母亲说。她往前坐了坐，上上下下地打量这辆车。车里满了一半，都是白人。"我发现这辆车归我们自己人了。"她说道。朱利安感到局促不安。

"该换换了，"过道对面那女人，红白帆布凉鞋的主人说，"有一天我上的那辆车，他们多得像跳蚤——上下左右，到处都是。"

"这世界每个角落都乱得一团糟，"他母亲说，"我真不知道我们怎么会把它弄到这个地步的。"

"让我生气的是，好人家那些小伙子都偷起汽车轮胎了，"龅牙女人说，"我告诉我儿子，我说你也许不会富有，但你得到了正确的养育，如果我看见你参与任何一件坏事，就让他们送你去感化院吧。千万要搞清楚，你属于哪里。"

"教养说明一切，"他母亲说，"你孩子在上高中吗?"

"九年级。"那女人说。

"我儿子去年刚读完大学。他想写作，但在着手开始之前，他先卖打字机。"他母亲说。

那女人探身过来细看朱利安。他甩给她恶狠狠的一眼，让她立刻坐了回去。过道对面的地上有张没人要的报纸，他起身捡起来，摊开了放在自己面前。他母亲小心地压低声音继续谈话，可过道对面那个女人却高声地说："哦，很好。卖打字机和写作很接近，他可以直接从这行转到那一行。"

"我告诉他，"母亲说，"罗马不是一天建成的。"

报纸后面，朱利安正缩进自己心灵的内部空间，他大部分时间都在里面度过。这是每当他无法忍受自己与周围环境融为一体时，为自己建造的一种精神保护罩。待在里面他可以往外看，可以做判断，也可以避免任何来自外面的打扰。这是唯一让他感觉能远离同伴愚蠢无知的地方。他的母亲从未进来过，但待在里面他可以看清她，绝对清晰。

这位老淑女足够聪明，他认为，如果她能从正确的前提出发，本可以对她寄予厚望。可是她按照自己想象世界的法则生活，他从未见她涉足过那之外的世界。这法则就是为他牺牲她自己，通过把事情搞糟，她已经创造了这样做的必要性。如果说他曾允许她做牺牲，那也只是因为她的缺少远见使牺牲成为必然。她的全部生活，就是在没有切斯特尼家财产的情况下，为了像一个切斯特尼那样行事而奋斗；她认为一个切斯特尼应该拥有的一切，她都要给他。不过，她说，既然奋斗充满乐趣，干吗抱怨呢？当你胜利了，就像她已经胜利了这样，回头再看看那些艰难岁月，是多么有趣！他不能原谅的是，她享受这样的奋斗，而且竟然认为她已经胜利了。

当她说自己已经胜利时，意思是她已经将他成功养大，还送他进了大学，而且他又表现这么好——长得帅（她的牙已经掉了没有补，这样就可以矫正他的牙了），聪明（他意识到自己太聪明了，无法成功），大有前途（他肯定没有前途）。她为他的消沉解释说，他还在成长，他的激进想法是由于他缺乏实际经验。她说他对"生活"一无所知，他甚至还不曾进入真正的世界呢——其实他已经像五十岁男人那样对世界不抱幻想了。

而这一切更为反讽的是，不管她怎么说，他确实表现很好。尽管只进了所三流大学，他还是靠自己的主动完成了一流的教育；尽管被一个小心眼控制着长大，他最终拥有的却是开阔的头脑；尽管她有那么多愚蠢的观点，他却并没有偏见，也不害怕面对现实。最不可思议的是，他不像她对他那样爱得盲目，他还能从情感上与她分开，能完全客观地看待她。他没有被母亲控制。

公共汽车突然急刹车停住，将他从沉思中摇醒。后面的一个女人小步跟跄着冲过来，在稳住自己之前差点撞进他的报纸里。她下了车，一个大个黑人上了车。朱利安把报纸放低，注视着。亲眼看到日常生活中的不公给他某种满足感，这证实了他的观点：方圆三百英里之内没有几个人值得了解。那黑人衣着讲究，拿着个公文包。他环顾四周，在穿红白帆布凉鞋女人的座位另一头坐下来，立刻打开一张报纸，把自己藏在后面。朱利安妈妈的胳膊肘不断戳着他的肋部。"现在你知道我为什么不愿意独自坐公共汽车了吧。"她窃窃私语道。

穿红白帆布凉鞋的女人在黑人坐下的同时站了起来，走到汽车后面，坐了刚下车那女人的位子。他母亲探过身，向她投去赞同的一瞥。

朱利安站起来穿过过道，坐在穿帆布凉鞋女人刚才那地方。从这个位置，他安详地看着他的母亲。她的脸变成了愤怒的红色。他瞪着她，让自己的眼神像个陌生人。他觉得紧张程度突然提升，仿佛他已经公开向她宣战。

他本想与那黑人交谈的，和他聊聊艺术或政治，或者随便什么周围人不能理解的话题，可那人一直死守在他的报纸后面。他要么是故意不去理睬位子的变化，要么就是根本没注意到。朱利安根本没办法传达他的同情。

母亲责备的眼神一直盯着他的脸。龅牙女人正热切地看着他，仿佛他是种新型怪兽。

"有火吗？"他问那个黑人。

那人视线并未离开报纸，从口袋里掏出一盒火柴递给他。

"谢谢。"朱利安说。他傻乎乎地拿着火柴待了一会儿。"禁止吸烟"的牌子在车门上方俯瞰着他。光是这个还阻止不了他，关键是他没烟。几个月前他就戒了烟，因为抽不起。"对不起。"他低声说着把火柴还回去。黑人放低报纸恼怒地看他一眼，接过火柴又举起了报纸。

母亲继续盯着他，但并未利用他这一时的不适。她的眼睛仍保持着受重创的神情。她脸上的红色显得很不自然，似乎血压又升高了。朱利安不让丁点同情表现在脸上。他已经尝到甜头，极想保持住这状态并贯彻到底。他本想给她个长久一些的教训，可是似乎已经无法继续了，那黑人拒绝从报纸后面现身。

朱利安抱住双臂，麻木地看着前方，面对着她却好像根本没看她，好像已经不再承认她的存在。他想象着一个场景：公共汽车已经到他们那一站，他还留在座位上，当她说"你不下车吗"，他就看着她，像看一个贸然跟他搭话的陌生人。他们下车的那个街角通常很少有人，但灯光很好，她独自走上四个街区去 Y 也不会受什么伤害。他决定等到这一刻来临，然后再决定是否让她独自下车。他本该在 Y 待到十点带她回来，不过可以让她担心，让她去猜他是否会露面。她没理由认为她可以永远依靠他。

他又退回到那个房间里，那儿有高高的天花板，稀疏摆着几件大古董家具。他的想象一时膨胀开来，但很快，他意识到母亲就在对面，幻象枯萎了。他冷冷地观察着她。她穿着小巧高跟鞋的脚像个孩子似的晃荡着，几乎够不着地面。她正用夸张的责备表情盯着。他感觉自己与她全不相干。这一刻，他可以愉快地扇她耳光，就像扇一个自己照看的讨厌孩子。

他开始想象各种各样可以给她教训，却又不可能实现的方法。他可以和某个杰出的黑人教授或律师交朋友，带他回家度过一个夜晚。他能做得完全合情合理，而她的血压会升到 300。他不能把她逼到中风的程度，再说，他也从来不曾成功交到任何黑人朋友。他曾努力与某些较优秀的，看上去像教授、牧师或律师的黑人在公共汽车上交流。有天早上他坐在一个长相高贵的深棕色男人旁边，那人回答他问题时声音洪亮，一本正经，却是个殡仪员。另一天他坐在一个抽着雪茄、戴钻石戒指的黑人身边，但几句不自然的玩笑之后，那黑人按响蜂鸣器站起来，把两张彩票塞到朱利安手里，就从他身上爬过去走掉了。

他想象他妈妈奄奄一息地躺着，而他只能给她叫来一个黑人医生。他将这个想法把玩了几分钟，就放到一边，又幻想着自己正作为支持者参加一次静坐示威。这还是很可能的，但他并未在其中流连。取而代之的想法奔向了那最终极的恐怖。他带回家一个漂亮而可疑的黑女人。自己做好准备吧，他说，你对此根本无能为力，这就是我选中的女人。她聪明，高贵，甚至虔诚，她很痛苦，从不认为只是玩玩而已。现在来拆散我们吧，过来拆散我们吧。把她从这儿赶出去，但是记住，你得把我也赶走。他眯起眼睛，经过他激起的愤怒之后，他看到过道对面的母亲，紫涨着脸，身体缩到侏儒般大小，跟她的精神一个比例，她坐在那里活像具木乃伊，头上顶着那可笑的帽子。

随着汽车停下，他又从想象中被晃了出来。车门嘶嘶响着打开了，黑暗中，一个衣着华丽、表情阴沉的高大黑女人带着个小男孩上了车。那孩子可能有四岁，身穿格子呢短西装，戴顶有根蓝色羽毛的窄边登山帽。朱利安希望小男孩挨自己坐下，让那女人挤在他母亲旁边。他想不出比这更好的安排了。

等着拿票时，那女人观察着座位的情况——他希望她能坐在最不欢迎她的地方。她看着有些面熟，但朱利安想不起在哪儿见过。她是个高大魁梧的女人，那张脸的样子不仅仅是要面对敌意，更像是要寻找敌意。向下撇着的肥厚下唇就像个警示牌：**别招惹我**。她那鼓胀的身体裹在一件绿色绉纱裙里，脚上穿着红鞋子。头上的帽子丑得吓人。紫色天鹅绒帽檐向一边垂下，又从另一边翘起来；其余部分是绿色，看上去就像一个填充物外翻的垫子。她拿着个巨大的红色钱包，鼓鼓囊囊就像塞满了岩石。

让朱利安失望的是，那小男孩爬上了他母亲旁边的空位子。他母亲对待所有孩子不论黑白，统统归入"可爱"一类，而且她认为小黑人总的来说比白人小孩更可爱。小男孩往座位上爬时，她对他微笑了。

与此同时，那女人正用力在朱利安旁边的空座上坐下。令他恼火的是，她竟然硬挤进了那位子。那女人在他身旁坐定时，他看到母亲的脸色变了，他满意地意识到，比起他来，她对此要更加反感。她的脸几乎变成灰色，眼里流露出若有所悟的神情，好像突然对某种可怕的对抗感到厌恶。朱利安明白，那是因为她和那个女人在某种意义上交换了儿子。尽管他母亲并未意识到其中的象征意义，她还是感觉到了。他的愉快明明白白地摆在脸上。

他旁边那女人嘟囔了些自己也莫名其妙的词句。他感到旁边有种毛发倒竖的感觉，就像愤怒的猫发出的沉闷咕噜声。除了竖在鼓胀的绿色大腿上那个红钱包，他什么也看不到。他想象等着投币时那女人的样子——笨重的身躯从红鞋子里挺出来，再往上是结实的臀部，巨大的乳房，傲慢的面孔，然后是绿色紫色相间的帽子。

他的眼睛睁大了。

两顶帽子，一模一样，带着辉煌日出的光芒突然出现在眼前。他的脸霎时被欢乐点亮。他简直不能相信，命运会给他母亲强加这样一个教训。他发出响亮的咯咯笑声，引她来看自己，看到他所见的东西。她双眼慢慢转向他。那里面的蓝色似乎已经变成了青紫。有那么一会儿，她的无辜让他感到很不舒服，但这感觉只持续了一秒钟，原则就拯救了他。正义让他有权放声大笑。他的笑容越来越无情，直到最后就像他在大声明明白白地告诉她：你得到的惩罚与你的卑琐恰好相配。这应该给你一个永久的教训。

她的目光转向那女人。她似乎受不了再看着他，发现那女人还更合心意一点。他又一次察觉到了旁边那毛发竖立者的存在。那女人正隆隆作响，像座即将喷发的火山。他母亲的嘴角开始轻轻抽动。他的心往下一沉，看到了她脸上复原的初期迹象，发现这一幕突然令她感到好笑，而根本不是什么教训。她目光落在那女人身上，脸上现出愉快的微笑，仿佛那女人是个偷了她帽子的猴子。那小黑人正用着迷的大眼睛仰望着她。他试图吸引她的注意已经好一会儿了。

"卡弗！"那女人突然说道，"到这儿来！"

看到探照灯终于落在自己身上，卡弗抬起脚向朱利安母亲转过身去傻笑起来。

"卡弗！"那女人说，"听到我说话没有？过来！"

卡弗从座位上滑下来，却仍然后背抵住座椅蹲着，俏皮地朝正对他微笑的朱利安母亲转着脑袋。那女人伸出一只手，穿过过道一把将他抓到身边。他坐正身子，背靠在她膝上，又对着朱利安的母亲傻笑。"他很可爱吧？"朱利安的母亲对龅牙女人说。

"我想是的。"那女人并不确定地说。

黑女人猛地拉直他身体，可他挣脱出去穿过走道，发疯地傻笑着，爬上了他亲爱的母亲旁边的座位。

"我觉得他喜欢我。"朱利安母亲说着，对那女人微笑。这是她对一个下等人特别殷勤时所用的微笑。朱利安明白，前功尽弃。这教训如同屋顶的雨点从她身边滚过。

那黑女人站起来把小男孩狠狠拉下座位，就像是要把他从传染病中拉出去。朱利安能感觉到，她在为自己没有像他母亲微笑那样的武器而愤怒。她狠狠拍了男孩大腿一巴掌。他立刻嚎叫起来，用头猛撞她肚子，用脚踢她的胫骨。"老实点。"她用尽全力说。

公共汽车停了下来，一直在读报的那个黑人下车了。那黑女人挪过去，把小男孩在自己和朱利安之间砰的一声放下。她紧紧抓着他的膝盖。他立刻把手放在面前，从手指缝里偷看朱利安的母亲。

"我看见你了！"她说着也把手放在面前，偷看他。

黑女人一把打落他的手。"别犯傻了！"她说，"小心我把你的魂儿打出来！"

下一站他们就到了，朱利安感到谢天谢地。他抬手去拉绳子，就在此时那女人也抬手去拉。我的上帝啊，他想。他有种糟糕的直觉，等会儿一起下车时，他母亲会打开钱包给那小男孩一个钢镚儿。对她来说，这姿态就像呼吸一样自然。公共汽车停住了，那女人起身拖着孩子往前冲，孩子跟在后面，还想再待会儿。朱利安和母亲站起来也跟上去。快到门口时，朱利安试图帮她减轻负担，拿走她的钱包。

"不，"她小声说，"我想给那小男孩一个硬币。"

"别！"朱利安嘘了一声，"别！"

她冲那孩子微笑着打开了钱包。车门开了，黑女人抓住孩子胳膊拎起来，夹在腰间带他下了车。一到街上，她就把他放下来，摇晃着。

朱利安的母亲走下步梯，只好合上了钱包，可双脚刚踩到地上，她就又打开它，开始在里面翻找。"我只找到一分钱，"她低声说，"可它看起来是新的呢。"

"别这么干！"朱利安凶狠地从牙缝里吐出一句。街角有盏路灯，她急忙赶到灯下面，好把钱包看得更清楚。那女人沿着街道飞快走下去，孩子仍然吊在她手上。

"噢，小男孩！"朱利安的母亲喊着，紧走几步，在路灯杆下追上了他们，"给你一个亮晶晶的新钢镚。"她伸手递过那个硬币，它在昏暗的灯光下闪耀着青铜光泽。

那大块头女人转过身站了片刻，她肩膀耸起，气得脸色发僵，瞪着朱利安的母亲。随后，像一架承受了最后一盎司过多压力的机器，她突然爆发了。朱利安看到那拿着红钱包的黑拳头挥动着。他闭上双眼往后一缩，听到那女人大喊："他可不要无名之辈的小钱！"等他睁开双眼，那女人就要消失在街道远处，肩上的小男孩瞪大了眼睛张望着。朱利安的母亲正坐在人行道上。

"我告诉你别那么干，"朱利安气冲冲地说，"我告诉你别那么干!"

他咬紧牙关,在她身旁站了一会儿。她双腿伸向前面,帽子掉在膝上。他蹲下去看看她的脸。完全没有表情。"你活该,"他说,"现在起来吧。"

他拾起她的钱包,把掉出来的东西又塞回去。他把那顶帽子从她膝上拿下来。人行道上那一分钱引起了他的注意,他捡起来,当着她的面将它丢进钱包,然后站起来,俯身伸出双手拉她起来。她仍然一动不动。他叹口气。黑色的公寓大楼从他们身旁两侧压过来,带着不规则的矩形光斑。街区尽头,有个人从一扇门里走出来,向相反方向走远了。"好了,"他说,"要是有人正好路过,想知道你为什么坐在人行道上,怎么办?"

她拉住他的手用力扯动身体,艰难地呼吸着,站了一会儿,轻轻摇晃着,好像黑暗中的光圈正在围绕她打转。她的眼神黯淡又困惑,最终落在他的脸上。他并不打算掩饰自己的恼火。"我希望这次能给你个教训。"他说。她身体前倾,目光掠过他的脸。她似乎在努力确定他的身份。接着,好像发现了他身上毫无熟悉之处,她开始莽撞地向错误的方向移动。

"你不打算去 Y 了吗?"他问。

"回家。"她嘟哝着。

"噢,我们要走回去?"

她继续前进作为回答。朱利安跟上去，双手背在身后。照他看来，不解释一下这个教训的意义以示赞同，就没理由放过它。"不要以为只是那自命不凡的黑种女人这样，"他说，"整个有色人种都不会再拿你恩赐的钢镚啦。那女人是你的黑色版本。她可以戴和你一样的帽子，而且说真的，"他无缘无故地加上一句（因为他觉得这很好笑），"她戴着比你戴着更好看。这一切都意味着，"他说，"旧世界已经死了。旧礼节都老掉牙了，你的恩惠一文不值。"他痛苦地想起了那已经消失的房子。"你根本不是你以为的那样。"他说。

　　她继续奋力前进，根本不去注意他。她的头发披散在一侧，钱包掉了她也根本不去注意。他弯腰捡起来递给她，可她没有接。

　　"你用不着表现得好像世界末日到了，"他说，"并没有。从现在开始你得活在新世界，面对新现实做些改变。振作起来，"他说，"你死不了。"

　　她急促地呼吸着。

　　"咱们去等公共汽车吧。"他说。

　　"回家。"她口齿不清地说。

　　"我讨厌看见你这个样子，"他说，"简直像个小孩。我本来还对你抱有更高期望呢。"他决定停在那儿，让她停下等公共汽车。"我不想再走了，"他说着停住脚步，"我们坐公共汽车吧。"

她继续往前，好像根本没听到他讲话。他走了几步，抓住她的胳膊制止了她。他看着她的脸，屏住了呼吸。他看到的是以前从未见过的一张脸。"叫外祖父来接我。"她说。

他盯着她，惊慌失措。

"叫卡罗琳来接我。"她说。

目瞪口呆的他松开了手，她又蹒跚地往前走，一条腿好像比另一条短些。一股黑暗的潮水似乎正把她从他身边卷走。"妈！"他叫喊，"亲爱的，甜心，等等！"她身子一歪，倒在人行道上。他冲过去倒在她身边大喊："妈妈，妈妈！"他把她翻过来，她的脸已极度扭曲。一只眼睛瞪得老大，稍稍移向了左边，仿佛已挣脱了羁绊。另一只眼睛还盯着他，又从他脸上掠过，一无所获之后，闭上了。

"等在这儿，等在这儿！"他哭喊着跳起来，跑去向远处看到的道道光线求助。"救命，救命啊！"他大叫，可他的嗓子细弱，几乎没有一丝声音。他跑得越快，那些光线就游走得越远，他的双脚麻木地移动，好像要带着他去往乌有之乡。黑暗的潮水似乎要将他卷回到她身边，将他进入内疚与悲伤世界的时刻，一秒一秒地拖延下去。

格林利夫

梅太太卧室的窗子很低，面朝东边。那头月光下变成银色的公牛，就站在窗下扬起脑袋，仿佛在聆听屋里的动静——好像某位有耐心的天神降落人间向她求爱。窗子黑乎乎的，她呼吸的声音太轻，传不到外面来。云朵穿行过月亮，让它变成一团乌黑，它开始在黑暗中撕扯篱笆。一会儿，云朵过去了，它便再次出现在同一地点，有条不紊地咀嚼着，牛角尖上套着个树篱花环，那是它自己扯下来的。当月亮又移动到云朵后面时，只能凭借它稳定的咀嚼声来判断它的位置。突然，粉色的光芒填满了窗子。随着百叶窗被打开，一道道亮光从它身上掠过。它后退一步，低下了脑袋，似乎要显摆它角上的花环。

差不多有一分钟，里面没有任何动静，当它再次抬起戴了王冠的脑袋时，一个女人好像在对狗说话似的，用喉音说：

"从这儿走开，先生！"接着又嘟哝了一句："哪个黑人的矮种公牛。"

那牲口用蹄子刨着地，百叶窗后俯身向前的梅太太，飞快地关上了窗，免得它借光冲进灌木丛。她仍然俯身向前等了一秒钟，睡衣从她窄窄的肩膀上松垂下来。绿色橡胶卷发夹整齐地排列在她前额上，下面的那张脸敷了一层蛋清，光滑得像混凝土，在她睡觉时，蛋清能抹去皱纹。

她在睡梦中一直听到有节奏的连续咀嚼声，就像什么东西在啃这房子的一面墙。她早就知道，不管那是什么东西，只要这地方是她的，它就一直在吃这儿的每样东西，沿着篱笆一直到房子，这会儿正在啃房子，接着同样稳定的节奏会平静地响彻屋内，吃掉她，吃掉她的两个儿子，吃掉每样东西，只剩下格林利夫一家，吃啊吃，吃掉一切，直到一无所有，只剩下格林利夫一家人，站在这片曾经属于她的地盘中央。当咀嚼声到达她肘部时，她跳了起来，发现自己彻底清醒了，站在自己房间的中央。她马上听出了那声音：是一头牛正在撕扯她窗下的篱笆。格林利夫先生没关上小径的门，她一点不怀疑，整个牛群都在她的草坪上呢。她打开昏暗的粉色台灯，走到窗边打开百叶窗。那头长腿的枯瘦公牛，正站在离她约四英尺的地方平静地咀嚼着，活像个粗野的乡下求婚者。

十五年来，她狠狠地斜眼看着它想，她一直让那些懒人的猪祸害她的燕麦，让他们的骡子在她的草坪上打滚，让他们的矮种牛给她的母牛配种。如果现在不把这一头关起来，它就会翻过栅栏，在清早前毁掉她的牛群——这会儿格林利夫先生还在半英里外路边的佃户屋里呼呼大睡。没办法找到他，除非她穿起衣服，钻进汽车，开到那儿叫他起来。他会来的，但他的表情，他整个姿态，他每一个停顿，都会说："照我看，你那两个小子总该有一个不让他们的老妈大半夜开车出门吧。这要是我儿子，他们就会自己把牛关起来。"

公牛低下头摇动着，那花环滑到了牛角的根部，看上去像个危险的带刺王冠。她关上了百叶窗，几秒钟后，听到它沉重地挪开了。

格林利夫先生会说："这要是我儿子，绝不会让他们的老妈大半夜去找帮工。他们自己就可以干。"

掂量了一下，她决定不去麻烦格林利夫先生。她回到床上，想着格林利夫家的儿子们，他们若是能在这世上发迹，那全是因为她雇用了他们的父亲，而别人没一个愿意用他。她已经雇用格林利夫先生十五年了，可其他人没一个愿意用他五分钟。光是他向什么东西走过去的那副样子，就足以让任何长眼睛的人明白，他是哪一种工人了。他走路高耸肩膀，好像虫子在爬，似乎从来不直接过去。他沿着某个看不见的圆圈走路，如果你想看到他的脸，必须移动到他面前。她没有解雇他是因为，她一直怀疑自己没办法做得更好。他实在太懒了，懒得出去找另一份工作；他根本没有偷东西的精气神；告诉他去做一件事，说三四次之后他会做的；不过，不到来不及叫兽医的时候，他从来不告诉她哪头母牛生病了；如果她的牲口棚着了火，他会先叫他老婆来看火焰，然后才开始灭火。至于他老婆，她简直连想都不愿想。和妻子相比，格林利夫就是位贵族。

"要是我儿子，"他会说，"他们宁肯把自己右胳膊砍下来，也不会让他们的老妈去……"

"如果你家男孩子还有点自尊心，格林利夫先生，"总有一天她会对他说，"有好多事情他们都不会允许他们的母亲去做。"

第二天早晨，格林利夫一到后门，她就告诉他这儿有头走失的公牛，需要他马上关进围栏。

"已经在这儿三天了。"他说着伸出右脚微微翻转，好像正要看看鞋底。他站在三级台阶最底下，而她将身子探出厨房门，这小个儿女人双眼黯淡，近视，头顶竖起的灰白头发，像某只惊弓之鸟的冠羽。

"三天!"她克制地尖叫道，这种腔调在她已成为一种习惯。

格林利夫先生，眺望着附近牧场的远处，从衬衣口袋里掏出一包烟，往手里抖落了一根。他把烟盒收回去，又看着那根烟站了一会儿。"我把它关在公牛栏里，可它从那儿逃走了，"停了片刻又说，"之后我再也没见过它。"他弯下腰点燃香烟，然后把头略微转向她那边。他整张脸的上半部分缓缓地向又长又窄的下半部分过渡，形状像个粗糙的酒杯。一顶灰色毡帽沿鼻梁压低戴着，遮住了他那双深陷的狐狸色眼睛。他的体格微不足道。

"格林利夫先生，"她说，"今天早晨做其他事之前先把这头牛关起来。你知道它会毁掉配种计划。抓住它，关起来，下次这地方再有走失的公牛，马上告诉我。你明白了吗？"

"你想把它放到哪儿？"格林利夫先生问。

"我才不关心你把它放到哪儿，"她说，"你应该有点脑子。把它放到跑不出来的地方。它是谁的公牛？"

有那么一会儿，格林利夫先生似乎在保持沉默和开口说话之间犹豫着。他研究了自己左边的空气。"肯定是什么人的公牛。"过了一会儿他说。

"是，肯定的！"她说着，精心地轻轻摔上了门。

她走进餐厅，两个男孩子正在里面吃早餐。她在桌首自己的椅子边坐下。她从来不吃早餐，但会和他们坐在一起，看他们吃喜欢的东西。"老实说！"她开始讲起那头公牛，模仿着格林利夫先生的话，"肯定是什么人的公牛。"

韦斯利继续读他盘子旁边那份折起来的报纸，但斯科菲尔德不时停下来看着她，还放声大笑。这两个孩子对任何事情的反应从来都不一样。他们的不同，她说，就像夜晚与白天。唯一的共同点，就是他们谁都不关心这里发生的事情。斯科菲尔德是商人那种类型的，而韦斯利是个知识分子。

韦斯利，小儿子，七岁的时候曾患过风湿热，梅太太认为，就是这病让他成了知识分子。斯科菲尔德，有生以来从未病过一天，是个保险推销员。假如他卖个更好的险种，她是不会介意他做这行的，可他卖的那种保险只有黑人才买。他就是黑人称呼的那种"保单人"。他说黑人保险比其他所有保险都赚钱，在朋友面前，他总是大声宣扬这一点。他会大喊："妈妈不爱听我这么说，可我是这个县最好的黑鬼保险推销员！"

斯科菲尔德三十六岁，有张宽宽的、愉快的笑脸，但他还没结婚。"是啊，"梅太太会说，"要是你卖体面的保险，好姑娘就会愿意嫁给你了。哪个好女孩愿意嫁给一个卖黑鬼保险的推销员呢？总有一天你会清醒的，不过那就太晚啦。"

对此，斯科菲尔德会用约德尔小调①说唱起来："唉呀妈妈，你死之前我不打算做新郎，你走了我就娶个胖胖的农场好姑娘，她能接管这地方！"有一次他还加了一句："一个像格林利夫太太那样的好女人。"他这么一说，梅太太便从椅子里站了起来，后背僵硬得像个耙子柄，离开餐厅回了自己房间。她在自己床边坐了一会儿，小小的脸十分憔悴。最后她低声说："我埋头苦干，当牛做马，为了替他们保住这个地方，我苦苦挣扎，汗流浃背，等我一死，他们就要娶个垃圾，还要带回家来，毁了这一切。他们会娶个垃圾，会毁掉我做的一切。"那一刻，她下定决心更改自己的遗嘱。第二天她去找了自己的律师，给财产限定了继承人，这样一来如果他们结婚，就不能把它留给妻子了。

他们当中哪个可能会娶哪怕稍微有点像格林利夫太太那样的女人，光是想想就足以让她大病一场了。她已经忍受了格林利夫先生十五年，但她容忍他妻子的唯一方式就是眼不见为净。格林利夫太太高大松垮，房子周围的院落看上去像个垃圾

---

① 约德尔（Yodel）是源自瑞士阿尔卑斯山区的一种特殊的歌曲唱法。特点是在演唱开始时在中、低音区用真声唱，然后突然用假声进入高音区，并且用这两种方法迅速地交替演唱，形成奇特的效果。

堆，她的五个女儿全都肮脏不堪，最小的那个甚至还吸鼻烟。她既不打理花园也不清洗衣服，而是全心投入到她所谓的"疗愈祈祷"当中。

每天她都从报纸上剪下所有病态的故事——被强奸的女人，逃脱的罪犯，被烧死的孩子，火车失事，飞机坠毁，电影明星离婚。她带着这些东西到树林里，挖个洞埋进去，然后扑倒在上面，喃喃自语，呻吟上一个多钟头，巨大的胳膊上下左右来回移动，最后就平躺在那儿。梅太太疑心，她是打算就在泥地上睡了。

直到格林利夫一家跟了她几个月之后，她才发现这回事。一天早晨，她出去查看一块田地，那块地她本想种黑麦，结果却长出了三叶草，因为格林利夫先生在播种机里放错了种子。回家的时候，她走在一条分开两个牧场的森林小路上，带着一根长棍，怕万一碰到蛇。她一边有节奏地敲打着地面，一边自言自语道："格林利夫先生，"她说话声音很低，"我不能总为你的错误买单啊。我是个可怜的女人，这个地方就是我的全部，我有两个孩子要上学，我不能……"

不知何处传来了极度痛苦的呻吟声："耶稣啊！耶稣！"一秒钟后，呻吟又带着可怕的紧迫感再次响起："耶稣！耶稣！"

梅太太悄悄地停下，一只手举到喉咙上。那声音是那么刺耳，让她觉得好像某种狂野不羁的力量破土而出，正向她冲来。她的第二个念头就合理多了：有人在这地方受了伤，会起诉她，夺走她所有的一切。她没买保险。她跑上前去，转过一个弯，看见格林利夫太太手脚平摊趴在路边，脑袋低垂着。

"格林利夫太太！"她尖叫起来，"出什么事了？"

格林利夫太太抬起了头。她的脸上满是泥土和泪水，那双小眼睛像两颗红豌豆，又红又肿，可她的表情却像斗牛犬一样沉着冷静。她用双手和膝盖支撑身体，来回摇晃，呻吟着："耶稣啊，耶稣。"

梅太太退缩了。她认为耶稣这个词，应该留在教堂里，正如某些词应该留在卧室中一样。她是个好基督徒，对宗教十分尊敬，尽管她并不相信它，当然了，她压根不相信宗教有一点儿是真的。"你怎么回事？"她严厉地问。

"你打断了我的治疗，"格林利夫太太说着，挥手不理她，"结束之前我不能跟你讲话。"

梅太太俯身向前站着，张着嘴，将棍子提起来，似乎拿不准想用它去敲打什么。

"噢耶稣，刺穿我的心吧！"格林利夫太太尖叫道，"耶稣啊，刺穿我的心吧！"她仰面倒在地上，形成一座巨大的肉山，她摊开两腿和胳膊，好像正要努力拥抱整个地球。

梅太太感觉既愤怒又无助，就像被一个小孩给侮辱了。"耶稣，"她说着退回来，"会因你而蒙羞。他会告诉你，立刻从这儿爬起来，回去给你孩子洗衣服！"她转过身，以最快的速度走开了。

无论何时，一想到格林利夫家的男孩们是如何在这个世界里不断进步的，她就只能去想格林利夫太太躺在地上的下贱样子，并且对自己说："哼，不管他们走得有多远，他们都是从那儿来的。"

她希望能够写进自己的遗嘱，等她死后，韦斯利和斯科菲尔德不得继续雇用格林利夫先生。她有本事对付格林利夫，他们不行。有一次，格林利夫向她指出，她的儿子分不清干草与青贮饲料。她也向他指出，他们有其他天分。斯科菲尔德是成功的商人，韦斯利是成功的知识分子。格林利夫未加评论，但他绝不放过任何一个机会，用他的表情或某个简单的手势让她明白，他对他们两个鄙视透顶。尽管格林利夫一家都是打杂的，他却从来都毫不迟疑地告诉她，在任何类似情形之下，要是他的儿子，他们——O.T.格林利夫和E.T.格林利夫——都能应对得更好，得到更大的好处。

格林利夫家的男孩比梅太太家的男孩小两三岁。他们是双胞胎，要是你和其中一个说话，你永远不会知道他到底是

O.T. 还是 E.T.，他们绝不会有那份提醒你的礼貌。他们双腿修长，骨瘦如柴，红皮肤，像父亲一样有双明亮贪婪的狐狸色眼睛。格林利夫先生的骄傲始于他们是双胞胎这一事实。梅太太说，他那样子，好像这是他们自己想出来的聪明主意似的。他们精力充沛，勤劳肯干，她对谁都会承认，他们能有今天也走了一段很长的路——第二次世界大战要为此负责。

他们两个都参了军，在军装的掩盖之下，他们和别人家的孩子没有区别。当然，他们开口时你可以分辨出来，可他们很少这么做。他们做的最聪明的一件事，就是被派驻海外，在那儿娶了法国妻子。他俩都没有娶法国垃圾。他们娶的都是法国好姑娘，她们当然搞不清他们是英语杀手，也搞不清格林利夫家人是什么样子。

韦斯利的心脏不允许他为祖国服务，但斯科菲尔德在军队里待了两年。他对此并不上心，服役结束时还只是个上等兵。格林利夫兄弟双双当上了中士，那些日子，格林利夫先生从不放过任何机会提到他们的军衔。他们都设法负了伤，于是现在两人都领着抚恤金。这还不算，他们一从军队回来，就得到了所有好处，还进了大学农学系——同时纳税人还得养活他们的法国老婆。现在，他们都住在两英里外公路边的一块地上，地是政府帮他们买下的，那套复式砖房也是政府帮忙出资并建造的。如果说战争成就了什么人，梅太太说，那就要算是格林利夫兄弟了。他们各有三个孩子，说着格林利夫式的英语，还有法语，考虑到他们母亲的背景，他们会被送进教会学校接受礼仪教育。"二十年后，"梅太太问斯科菲尔德和韦斯利，"你们知道这些人会变成什么吗？

"上流社会。"她郁闷地说。

她已经花了十五年对付格林利夫先生，到现在，应付他已经成为她的第二天性。他的心情和天气是同等重要的因素，她由此决定这一天能做什么、不能做什么。她已经学会看他的脸色，像真正的乡下人看日出日落那样。

她只能慢慢说服自己是个乡下女人。已故的梅先生是个商人，在地价下跌时买下了这个地方，等他死时，这就是他能留给她的全部。孩子们一点不高兴搬到乡下一个破烂农场来，可对她来说别无选择。她找人砍伐了这里的树木，在格林利夫先生回复她的招聘广告之后，还用这笔收入做起了乳品生意。"我看到了你的广告，我会来，有两个男孩。"这就是他信上所有的内容。可第二天他开着辆拼凑成的卡车来到时，他的妻子和一个女儿坐在车斗里，他自己和两个儿子在驾驶室里。

在她这儿过了这么些年，格林利夫先生和他太太一点儿没变老。他们没有烦恼，没有责任。他们像田野里的百合花一样活着，吸干了她拼命投入土地中的肥料。等她因过度操劳和忧虑而死去时，格林利夫一家，健健康康又欣欣向荣，就准备着开始榨干斯科菲尔德和韦斯利了。

韦斯利说，格林利夫太太不见老是因为她在疗愈祈祷中释放了全部激情。"你应该开始祈祷，甜心。"他曾用一种下流的腔调那么说过，可怜的孩子，他忍不住故意要那样。

斯科菲尔德只不过让她忍无可忍，让她恼火，韦斯利却让她真正焦虑。他消瘦，秃顶，神经质，做知识分子令他性情紧张得可怕。她怀疑，直到她死他都不会结婚。但她敢肯定，她死后会有个不合适的女人把他弄到手。他不喜欢任何东西。他每天开车二十英里去自己执教的大学，晚上再开二十英里回来，但他说他厌恶这二十英里路程，他厌恶那所二流大学，他厌恶上这大学的傻瓜们。他厌恶乡下，他厌恶他过的这种生活；他厌恶和他的母亲、和他的白痴哥哥住在一起，他厌恶听人说起那该死的奶牛、该死的帮工和该死的破机器。可不管他说了什么，他从未做出任何离开的举动。他谈起巴黎和罗马，但他就连亚特兰大都从未去过。

"你去那些地方会生病的，"梅太太会说，"巴黎那些人会关心你吃的是不是无盐餐吗？你觉得，你随便选一个结婚的女人，会给你做无盐餐吗？根本没有，她才不会！"每当她提起这话，韦斯利就会在椅子上粗暴地转过身去，无视她。有一次她就这话题唠叨得太长了，他咆哮道："得了，为什么不能做点实际的，女人？！为什么你不像格林利夫太太那样为我祈祷？"

"我不喜欢听你们这些男孩开宗教的玩笑，"她说，"你要是上教堂去，会遇到一些好姑娘。"

可惜，要跟他们讲点什么事是不可能的。此刻，当她看着他们两个坐在桌子两边，没有一个关心走失的公牛会不会毁掉她的牲畜——那是他们的牲畜，他们的未来啊——当她看着他们两个，一个在翻报纸，另一个在椅子上摇晃，像白痴一样朝她傻笑，她真想跳起来一拳砸在桌上，大喝一声："总有一天你们会发现，等你们发现**现实**是什么，一切都太迟了！"

"妈妈，"斯科菲尔德说，"你现在可别激动，我会告诉你那是谁的牛。"他居心叵测地看着她。他让椅子往前一荡，站了起来。接着，他肩膀前倾，举起双手遮住脑袋，踮着脚走到门口。他倒着走进过道，拉过门挡住自己全身，只露出一张脸。"你想知道吗，糖饼？"他问道。

梅太太坐着，冷冷地看着他。

"那是 O.T. 和 E.T. 的牛，"他说，"昨天我从他们家黑人那儿听来的，他告诉我他们丢了头公牛。"他冲她摆出一副夸张的露齿表情，然后无声地消失了。

韦斯利抬起头大笑。

梅太太把头扭回来，表情未变。"我是这地方唯一的成年人。"她说。她朝桌子俯过身，从他盘子边抽走了报纸。"你明白不明白，要是我死了，得由你们两个来对付他的时候，会变成什么样子？"她开始了，"你明白他为什么不知道那是谁的牛吗？因为是他们的。你明白我得应付些什么吗？你明白不明白，这些年要不是我一直脚踩着他的脖子，你们两个就得每天凌晨四点去挤牛奶？"

韦斯利把报纸拉回去，目不转睛地盯着她的脸，喃喃地说："我可不会为救你的灵魂离开地狱，而去挤牛奶。"

"我知道你不会。"她用脆弱的声音说。她坐了回去，开始在盘子边飞快地转动餐刀。"O.T.和E.T.是好孩子，"她说，"他们本该是我的儿子才对。"这想法如此吓人，她眼中的韦斯利立刻被一堵泪墙模糊了。她只看到他黑色的轮廓迅速从桌旁站起，"你们两个，"她叫道，"你们两个本该属于那个女人！"

他正朝门口走去。

"等我死了，"她用微弱的声音说，"真不知道你们会怎么样。"

"你一天到晚瞎说什么等你死了，"他一边往外冲一边咆哮着，"在我看来，你健康得很呢。"

她在那儿坐了一会儿，透过房间对面的窗子，直盯着一片模糊的灰色与绿色的景象。她舒展一下脸上和脖子上的肌肉，深吸一口气，可眼前的景象却不管三七二十一，流到一起，变成了水汪汪的灰色团块。"他们用不着想着我随时很快就要死了。"她低语着，然而内心有个更为轻蔑的声音补充道：等我作好准备，我就会死的。

她用桌布擦干眼睛，站起来走到窗边，凝视着眼前的景象。母牛正在路两旁的淡绿色牧场上吃草，后面把它们围起来的，是一道黑色树墙，那锋利的锯齿状边缘，抵挡着冷漠的天空。牧场就足以让她平静了。她从自己房子里随便哪个窗户往外看，都能看到自己性格的反映。她的城里朋友说，她是她们认识的最了不起的女人，实际上身无分文也毫无经验，就来到一个破旧的农场，还把它经营得很成功。"所有的一切都和你作对，"她会说，"天气和你作对，土地和你作对，帮忙的人也和你作对。他们都合起伙来跟你作对。对待这个，除了铁腕，没别的办法！"

"快看妈妈的铁腕！"斯科菲尔德会叫喊着抓住她的胳膊举起来，这样一来，她那青筋突起的纤弱小手就会挂在手腕上摇晃，好似一枝折断的百合花的头。在场的人总会哄堂大笑。

太阳正在吃着草的、黑白相间的母牛群上空移动，只比天空其余部分明亮一点儿。往下望，她看到一个更黑的轮廓，可能是那家伙从某个角度投下的阴影，正在母牛群中间移动。她发出尖利的叫喊，转身冲出了屋子。

格林利夫先生在青贮壕里，正在装一辆独轮手推车。她站在旁边俯视着他。"我告诉过你，把那头公牛关起来。现在，它就和奶牛群在一起。"

"人不能一下干两件丧事①。"格林利夫先生评论道。

"我告诉过你先干这事儿。"

他把手推车从壕沟敞开的那头推出来，推向谷仓，她紧跟在他身后。"你也用不着再考虑了，格林利夫先生，"她说，"考虑我到底清楚不清楚它是谁的公牛，或者你为什么一直不着急向我通报它在这儿。只要我还让它在这儿糟蹋我的牛，我还不如养着 O.T. 和 E.T. 的公牛呢。"

格林利夫先生推着车停顿了一下，看着身后。"是那两个孩子的公牛？"他用难以置信的口气问。

她一个字都没说，只是抿嘴看着远处。

"他们告诉我他们的牛跑了，但我根本不知道就是它。"

① 格林利夫先生的英语口音很重，很多词发音不标准。这句里的 "thing" 他发成了 "thang"。

他说。

"我要那头公牛现在就被关起来，"她说，"我打算开车去O.T. 和 E.T. 家告诉他们，他们今天就得来带走它。它待在这儿的时间我应该收费——这样以后就不会再发生这种事了。"

"他们买它不过花了七十五块。"格林利夫先生报价道。

"我不会把它当作礼物留着的。"她说。

"他们正打算宰了它吃肉呢，"格林利夫先生接着说，"可它跑掉了，还一头撞上了他们的皮卡。它不喜欢小车和卡车。他们花了些时间才把它的角从挡泥板里弄出来，终于把它拖出来后，它跑掉了。他们太累，没追上它——可我根本不知道它在这儿。"

"你说知道我也不会付钱的，格林利夫先生，"她说，"但你现在知道了。找匹马来抓住它。"

半小时后，她透过房间前面窗子看到了那头公牛，松鼠皮色，臀部突出，浅色长角，正漫步在屋前那条土路上。格林利夫先生骑马跟在它后面。"要是我见过的话，格林利夫家的公牛就该是这样。"她喃喃道。她走到门廊里喊道："关起来，关在它出不来的地方。"

"它就喜欢乱跑，"格林利夫先生说着，赞许地看着那公牛的臀部，"这位绅士是个运动健将。"

"如果那两个男孩不来带走它，它就会成为死去的运动健将，"她说，"我是在警告你。"

他听到了，但并未答腔。

"这是我见过样子最吓人的公牛。"她喊道，但他已走得太远，没有听到。

她拐上O.T.和E.T.家车道时，是上午十点左右。那幢新红砖砌成的房子特别低矮，看上去像个有窗子的仓库，坐落在一个光秃秃的小山顶上。太阳正火辣辣地直射在它的白色屋顶上。如今每个人都盖这种房子，除了三只混合着猎犬和博美犬血统的狗之外，没有任何东西表明它属于格林利夫家。她刚把车停下，三只狗就从屋后冲了出来。她提醒自己，你永远可以从狗的种类看出其主人的阶层。她按响了喇叭。坐着等人过来时，她继续观察这幢房子。所有窗子都关着，她很好奇，莫非政府还会给装空调之类的东西吗？没有一个人出来，她再按喇叭。过了一会儿门开了，几个小孩出现在门口，站在那儿看着她，并不向前移动。她认出来了，这正是格林利夫家人的特性——他们会磨蹭在门口看你好几个小时。

"你们没有一个能过来吗？"她喊道。

一分钟后，他们都开始慢慢地向前挪。他们穿着工装裤，光着脚，但并不像她预想的那么脏。有两三个看起来无疑就是格林利夫家人，其余的就没那么明显。最小的那个是长着乱蓬蓬黑色头发的女孩。他们停在离汽车六英尺处，站住看着她。

"你很漂亮。"梅太太对最小的女孩说。

没有回答。他们似乎全都一副漠然的表情。

"你们的妈妈在哪儿?"她问。

对此仍是好一会儿没有回答。后来他们当中有一个用法语说了句什么。梅太太不懂法语。

"你们的爸爸在哪儿?"她问。

过了会儿，一个男孩说："他也不在这儿。"

"啊，"梅好像印证了自己的猜测，"黑人在哪儿?"

她等着，认定没人会回答。"猫把六条小舌头抓走了，"她说，"你们愿不愿意跟我回家，让我教教你们怎么说话?"她大笑起来，笑声消失在沉寂的空气中。她感觉像在经历一场决定生死的审问，面对的陪审团是格林利夫全家。"我会开进去看看，能不能找到黑人。"

"你要想去，可以去。"一个男孩说。

"噢，谢谢你。"她低声说着开车走了。

牲口棚就在房子旁边的小路上。她以前没见过这牲口棚，不过格林利夫先生曾详细描述过，因为它是按照最新的规格建造的。它布置成一个挤奶大厅，从下面给奶牛挤奶。牛奶流进机器管道，再流到牛奶房，全程无需牛奶桶运输，格林利夫先生说，不用一个人手。"什么时候你也弄一个?"他曾经问过。

"格林利夫先生，"她当时说，"我得自己干。我没有政府来协助。装个挤奶间得花我两万块钱。实际上，我勉强收支相抵。"

"我的孩子们弄成了，"格林利夫先生低声说道，接着又说，"不过每个男孩都不一样。"

"千真万确!"她说，"我为此感谢上帝!"

"我为所有喜事感谢上帝。"格林利夫先生慢吞吞地说。

你当然得感谢了，在随后而来的狂怒的沉默中，她想，你自己就从来没做过任何事情。

她把车停在牲口棚旁边，按响喇叭，但没人出现。她在车里坐了几分钟，观察着周围摆放的各种机器，好奇其中有多少是花钱买的。他们有一台饲料收割机和一台扶轮干草打包机。她也有。她决定，既然没人在这儿，她就下车看看这挤奶厅，看他们是否打理得整洁。

她打开挤奶厅的门，探进头去。第一秒就感觉快要喘不过气来。这个白色混凝土屋里一尘不染，充满阳光，两边墙上各有一排一人高的窗子，阳光就是从那儿照进来的。金属立柱反射着强烈的光芒，她得眯起眼睛才能看清东西。她赶紧把头伸出房间，关上门靠在上面，皱起了眉头。外面的光线并不那么耀眼，但她觉得，太阳就直射着自己的头顶，像一颗准备落入她大脑的银色子弹。

一个黑人提着黄色小牛饲料桶，出现在机器棚的角落，向她走了过来。他是个浅黄皮肤的男孩，穿着格林利夫兄弟淘汰的军装。他在一个合乎礼节的距离停下来，把桶放在了地上。

"O.T.先生和E.T.先生在哪儿?"她问道。

"O.T.先生他在城里，E.T.先生去农田了。"那黑人说着，先指指左边，又指指右边，好像他正在确定两个行星的位置。

"你能记住个口信儿吗?"她问道，看上去似乎对此抱有怀疑。

"只要我不忘记，我就能记住。"他有点不高兴地说。

"好，那我写下来吧。"她说。她上了车，从她的小笔记簿里拿出一截铅笔，开始在一个空信封背后写起来。黑人走过来站在了车窗边。"我是梅太太，"她边写边说，"他们的公牛在我那儿，我要它今天就离开。你可以告诉他们，我对此很恼火。"

"那头公牛星期六跑的，"那黑人说，"从那以后，我们没有一个人见过它。我们不知道它在哪儿。"

"哦，你现在知道了，"她说，"你可以告诉 O.T. 先生和 E.T. 先生，如果他们今天不来领走它，我明天早晨头一件事，就是让他们的老爹开枪打死它。我不能让那头公牛毁掉我的牲畜。"她把便条递给他。

"要是我没猜错的话，"他接过信封说，"O.T. 先生和 E.T. 先生会说，你就直接枪毙它算了。它搞坏我们一辆卡车了已经，我们都很高兴看到它这个下场。"

她扭过头，用微微模糊的眼睛看了他一眼。"他们指望我用自己的时间和工人打死他们的牛?"她问道，"他们不想要它，所以就让它跑掉，希望别人打死它? 它在吃我的燕麦，毁掉我的畜群，还指望我毙了它?"

"我希望你这么做，"他柔声说，"他搞坏了……"

她狠狠看了他一眼说："得了，我一点都不吃惊。这正是某些人的做法。"过了一秒她又问："哪个是老板? O.T. 先生还是 E.T. 先生?"她一直怀疑，他们两个之间在暗暗较劲。

"他们从来不吵架，"那男孩说，"他们就像一个人长了两张皮。"

"哼，我想你只是从没听到过他们争吵吧。"

"也没有任何人会听到他们吵。"他边说边看向远处，仿佛这无礼之词是说给别人听的。

"得了吧，"她说，"要不是我跟他们的父亲周旋了十五年，也不至于知道格林利夫家人那点事儿了。"

那黑人突然恍然大悟地看着她。"你是我保险人的母亲吗?"他问道。

"我不知道你的保险人是谁，"她严厉地说，"你把便条给他们，告诉他们如果今天不来，明天就得让他们自己的父亲毙了它。"说完，她开车走了。

整个下午她都待在家里，等着格林利夫兄弟来找牛。他们没有来。我还真不如为他们工作呢，她怒气冲冲地想。他们明摆着就是打算把我榨干。在晚餐桌上，为了孩子们的利益，她又把此事讲了一遍，因为她想要他们看清楚 O.T. 和 E.T. 会做些什么。"他们不想要那头牛了，"她说，"——把黄油递过来——所以他们就那么把它一放，让别人替他们操心怎么解决掉它。这事你们怎么看? 我是受害者。我一直都是受害者。"

"把黄油递给受害者。"韦斯利说。他的幽默比平时更糟了，因为他从大学回家的路上轮胎瘪了一个。

斯科菲尔德把黄油递给她。"哎呀妈妈，朝一头老牛开枪，你不害臊吗? 它什么都没做，不过给你增加一丁点畜群退化的压力而已嘛。我宣布啊，"他说，"有这样的妈妈，我还变成这么好一个孩子，真是奇迹哪!"

"你不是她的孩子，我儿。"韦斯利说。

她往椅子后面靠了靠，手指搭在桌子边缘。"我只知道，"斯科菲尔德说，"我已经做得够好了，看看我来自什么地方吧。"

他们戏弄她的时候会说格林利夫式英语，但韦斯利还让自己独特的语调像刀锋一样。"哦，让俄告诉你一件丧事，兄弟，"他说着趴在桌子上，"你要有一半脑子，早就已经知道了。"

"是什么，兄弟？"斯科菲尔德问，他的宽脸冲着对面那张瘦脸露齿一笑。

"那就是，"韦斯利说，"你和我都不是她的孩子……"但当她像意外遭到鞭打的老马，发出一种嘶哑的喘息声时，他猛地停住了。她暴跳起来，冲出了房间。

"噢，看在上帝面上，"韦斯利吼道，"你干吗气跑她？"

"我从来没气跑过她，"斯科菲尔德说，"是你气跑的。"

"哈！"

"她不像过去那么年轻了，她承受不了啦。"

"她只能把脾气发泄出来，"韦斯利说，"承受的人是我。"

他兄弟那张快活的脸变了，于是，这两人祖传的丑恶样子就别提有多像了。"没人会为你这种糟糕的混蛋感到遗憾。"说着，他越过桌子一把抓住了另一个的衬衫前襟。

她在自己房间听到了盘子的破碎声，便穿过厨房冲进餐厅。过道的门开着，斯科菲尔德正往外走。韦斯利像只大甲虫一样仰卧着，翻倒的桌子边沿压在他身体中间，碎盘子散落在他身上。她把桌子从他身上推开，抓住他胳膊想帮他起来，可他爬起来后，用一股蛮力猛地推开她，在哥哥之后冲出门去。

她本来快要崩溃了，但后门上的敲击声让她来了劲头，她转过身去。穿过厨房和后廊，可以看到格林利夫先生正透过纱门，急切地往里窥视。她所有的智谋又全部回来了，仿佛只要魔鬼向她挑战，她就能重新得到它们。"我听到砰的一声，"他喊道，"我想石膏板可能砸到你了。"

本来，如果有人需要他，只能骑马去找他。她穿过厨房和后廊，站在纱门后面说："不，什么事都没有，只是桌子翻了。有一条腿不太牢靠。"紧接着又说："那两个孩子没来找牛，所以明天你必须打死它。"

天空中交织着红色与紫色的细条云，云后面的太阳正慢慢地向下移动，好像在下一把梯子。格林利夫先生在台阶上坐下，背对着她，帽子顶和她的脚在一个水平线上。"明天我替你把它赶回家。"

"噢不，格林利夫先生，"她用嘲讽的口气说，"你明天开车送它回家，下星期它又会回到这儿。我再清楚不过了。"接着，她用悲伤的语调说："O.T.和E.T.这样对待我让我很吃惊。我以为他们该更感恩才是。那俩孩子在这个地方度过了一些特别快乐的日子，不是吗，格林利夫先生？"

格林利夫先生什么都没说。

"我认为是这样，"她说，"我认为他们是这样。可他们现在已经忘了我曾为他们做过的所有小事。如果我没记错，他们穿着我儿子的旧衣服，玩着我儿子的旧玩具，还用我儿子的旧猎枪打猎。他们在我的池塘里游泳，打我的鸟儿，在我的小溪里钓鱼，我从没忘记过他们的生日和圣诞节礼物，如果我没记错，日子似乎经常这样流逝呢。他们现在还会想到这些事儿吗？"她问道。"不——"她说。

有几秒钟，她看着正在消失的太阳，格林利夫先生研究着双手的掌纹。过了会儿，好像突然想起来似的，她问："你知道他们不来找牛的真正原因吗？"

"现在我不知道。"格林利夫先生确定地说。

"他们不来，因为我是个女人，"她说，"你对付的若是个女人，你就可以逃避一切。要是有个男人来经营这个地方……"

格林利夫先生像出击之蛇般飞快地说道："你有两个男孩。他们知道你这地方有两个男人。"

太阳已经消失在树木线后面。她朝下看着那张狡猾的、此刻向上扭过来的黑脸，看着那对机警的、在帽檐阴影下闪着光的眼睛。她留出足够长的时间，让他搞明白她受了伤害，然后她说："有些人学会感恩太晚了，格林利夫先生，而有些人压根儿永远都学不会。"她转过身，留下他独自坐在台阶上。

那天半夜在梦中，她听到一种声音，就像有块大石头正在敲穿她的大脑外壳。她正在梦境里散步，走过一连串起伏的美丽山坡，每走一步都把拐杖在前面戳一下。过了一会儿她开始意识到，那嘈杂声是因为太阳想要烧掉树木线，她停下来看，因为知道那不可能而感到很安全，它得像一直以来那样，在她的土地之外落下去。她刚停下时，它是个膨胀的红球，等她站定了凝望时，它开始变小变淡，直到后来，看上去像一颗子弹。突然，它冲破树木线，冲下山坡向她飞过来。她惊醒了，手掩着嘴。一模一样的噪声变小了，不过在她的耳中却十分清晰。是那头公牛在她的窗下大嚼。格林利夫先生让它跑出来了。

她起身摸黑蹒跚来到窗前，透过百叶窗的缝隙往外看，但那公牛已经从篱笆那儿走开了，起初她并未看到它。随后，她看到一段距离之外有个阴暗的影子，暂停下来似乎在观察她。这是我最后一个晚上忍受这东西了，她边说边注视着，直到那冷硬的身影消失在黑暗中。

次日早晨，她一直等到十一点钟。然后驾车开向牲口棚。格林利夫先生正在清洗牛奶罐。他把七个罐子立在牛奶房外面晒太阳。这事儿她已经跟他说了两个星期。"好吧，格林利夫先生，"她说，"去把你的枪拿来。我们要打死那头公牛。"

"我以为你想把这些罐子……"

"去拿你的枪，格林利夫先生。"她说，她的嗓音和面孔都是漠然的。

"那位绅士昨晚从那儿跑出来了。"他用遗憾的口吻嘟哝着，又朝牛奶罐弯下腰，他两臂一直放在里面。

"去拿你的枪，格林利夫先生，"她还是那么淡然又坚决地说，"公牛在不产奶母牛的牧场上。我从楼上的窗子看到它了。我会开车带你去那儿，你可以把它赶进牧场空地，在那儿打死它。"

他慢吞吞地放开了牛奶罐。"还没有谁会要求我打死儿子的公牛呢！"他用刺耳的声音高声说。他从后面口袋掏出一块抹布，开始拼命地擦手，然后是鼻子。

她转过身，好像没听到这话似的说："我在车里等你。去拿上你的枪。"

她坐在车里，注视着他向马具室大步而去，他在那儿放了一把枪。他走进那屋子后，传来一声巨响，好像是他踢开了挡路的什么东西。不一会儿，他拿着枪又出现了，在汽车后面兜了一圈，狠狠地打开门，一屁股坐在她旁边的座位上。他把枪放在两膝中间，直直盯着前方。他宁愿向我而不是那公牛开枪呢，她这么想着，扭开了脸，不让他看到自己的微笑。

这个早晨干燥清爽。她开车在树林里穿行了四分之一英里后，进入一片开阔地，狭窄的道路两边都是大片的田野。如愿以偿的愉快心情让她的感觉敏锐起来。鸟儿在四处鸣叫，青草明亮得几乎不能直视，天空一派均匀动人的蔚蓝。"春天到了！"她快活地说。格林利夫先生抬起嘴边一根肌肉，似乎觉得这评价再愚蠢不过。她在第二片牧场门前停下车，他冲出去，砰地关上车门，然后打开那大门让她开过去。关上门后他又冲了回来，一言不发。她沿着牧场周围兜圈子，终于看到了那头牛，几乎就在牧场中央，正在母牛中间安详地吃草。

"那位绅士正在等你，"她说着狡黠地看了一眼格林利夫狂怒的脸，"把它赶进下一片牧场，等你赶它进去，我就开车跟在你后面，我自己关大门。"

他又冲了出去，这次故意把车门敞开，让她不得不斜倚在座位上去关门。她微笑地坐着，注视着他深一脚浅一脚穿过牧场，向对面大门走去。每走一步他都先向前一冲，再向后一撇，好像在呼唤某种力量来见证，他是被迫的。"得了，"她大声说，好像他还在车里似的，"是你自己的孩子逼你这么干的，格林利夫先生。"O.T.和E.T.这会儿很可能正乐不可支地取笑他呢。她都能听到他们那一模一样的鼻音在说："让老爹替咱们打死咱们的牛。老爹恐怕以为，要他打死的是头好牛呢，天杀的老爹，打死那头公牛！"

"那两个孩子要是对你有一点关心，格林利夫先生，"她说，"他们就会为那头牛过来了。他们真让我吃惊。"

他正兜着圈子去开那扇门。在斑斑点点的母牛中黑乎乎的那头公牛，并未移动。它低着头，不停地吃草。格林利夫先生打开门，绕到后面开始接近它。走到它身后大约十英尺时，他用两臂拍打身体两侧。那公牛慵懒地抬起头，又低下去继续吃草。格林利夫先生再次弯腰捡起些什么，恶狠狠地朝它扔过去。她认定那是块锋利的石头，因为那公牛跳起来开始一路狂奔，直到消失在山坡边缘。格林利夫先生不慌不忙地跟了上去。

"别以为你可以弄丢它！"她大喊着，发动汽车直接穿过牧场。她必须慢慢开过草坪，等她开到大门那儿，格林利夫先生和公牛都不知跑哪儿去了。这片牧场比另外那片小一些，就是一个几乎完全被树木环绕的绿色竞技场。她下车关上了门，站在那儿寻找格林利夫先生的踪迹，但他已经彻底消失。她立刻明白，他的计划就是让公牛消失在树林里。到最后，她会看到他从树林里现身，一瘸一拐地向她走来，等终于到了她身边，他会说："你要能在树林子里找到那位绅士，你就比我强。"

她会说："格林利夫先生，如果我非得和你一起走进那些树林，再待上整个下午，我们肯定能找到那头公牛，把它毙掉。要是我必须帮你扣动扳机，你就开枪打死他。"等他明白她是认真的，他就会回去，自己迅速地击毙那头公牛。

她回到车里，把车开到牧场中央，这样当他走出树林时，就不必走那么远的路去找她了。她想象得出，这会儿他正坐在一个树桩上，拿根棍儿在地上画道道儿呢。她决定看着自己的手表，就等十分钟。之后就开始按喇叭。她走出车外，四处转了一下，然后坐在保险杠上，边等边休息。她觉得很累，就把头仰靠在引擎盖上，闭上了眼睛。她不明白自己为什么会这么累，现在才上午十点多啊。透过闭着的眼睛，她能感觉到太阳正火辣辣地在头顶。她微微睁开眼，可那炫目的白光逼得她再次闭上了眼睛。

她在引擎盖上靠了一会儿，懒洋洋地琢磨着自己为何这么累。因为闭着眼，她不再认为时间分成白天和黑夜，而是分成过去和未来。她认定，她很累是因为她已经一刻不停地工作了十五年。她认定，在她重新开始劳作之前，她完全有权觉得累，完全有权休息几分钟。在盖棺论定之前，她就能够说：我曾用心劳作，我没有堕落。就在她回忆一生劳作的这个时刻，格林利夫先生正在树林里闲逛，格林利夫太太可能正平躺在地上，在她剪下的碎纸片上安睡。这些年来这个女人每况愈下，梅太太认为，她现在其实已经疯了。"恐怕你妻子让宗教给扭曲了，"有一次她婉转地对格林利夫先生说，"凡事要适可而止，你知道的。"

"她治好了一个男人，他的内脏被虫子吃掉一半。"格林利夫先生回答，她一阵恶心，赶紧走开了。这可怜的灵魂啊，此时她想，是如此愚蠢。有几秒钟，她打起了瞌睡。

等她坐起来看表时，已经过去了十多分钟。没有听到任何枪声。一个新想法忽然出现了：会不会，格林利夫先生扔大石头激怒了那公牛，那畜牲攻击他，把他撞倒在树上顶伤了他？这事的讽刺味儿更深了：O.T. 和 E.T. 会弄个讼棍来起诉她。这将是她与格林利夫家周旋十五年的完美句号。她几乎是开心地这么想着，仿佛她已妙手偶得，为打算讲给朋友们听的故事找到了完美的结局。然后，她放弃了这个念头，因为格林利夫先生身上有枪，她还有保险。

她决定按喇叭。她站起来手伸到车窗里，按了三下长的、两三下短的，让他知道她快不耐烦了。然后她抽回手，又在保险杠上坐了下来。

几分钟后，有什么东西从树林间现身了，一个沉重的黑影猛甩了几下脑袋，向前冲了过来。一秒钟后她看出来，是那头公牛。它正穿过牧场向她不慌不忙地跑来，那步态快活到几乎摇摆，似乎因为又发现了她而喜出望外。她朝它身后望了望，想看看格林利夫先生是否也从树林里出来了，但他没有。"它在这儿，格林利夫先生！"她叫喊着去看牧场另一头，看他是不是会从那儿出来，可是看不到。她又回头看，看见那头公牛低着头，正向她奔来。她仍然一动不动，并不惊恐，只是沉浸在让人僵住的难以置信当中。她眼睁睁看着那狂野的黑家伙向她跳过来，好像失去了距离感，好像没法立刻明白它的意图是什么。在她表情变化之前，公牛已经把脑袋埋进她膝间，就像个饱受折磨的狂野情人。它的一只角沉下去，直到刺穿了她的心脏，另一只角则环绕在她身边，将她牢牢卡在当中。她继续直瞪着前方，但眼前的整个景象都变了——树林的轮廓变成了这个世界漆黑的伤口，这个世界除了天空一无所有——她的表情像是一个突然恢复视力的人，却发现光线令她难以忍受。

格林利夫先生举着枪，从边上向她跑过来。虽然并未朝他那边看，她仍能看到他过来。她看到他在某个看不见的圈子外面，向她靠近过来，树木的轮廓线在他身后裂开了，他脚下什么都没有。他向公牛的眼睛开了四枪。她没听到枪声，但感觉到了那巨大身躯倒下时的震动，她被震得扑倒在它脑袋上，这么一来，等格林利夫先生来到她身边时，她似乎是要弯下腰，在那牲口的耳边轻声诉说某个最后的发现。

林中风景

上个星期，玛丽·福琼①和老头子每天早上都去看那机器工作，看它把土挖出来，再扔作一堆。工程正在新湖岸边进行，工地是老头子卖给某个打算建钓鱼俱乐部的人那几块地中的一块。他和玛丽·福琼每天早晨十点开车过来，把他那辆破旧的深紫色凯迪拉克停在湖堤上，在那儿俯瞰施工现场。泛着红色波纹的湖面缓缓漫延到离工地五十英尺远的地方，另一边与黑色树林的边界线相接，看上去，那树林像要在视野两端跨过水面，沿着田野边缘延伸似的。

他坐在保险杠上，玛丽·福琼跨坐在引擎盖上，注视着那机器有条不紊地啃食一个红色方洞，有时一看就是好几个小时。那里曾是一片奶牛牧场，也是皮茨成功除掉莠草的唯一一块牧场，老头子卖掉这块地时，皮茨差一点就要中风，据福琼先生观察，他很可能会发展下去，直到最后真的中风。

"任何让牧场妨碍发展的傻瓜，都入不了我的眼。"有好几次，他坐在保险杠上对玛丽·福琼①这样说。但那孩子眼里除了机器，其他什么都没有。她坐在引擎盖上，俯视着那个红色深坑，盯着那个脱离躯干的巨大食道先是吞吃泥土，然后，伴随着持续深沉的反胃声和缓慢机械的抽动，掉转头，再吐出去。她镜片后浅色的眼睛一次又一次追随着它重复运动，她的脸上——就是老头子脸的缩小版——那完全迷醉的表情从未消失。

没有人为玛丽·福琼长得像外公而特别高兴，除了老头子自己。他认为这大大增添了她的魅力。他认为她是他所见过最聪明、最漂亮的孩子，他要其他孩子都知道，如果他要给谁留点什么，说的是**如果**，他只会留给玛丽·福琼。她现在九岁，像他一样又矮又宽，有和他一样非常淡的蓝眼睛，宽阔突出的脑门儿，洞穿人心、永远紧皱的眉头，以及鲜艳红润的肤色。此外，就连内心都很像他。她在极大程度上拥有他的智商、他坚强的意志，还有他的决心和欲望。虽然他俩年纪相差七十岁，精神的距离却微乎其微。她是这个家里他唯一有所尊重的

---

① 福琼，原文为 Fortune，意为财富、幸运。

成员。

他不喜欢她母亲，他的第三还是第四个女儿（他怎么也记不清了），但是女儿却认为，是她在照顾他。她认为——小心地不说出来，只是期待着——她才是那个在他上了年纪时还忍受着他的人，他应该把这地方托付给她。她和一个叫皮茨的傻瓜结了婚，生了七个娃，除了最小的那个玛丽·福琼仿佛他的再生，其他的都很傻。皮茨是那种赚不到一个钢镚儿的人。十年前，福琼先生恩准他们搬到这儿来经营农场。皮茨干的都归皮茨，但土地属于福琼，他小心地将这一事实摆在他们面前。原来那口井干了以后，他不许皮茨再打一眼深井，却坚持要他们从河里引水。他自己不愿意为钻井付钱，因为他知道，如果让皮茨付这笔钱，无论何时他对皮茨说"你正坐在我的土地上"，皮茨就可以回敬说："得了吧，你喝的水是我的泵抽上来的。"

皮茨一家在这儿待了十年，似乎觉得这地方已经是他们的了。女儿在这儿出生、长大，但老头子认为，她跟皮茨结婚就表明，相比自家她更喜欢皮茨；她搬回来时，就像随便哪个租客一样，尽管他出于不让他们打井的同样理由，并不要他们付租金。任何人年过六十，地位都有些不稳定，除非他能攥住更多的利益。他时不时卖掉一块地，以此给皮茨一个现实的教训。没有什么比看着他把田产卖给外人更让皮茨恼火的啦，因为皮茨自己想买。

皮茨消瘦，下巴长，易怒、阴沉，是个闷闷不乐的人，他妻子则是那种为责任而自豪的人：待在这儿照顾爸爸是我的责任。我不干谁干呢？我很清楚，这么做得不到任何回报。我这么做完全因为，这是我的责任。

老头子从没上过这个当，一分钟都没有。他知道他们正急不可耐地等着那一天，等着把他放进一个八尺深的坑里，用泥土盖上。好吧，他们算计着，就算他不把这地方留给他们，他们自己也能买下来。他已经私下定好了遗嘱，把一切托付给玛丽·福琼，还指定由他的律师而非皮茨做遗嘱执行人。他死的时候，玛丽·福琼会让其他人都跳起来的，他一刻都不曾怀疑过这一点，她做得到。

十年前他们宣称，如果是男孩，就用他的名字，给新生儿起名叫马克·福琼·皮茨，他当即告诉他们，要是胆敢把他和皮茨的名字放在一块儿，就把他们从这儿赶走。孩子出生了，是女孩，第一天他就看出来了，她像自己，确凿无疑。他态度缓和下来，亲自提议让他们给她取名叫玛丽·福琼，这是他亲爱的母亲的名字，七十年前将他带到这世上后，她就去世了。

福琼农场在乡间一条土路上，离大路有十五英里远。要不是时代发展一直站在他这一边，他根本卖不出一块地。他不是那种对抗进步的老家伙，他们拒绝一切新事物，畏惧一切变化。他想看到一条柏油路经过自家房前，上面跑着许多新式汽车。他想看到这条路对面就有大超市，想看到附近就有加油站、汽车旅馆、免下车的电影院。发展突然让这一切都开动起来。电力公司在河上建起了水坝，淹没了周围的大片村庄，由此形成的这片湖水与他的土地接壤，绵延半英里之长。每个汤姆、狄克和哈利，每个小杂种和他的兄弟，都想在这湖上分一杯羹。有人说这儿要接通电话线。有人说要铺平福琼家门前那条路，还有人说这儿最终会变成一个小镇。他觉得，这个小镇应该叫佐治亚福琼镇。他可是个眼光超前的人，尽管已经七十九岁。

挖土机前一天已经停工，今天他们正在看两台巨大的黄色推土机把坑填平。在开始卖地之前，他的地产已达八百英亩。他卖掉了农场后面五块二十英亩的地，每卖掉一块，皮茨的血压就升高二十个点。"只有皮茨家那种人，才会让一个放牛的牧场妨碍未来，"他对玛丽·福琼说，"可你跟我不会。"玛丽·福琼也姓皮茨这个事实，被他以绅士风度忽略了，好像它是种苦难，这孩子不必为此负责。他愿意把她完完全全当作自己的骨肉。他坐在保险杠上，她坐在引擎盖上，两只光脚搭在他肩上。下面一台推土机开过来，修整他们停车的堤岸。老头子的脚只要伸出去几英寸，就可以在边界外头晃荡了。

"你要不看着他，"玛丽·福琼大喊着，盖过了机器的噪声，"他就要推掉你的土啦！"

"看那边的桩子，"老头子大叫，"他还没过那桩子。"

"现在还没！"她吼道。

推土机从他们下面开过，往远处去了。"好好盯着，"他说，"睁大你的眼睛，他要是碰到那桩子，我就拦住他。皮茨家的人，会让一块放牛的牧场、一片骡子地或者一行豆苗，挡住发展的路，"他接着说，"像你和我这样肩膀上有脑袋的人知道，你不能为了头牛，就挡住时代的进程……"

"他在动那边的桩子！"她尖叫起来，不等他阻拦就从引擎盖上跳下去，沿着湖堤边跑起来，黄色小裙子在身后如波浪翻滚。

"不要跑得那么靠边！"他大喊，可她已经跑到了桩子那儿，正蹲在旁边，看它被晃动了多少。她朝湖堤俯下身子，冲推土机里的人挥挥拳头。那人朝她挥挥手，接着干他的活儿。她的一根小指头都比那一大家子的脑袋加起来更聪明，老头子一边自言自语，一边自豪地看着她转身走向自己。

她有一头浓密光滑、沙子色的头发——跟他那会儿还有头发时一样——头发很直，垂在眼睛上面、脸颊两边和耳朵尖上，恰成一扇门，露出中间的脸来。她的眼镜是银框的，和他一样，就连走路都是他那种架势：肚子前挺，步态既小心又生硬，介乎摇摆与拖拉之间。此刻，她正这样走在湖堤边上，右脚外侧与堤岸平齐。

"我说了，不要走得那么靠边！"他叫道，"你要是掉下去，就看不到这地方建成的那一天啦。"他一直格外小心，要她远离危险。他不准她坐在蛇多的地方，不准她把手放在可能藏着大黄蜂的灌木上。

她寸步未移。她的习惯和他一样，不想听的话就听不到。既然这是他亲自教给她的小把戏，他也不得不佩服她贯彻这一原则的方式。他预见到她自己年老时，这习惯会让她受益良多。她来到汽车旁，又一言不发爬上引擎盖，把双脚放回他的肩头，好像他不过是汽车的一部分而已。她的注意力又回到了远处的推土机身上。

"记住，如果你不留心，就不会得到什么。"她外祖父发话道。

他是个纪律严明的人，但他从没打过她。有些孩子，比如皮茨家的头六个孩子，他认为原则上应该每周痛打一次。但调教聪明孩子有其他方式，他从来没对玛丽·福琼动过一根指头。而且，他也绝不允许她母亲或哥哥姐姐扇她耳光。那个老皮茨嘛，就是另一码事了。

他这人脾气坏，对人有种不可理喻的愤恨。有好多次，福琼先生看到他从桌旁座位上（不是上座，上座是福琼先生的，他的位子在边上）慢慢地站起身，心就怦怦直跳，他就那样没有缘由也没有解释，突然把头扭向玛丽·福琼说："跟我来。"然后离开房间，边走边解他的腰带。一种与平常完全异样的表情会出现在那孩子脸上。老头子说不出那是个什么表情，却被它气得够呛。那表情里有恐惧，也有尊重和别的什么，一种很像是合作的表情。这表情会出现在她脸上，她会站起来跟着皮茨出去，他们会爬上他的卡车，一路开到人们听不到的地方，然后他就在那儿揍她一顿。

福琼先生知道皮茨揍她，因为他曾开车跟踪他们，看到了一切。他在一百英尺外的一块巨石后面看见，那孩子紧紧抱住一棵松树，皮茨用腰带机械地抽打她的脚踝，好像在用弹簧刀猛砍一株灌木。她所做的，只是上下乱跳，好像正站在火炉上，嘴里还发出一种呜咽声，像条吃了胡椒的狗。不停地打了三分钟后，皮茨转过身来，一言不发回到车上，把她扔在那儿。她滑倒在树下，抱着自己的双脚，来回翻滚。老头子蹑手蹑脚走上去抓住她。她的脸扭曲着，像一块块小小的红色拼图，涕泪横流。他扑向她，气急败坏地说："你干吗不还手？你的精气神哪儿去了？你以为我会让他打我？"

她已经跳起来，正从他身边退开，下巴高高扬起。"没人打我。"她说。

"难道不是我亲眼看见的？"他爆发了。

"这儿没人，没人打我，"她说，"我出生以后还没人打过我呢，要是有人敢打我，我就杀了他。你亲眼看到了，这儿没人。"

"你是叫我当骗子还是瞎子！"他喊道，"我亲眼看到他了，你除了让他打，什么都没干，除了吊在那树上，上蹿下跳、又哭又闹，什么都没干。我要碰上这种事，就一拳打在他脸上……"

"没人在这儿，没人打我，谁要打我我就杀了他！"她咆哮着转过身，冲出了树林。

"那我就是头波中猪①，黑的就是白的！"他坐在树下一块小石头上，在她身后厌烦又狂怒地咆哮。这是皮茨对他的报复。就好像皮茨一路开车带过来狠揍的是他，好像他才是那个服从命令的人。他原以为只要自己说，如果皮茨再敢打她，就

_____

① 波中猪，美国产的一种肉猪，黑白相间。

把他们从这儿赶走，就能阻止他。可是他这么尝试以后，皮茨却说："把我赶走，就把她也赶走。随你的便。她是我的，我想抽就抽，只要我愿意，我每天都能抽她。"

只要能让皮茨尝到他的厉害，任何时候他都决心这么干。此刻，他就有个小小的锦囊妙计，对皮茨来说可是个相当大的打击。他告诉玛丽·福琼如果不留心就得不到的时候，正津津有味地想着这计划。没等她回答，他又加上一句，他可能很快就会再卖一块地，如果卖了，他会给她一份奖金，但她若有任何冒犯，就不给。他和她经常有些小小的口角，但那不过是种锻炼罢了，就像在公鸡面前放个镜子一样，是要看着它跟自己的影子搏斗。

"我不想要什么奖金。"玛丽·福琼说。

"我还没见你拒绝过呢。"

"你也没见我要过。"她说。

"你存了多少钱?"他问。

"没有你的份，"她边说边用脚踩了踩他的肩膀，"别管我的事儿。"

"我敢打赌你把它缝进你床垫里了，"他说，"就像个黑鬼老女人似的。你应该把它存进银行。我打算，一谈完这笔买卖就给你开个户头。任何人都别想查看，除了你和我。"

推土机又在他们下面移动着，辗灭了他后面想说的话。他等着噪声过去，再也忍不住了，开口说："我要卖掉房子正前方那块地，盖加油站。"他说："以后我们就不用沿着这条路下去给车加油了，只要走出前门就行。"

福琼那栋房子离那条路大约有两百英尺，他打算卖掉的就是这两百英尺。他女儿信口开河地把它叫做"草坪"，尽管它不过是块杂草丛生的荒地。

"你是说，"一分钟后，玛丽·福琼说道，"那草坪？"

"是的，女士！"他说，"我说的就是那块草坪。"说着他拍了一下自己的膝盖。

她什么都没说，他转过身抬头看她。在头发帘打开的小小矩形敞口里，是他的脸在看着他，但那表情却并非他这会儿的表情，而是更为阴沉，表现出他的不快。"那是我们玩儿的地方。"她嘟哝着。

"可这儿还有好多别的地方你可以玩儿。"他说道，她如此缺乏热情，让他很烦躁。

"那我们就看不到马路对面的树林了。"她说。

老头子瞪着她。"马路对面的树林？"他重复道。

"我们就看不到那风景了。"她说。

"风景？"他又重复。

"那树林，"她说，"我们就不能从门廊上看到那片树林了。"

"从门廊上看树林？"他再重复。

她又说道："我爸爸的小牛在那块地上吃草呢。"

老头子的暴怒被震惊推迟了一秒钟，接着爆发为一声咆哮。他跳起来，转身一拳砸在汽车引擎盖上。"他可以去别的地方放牛！"

"你要是掉到大堤下面，就会希望自己没这么做了。"她说。

他从车前面绕到边上，眼睛一直盯着她。"你以为我会关心他在哪儿放牛！你以为我会让一头牛妨碍我的生意？你以为我他妈会介意那个傻瓜在哪儿放牛吗？"

她坐着，那张脸红得比头发更深，此刻完全反映出他的表情。"凡骂兄弟是魔利的，难免地狱的火。"① 她说。

"别乱评判，"他叫道，"免得你自己受审判！"他脸上的颜色比她的更紫一些。"你！"他说，"你让他随心所欲随时打你，除了哭哭啼啼、上蹿下跳，什么都不干！"

---

① 《圣经·新约·马太福音》第五章第二十二节："只是我告诉你们，凡向兄弟动怒的，难免受审判；凡骂兄弟是拉加的，难免公会的审断；凡骂兄弟是魔利的，难免地狱的火。"魔利，就是傻瓜。

"他从来没碰过我，任何人都没碰过我，"她用极其平淡的语气，一字字吐出这句话，"没人对我动过手，谁要敢，我就杀了他。"

"黑的就是白的，"老头子尖声说，"晚上就是白天！"

推土机从他们下面经过。他们的脸相距一英尺，带着相同的表情，直到噪声退去。随后老头子说："你自己走回家吧，我拒绝耶洗别①坐我的车。"

"我也拒绝和巴比伦淫妇同车。"她说着从汽车另一边滑下去，向牧场动身了。

"淫妇是女人！"他吼道，"你就知道这么点东西！"可她并不屈尊转过身来回答他。他注视着那个强壮的小身体高视阔步地穿过点缀着黄点的土地，走向那片树林，他为她感到的自豪就又回来了，它似乎不由自主，就像那片新湖水面上的小小浪花——但是他还得容忍她拒绝对抗皮茨的行为，这种情绪就像水下逆流，抵消着他的自豪感。如果他能教会她像对抗自己这样对抗皮茨，她就是个完美的孩子了，像所有人向往的那样无所畏惧、意志坚定。但这退缩是她性格的一个缺点。就这一点她不像他。他转过身来放眼望向湖那边的树林，告诉自己五年

_____

① 耶洗别：以色列国王亚哈之妻，她鼓励巴力邪教崇拜并企图毁灭以色列先知。

以后，那儿将不再是树林，取而代之的将是一片房屋、商场和停车场，这多半要归功于他。

既然他已下定决心，他就打算以身作则，教那孩子振作精神。他在餐桌上宣布，自己正在与一个名叫蒂尔曼的人交涉，卖掉屋前那块地盖加油站。

他的女儿，一副疲惫不堪的样子坐在桌脚，发出一声呻吟，仿佛有人正在她胸膛上转动一把钝刀。"你说的是那片草坪！"她呻吟着倒在她的椅子上，用几乎听不到的声音重复着，"他说的是那片草坪。"

皮茨那六个孩子开始大喊大叫："那是我们玩儿的地方！""别让他那么做，爸！""我们会看不到那条路的！"诸如此类的傻话。玛丽·福琼什么都没说。她一副深沉矜持的样子，好像正在谋划自己的什么事情。皮茨已经不再吃饭，正盯着面前。他的盘子是满的，但他的拳头像两块黑色的石英石一样，一边一个，一动不动。他的眼睛开始沿桌子边移动，从一个孩子到另一个孩子，好像在寻找着特别的那一个。终于，那两只眼睛停在挨着外祖父坐的玛丽·福琼身上。"是你对我们干的好事。"他咕哝着。

"我没有。"她说，但声音并不确定。那不过是个颤音，一个吓坏了的小孩子的声音。

皮茨站起来说:"跟我来。"然后转身走出去,边走边松他的腰带。令老头子彻底绝望的是,她从桌边滑下去跟上他,几乎是跑着追上去,在他身后出门上了卡车,然后随车而去。

这种怯懦影响着福琼先生,好像它来自他本人,令他身体不适。"他打一个无辜的孩子,"他对仍然趴在桌脚的女儿说,"你们这些人没一个出手去阻止他。"

"你也没抬你的手。"一个男孩小声说道,青蛙们的合唱中传出了一致的抱怨。

"我是个有心脏病的老头子,"他说,"我阻止不了一头公牛。"

"是她撺掇你这么做的,"他女儿用慵懒的语气嘟哝道,脑袋在椅子边缘来回地摇摆,"她撺掇你做了这一切。"

"从来没有哪个小孩撺掇我做任何事!"他咆哮着,"你不是个好母亲!你真丢人!那孩子是个天使!圣徒!"他声音高得喊破了嗓,不得已急急忙忙冲出房间。

整个下午他只好躺在自己床上。无论何时只要知道那孩子被揍了,他都会觉得自己的心脏对于存放它的空间来说,似乎有点太大。不过现在他比任何时候都更坚决,一定要看到那加油站在房前拔地而起,如果能让皮茨中风,那就更好了。如果他中风并且瘫痪,就是罪有应得,他就再也没法揍她了。

玛丽·福琼从来不曾认真或长久地和他生过气，尽管那天下午之后他并未见到她。当他第二天早晨醒来时，她正跨在他胸口上，命令他快点，这样才不会错过混凝土搅拌机。

他们到的时候，工人们正在为钓鱼俱乐部打地基，那混凝土搅拌机已经在运转了。它的尺寸与颜色和一头马戏团大象差不多。他们站着看它搅拌了半小时。十一点三十分，老头子与蒂尔曼约好要商讨那笔交易，他们必须得走。他没有告诉玛丽·福琼要去哪儿，只说他得去见个人。

就在与福琼家门前土路相交的那条公路五英里外的地方，蒂尔曼经营着一家乡村综合商店，包括加油站、废金属回收站、二手车行和一家舞厅。因为这条土路很快就会铺上沥青，他想在附近选个好位置再开家这样的商店。他是个积极进取的人——福琼先生认为，他绝不是那种仅仅顺应进步的人，而是一直稍稍领先于潮流，只有如此，当它到来时他才能抓住它。公路上前前后后的指示牌，不时宣告离蒂尔曼的店铺只有五英里，只有四英里，只有三英里，只有两英里，只有一英里了，"注意！蒂尔曼商店就在这里拐弯！"最后，是炫目的红字："朋友们，这里就是，蒂尔曼店铺！"

蒂尔曼的店铺两边是一大片废旧汽车，属于一种为无法治愈的汽车准备的病房。他还卖户外装饰品，诸如石鹤、石鸡、花盆、花架、旋转木马之类的东西，还有一排墓石和墓碑，摆在离公路更远的地方，这样不至于让舞厅的客人闹心。他的大部分生意都在室外进行，因此商店本身倒没花太多钱。商店是木质结构，只有一个房间，后面加盖了一个狭长的铁皮屋做舞厅。舞厅分成有色人种和白人两部分，两边都有自动点唱机。他还有个烧烤炉，出售烤三明治和软饮料。

他们开车来到蒂尔曼的棚子下面时，老头子瞥了一眼那孩子，她双脚撑在座位上，下巴搁在膝上。他不知道她是否记得，他是打算把那块地卖给蒂尔曼的。

"你来这儿干什么？"她突然带着不以为然的表情问道，好像嗅到了敌人的气息。

"不关你的事，"他说，"你坐在车里就行了，等我回来，会给你带点东西。"

"别给我带什么东西，"她阴郁地说，"因为我不会在这儿待着。"

"哈！"他说，"现在你就在这儿，除了等着什么都干不了。"他下车，没有再注意她，他走进那个昏暗的商店，蒂尔曼正在那儿等他。

半小时后他回来时，她不在车里。藏起来了，他认定。他开始绕着商店走，看看她在不在后面。他朝舞厅两部分的门里看了看，又沿着那排墓碑走了一圈。眼神在那一大片废旧汽车上飘荡了一会儿之后，他意识到，她有可能在这两百辆车当中随便哪辆的里面或后面。他回到了商店前面。一个黑人男孩，喝着紫色饮料，正坐在地上，背靠着凝结着水珠的冰桶。

"那个小女孩去哪儿了，孩子？"他问。

"我没看见什么小女孩。"那男孩说。

老头子气急败坏地在口袋里搜索，递给他一个硬币说："一个穿着黄色棉布裙的漂亮小姑娘。"

"你要说一个长得像你一样的结实小孩嘛，"那男孩说，"她跟一个白人坐卡车走了。"

"哪种卡车，什么样的白人？"他吼道。

"是辆绿色皮卡，"那男孩咂着嘴说，"她叫那个白人'爸爸'。他们走了有一会儿啦。"

老头子战栗着上了车，动身回家。他的感情在狂怒和屈辱之间来回斗争。她以前从没把他一个人丢下，当然也绝不会为了皮茨离开他。一定是皮茨命令她上卡车，她不敢不上。可是当他得出这个结论时，比任何时候都更加生气。到底有什么大不了的，让她不能反抗皮茨？为什么他把她的一切都培养得这么好，唯独会有这么个性格弱点？真是个丑恶的谜啊。

等他到家登上门前台阶时，她正坐在秋千上，脸色阴沉地看着前面那块他要卖掉的地。她双眼肿胀，眼圈发红，但没看到她腿上有什么红色伤痕。他挨着她在秋千上坐下。他本想让自己的声音很严厉，可一出口却垮掉了，语气好像一个强自镇静的求婚者。

"你为什么丢下我走了？你以前可从没离开过我啊。"他说。

"因为我想那样。"她直直看着前方说。

"你根本不想，"他说，"是他让你那样。"

"我告诉你我要走，我就走了，"她用强调的缓慢声音说道，并不看他一眼，"现在你可以走了，让我自己待会儿。"这话的语调里有种不可更改的东西，在他们以前的争论中从未出现过。她直勾勾的眼神穿过那片除了许多紫色、黄色和粉色的杂草什么都没有的土地，又穿过那条红土路，望向黑松林那顶部有条绿色穗边的幽暗轮廓线。轮廓线后面，是更远处树林窄窄的灰蓝色轮廓线，再往后，除了天空什么都没有，除了一两丝云，完全空空荡荡。她注视着这景象，好像与他相比，这是她更喜欢的一个人。

"这是我的地，不对吗？"他问道，"我卖我自己的地，你为什么这么介意呢？"

"因为那是草坪。"她说。她的鼻涕眼泪开始吓人地流起来，但她仍然板着脸，水一流到舌头边就把它们舔掉。"我们再也看不到路对面了。"她说。

老头子看着路对面，再次确认了一下，那里没有任何东西可看。"我可从来没见过你这个样子，"他用难以置信的语调说，"那儿除了树林啥都没有。"

"我们再也看不到了，"她说，"那是草坪，我爸爸在上面放他的牛呢。"

听到这里老头子站起身来。"你的行为更像个皮茨，不像个福琼。"他说。他以前从未给过她这么难听的评价，话出口的那一瞬间他感到很抱歉。这话对他的伤害比对她更大。他转身进屋，上楼进了自己房间。

那天下午有好几次，他从床上起来，目光越过窗外的"草坪"，看着对面她说再也看不到的树林轮廓线。每一次他都看到同样的东西：树林——不是山，不是瀑布，不是任何种植的灌木或花丛，只是树林。在下午那个特殊的时候，阳光交织在树林之间，让每根细瘦的松树干都完全赤裸地突显出来。松树干就是松树干，他对自己说，这附近谁要想看都不必走太远。每次他起来往外看，都再次确信自己卖掉那块地十分明智。它给皮茨家带来的不满将是永久的，但他可以买点什么来跟玛丽·福琼和解。对成年人来说，一条路可能通向天堂也可能通向地狱，但是对于孩子，沿途总有些停靠站，一件琐事就能让他们的注意力转移。

他第三次起身看树林时，将近六点钟了，那些枯瘦的树干似乎沐浴在一池红光中，那是几乎落山的太阳最后喷涌出来的。老头子盯着看了一会儿，好像有很长的一瞬间，他被通往未来的所有嘈杂声困住了，被困在一团他从前根本不理解的、令人不适的奥秘当中。在幻觉中他看见，树林后面好像有人受了伤，那些树都沐浴在鲜血之中。几分钟后，这幅令人不快的景象被打破了，皮茨的皮卡慢慢停在这扇窗下。他回到床上闭起眼睛，紧闭的眼皮上，可怕的红色树干出现在黑暗的树林中。

晚餐桌上，没有一个人对他说一个字，包括玛丽·福琼。他很快吃完，又回到自己房间，花一整晚向自己指出，在咫尺之外拥有一间像蒂尔曼那样的商店，未来好处多多。他们不必再为加油走远路，无论何时需要一条面包，他们要做的只是走出前门，走进蒂尔曼的后门。他们还可以卖牛奶给蒂尔曼。蒂尔曼是个可爱的家伙。蒂尔曼会拉来其他生意。这条路很快就会铺好。来自全国各地的游客都会在蒂尔曼的店铺停留。如果他女儿以为自己比蒂尔曼强，挫一挫她的傲气会更好。人人生来自由而平等。当这句话在他脑子里响起时，他的爱国心胜利了，他认识到，卖掉这块地是他的责任，他必须确保未来。他望着窗外，看到月亮正照耀着路对面的树林，他倾听了一会儿蟋蟀和树蛙的合唱，在它们的喧闹之中，他能听到未来福琼镇悸动的声音。

他上床睡觉时确信，就像往常一样，他早晨醒来就会看到一个红色小镜像，边上是光滑的发帘门。她会把整个买卖都忘掉，早饭后他们会开车进城，去法院拿法律文书。回来的路上，他会停在蒂尔曼店铺那儿，完成这笔买卖。

早晨睁开眼时，他只看到空空的天花板。他爬起来环顾房间，可她不在。他趴在床边往下看，她还是不在。他起来穿好走到外面。见她正坐在前廊的秋千上，就是昨天那个样子，眼神穿过草坪，看着那片树林。老头子非常生气。自打她会爬以后，每天早晨他醒来都会看到她，不是在自己床上，就是在床下。很显然，今天早晨她更喜欢看那片树林。他决定暂且忽略她的行为，等她这气怄完之后再提起。他挨着她坐在秋千上，但她仍然看着那片树林。"我想你和我应该进城去，去那家新开的船品店看看船。"他说。

她没有转过头，但高声而怀疑地问道："你还要做别的什么？"

"没有别的。"他说。

她停顿一下说："如果只看船，我就去。"但她还是懒得去看他。

"那就穿上你的鞋，"他说，"我可不想带个光脚女人进城。"她依然不肯为这句话笑一下。

天气像她的态度一样冷淡。天空看上去既不像要下雨，也不像不下，呈现一种令人不快的灰色，太阳也懒得出来。进城的一路上，她都坐在那儿看着自己的脚，她的脚伸在前面，包裹在沉重的棕色校鞋里。老头子以前常常偷偷接近她，发现她在和自己的脚聊天，他认为这会儿她又在默默地跟它们交谈。她的嘴唇不时地翕动，但她什么都不对他说，任他说什么都仿佛根本没听到。他认定这次得花大价钱买回她的好心情，最好买艘小船，既然他自己也想要一艘。自从那水面上涨到他的地界以来，她一直在说船的事儿。他们先去了船品店。"给我们看看穷人的游艇！"进去的时候，他对那位店员快活地大喊。

"这些都是穷人的游艇！"那店员说，"等你买下一艘，你就是个穷人啦！"他是个结实的年轻人，穿黄衬衫蓝裤子，很会随机应变。他们连珠炮般交换了一番聪明话。福琼先生看看玛丽·福琼，想知道她的脸是否已经明亮起来。她正漫不经心地站着，视线越过一艘摩托艇的船舷，瞪着对面的墙。

"这位女士对船不感兴趣吗？"那店员问道。

她转身漫步走上人行道，又上了汽车。老头子惊奇地目送着她。他简直无法相信像她这么聪明的孩子，就为了卖掉一块地，竟然如此行事。"我想她肯定是生病了，"他说，"我们还会再来的。"说完他也回到车上。

"咱们去买个蛋筒冰激凌吧。"他关心地看着她，提议道。

"我不想要什么蛋筒冰激凌。"她说。

他的真正目的地是县政府，但他不想让这太明显。"我去办点自己的小事，你去十美分商店逛逛怎么样？"他问道，"你可以用我带来的两毛五给自己买点东西。"

"我在十美分商店里没任何事可做，"她说，"我不想要你的什么两毛五。"

如果对一艘船都没兴趣，他就不该以为一个两毛五硬币会管用，不该再次证明自己的愚蠢。"那么，到底出什么事了，小妹妹？"他亲切地问，"你感觉不舒服吗？"

她扭过头直视着他的脸，带着浓重的仇恨慢慢地说："那块草坪。我爸爸在那儿放牛。我们再也看不到那片树林了。"

老头子尽量克制住自己的怒火。"他打你！"他嚷道，"你还操心他在哪儿放他的牛！"

"这辈子没有任何人打过我，"她说，"如果哪个敢，我就杀了他。"

一个七十九岁的男人怎能让自己被一个九岁小孩碾压。他脸上那副表情与她的一样坚决。"你是个福琼，"他说，"还是个皮茨？你做决定。"

她的声音响亮坚定又斗志昂扬。"我是玛丽——福琼——皮茨。"她说。

"那我呢，"他大喊，"是个**纯种**福琼！"

她对此流露出无话可说的表情。有一瞬间，她看上去彻底被打败了，老头子明明白白又心烦意乱地看出，这是皮茨家的表情。他看到的正是皮茨的表情，纯粹又简单，他觉得自己被玷污了，就好像这表情是在自己脸上发现的。他厌恶地扭过头，倒车径直向县政府开去。

县政府是栋红白相间门脸光鲜的建筑，坐落在广场中心，广场上的大部分草已经磨掉。他在楼前停了车，语气强硬地说道："待在这儿。"然后下车，摔上车门。

他用了半个小时拿到地契再起草销售文件，等他回到车里，她正坐在后排座的角落里。他能看到的那部分脸上，写着不祥之兆和拒人于千里之外。天空也暗下来，空气中有股慵懒的热流，就是龙卷风要来时的那一种。

"我们最好在遇上暴风雨之前出发，"他强调说，"因为回去的路上我还有个地方要停。"但他好像一直载着具小死尸一样，这就是他得到的全部回答。

去蒂尔曼商店的路上，他再次回顾了驱使他如此行动的诸多理由，在其中找不到一点瑕疵。他认定，虽然她这种态度不会一成不变，他却会对她一直失望。当她回心转意时，必须得向他道歉；而且她也甭想得到什么船了。他开始慢慢意识到，他和她的麻烦在于，他一直没有表现出足够的强硬。他一向太仁慈了。他是那么专注于这些想法，竟至没有注意到那些显示蒂尔曼商店有多远的标志牌，直到最后一块哗一下爆到他眼前："朋友们，这里就是，蒂尔曼商店!"他把车停在那个棚子下面。

他没怎么看玛丽·福琼就下了车，走进那个黑暗的商店。蒂尔曼正倚在柜台边等他，身后是摆着罐头食品的三层货架。

蒂尔曼是个讷于言而敏于行的人。他随意地坐着，双臂交叉放在柜台上，胳膊上头那微不足道的脑袋正在呈蛇形晃动。他有张三角脸，从底部那个点到脑袋顶上都覆盖着雀斑。他的眼睛是绿色的，还非常窄，嘴巴总是半张着，露出了舌头。他随身携带着支票簿，他们立刻就谈起了生意。他没花多长时间就看过了地契又签了支票。随后，福琼先生也签了字，他们在柜台上握了手。

福琼先生和蒂尔曼握手时，感到了极度的解脱。他觉得，该做的都做了，不会再有什么争论了，无论是和她还是和自己。他觉得自己按原则办事，未来尽可放心。

就在他们松手之际，蒂尔曼的脸突然变了，他彻底消失在柜台下面，就像被人从底下拽着脚一下子拖走了。一个瓶子撞碎在他身后那排罐头食品上。老头子转过身去。玛丽·福琼在门口，红着脸，表情狂乱，拿起另一个瓶子要扔。他一闪躲，瓶子撞碎在他身后的柜台上，她又从篓子里抓起一瓶。他朝她扑过去，但她飞跳到商店另一边，不知所云地尖叫着，乱扔能够抓到的每样东西。老头子又一个猛扑，这回抓住了她裙子的下摆，将她拖出了商店。接着，他将她提起来，抓得更紧一些，她在他胳膊里气喘吁吁又呜呜咽咽，可是就差几英尺到车前时，却突然一软。他费劲地打开车门，把她扔进去，然后跑到另一边上了车，用尽全力驾车而去。

他觉得自己的心脏有汽车那么大，它好像在全速前进，以前所未有的速度将他带到某个无法避免的归宿。开始那五分钟，他什么也没想，只是全速前进，好像正被自己的狂怒驱赶。慢慢地，思考的力量回到了他身上。玛丽·福琼，在角落里缩成一个球，正在抽鼻子，喘粗气。

他这辈子还从未见过一个小孩如此行事。他自己的孩子或者别人的孩子，都不曾在他面前发过这么大脾气。他从来没想象过，一分一秒都没想过，他亲自培养的孩子，一直陪伴了他九年的孩子，会像这样叫他尴尬。他可从来没对这孩子动过一下手啊！

他突然明白——虽然这种顿悟有时来得晚了点儿——那一直是他的错。

她尊敬皮茨是因为，即便没有什么正当理由他都能揍她；如果他——现在有正当理由——还不揍她的话，等她变成个坏蛋，他就谁都怪不着，只能怪自己了。他明白时候到了，不可避免，他得抽她一顿了，当他拐下公路开上回家的土路，他告诉自己，等他收拾完她，她就再也不会扔瓶子了。

他沿着土路一路疾驰，到了自己土地的边界后，他拐上一条宽度刚够汽车通过的岔路，在树林里颠簸了半英里。他把车停在看见皮茨对她挥动腰带的那个地方。道路在这里变宽了，可容两辆车通过，或者一辆车掉头。这片光秃秃的丑陋红土地被又长又细的松树环绕着，它们似乎是聚在一起，来见证这块空地上将要发生的事情。土地上有几块突出的石头。

"出去！"他说完就掠过她，伸手打开了车门。

她下了车，没有看他，也不问他们要去做什么。他从自己这边下了车，绕到车前面。

"现在我要抽你!"他的声音格外响亮、空洞，带着种震荡，回音穿过了松林的树梢，似乎被吸了个干净。他不想在抽她的时候遇上倾盆大雨，便说："快点靠那棵树准备好。"然后开始解自己的皮带。

他决心要做的事儿像是弥漫在她头脑中的迷雾一般，她理解得非常慢。她没有动，但慢慢地，她的表情开始从迷惑变为明白。短短几秒钟之前，她的脸还涨得通红、狂乱地扭成一团，此刻所有模糊的线条都荡然无存，只剩下了肯定，那表情从果断慢慢走向了确信无疑。"没人打过我，"她说，"谁要敢试试，我就杀了他。"

"别顶嘴。"他说着朝她走过去。感觉两膝特别摇摆不定，似乎既可能向后转，也可能向前转。

她不多不少往后退了一步，眼睛一直盯稳了他，摘下眼镜，扔到一块石头的后面，石头就在他让她靠着准备好的那棵树附近。"摘掉你的眼镜。"她说。

"别给我下命令!"他高声说着，用皮带笨拙地拍在她脚踝上。

她扑到他身上的速度那么快，以至于他记不清自己最先感受到的冲击是来自她整个身体的重量，还是她双脚的猛踢，或者是她拳头在他胸口的猛击。他向空中挥舞着皮带，不知道该打哪里，只是拼命要把她从身上甩掉，好让自己判断怎么控制住她。

"走开！"他大喊，"我让你走开！"可是她似乎无处不在，随时会从任何方向扑过来。就好像他不只遭到一个孩子攻击，而是被一群小魔鬼围攻，她们都穿着结实的棕色校鞋，挥舞着石头般的小拳头。他的眼镜掉到了一边。

"我告诉你要摘掉眼镜。"她咆哮着，手上并不停顿。

他抓住自己膝盖，一只脚跳着，雨点般的拳头打在他肚子上。他感觉到她正一只手吊在自己前臂上，五个爪子嵌进肌肉里，双脚猛踹他的膝盖，空着的拳头一次次猛击他的胸口。随后，他惊骇地看到她在自己面前抬起的那张脸，牙齿竟暴露无遗，她咬住他一边下巴时，他像公牛一样怒吼起来。他仿佛看到自己的脸从几个方向扑过来咬他，可他却无法招架，因为他正遭到不分青红皂白的猛踹，先是肚子，接着是裤裆。他突然摔倒在地，如同身上着火似的打起滚来。她飞快地跳到他身上，一边和他翻滚在一起，一边继续用两只空着的拳头猛打他胸口。

"我是个老人！"他尖叫着，"放开我！"可是她并不停下，对他的下巴开始了新一轮攻击。

"停！停！"他气喘吁吁地说，"我是你外公！"

她停顿下来，脸刚好在他的脸上方。一模一样的浅色眼睛相互注视着。"你受够了？"她问。

老头子仰望着自己的形象，它得意洋洋又充满敌意。"你被我打了一顿，"它说，接着加上一句，一字一顿地总结道，"我是个纯种皮茨。"

在这停顿当中，她松开了她的手，他一把扼住她的喉咙。凭着突然爆发的一股力量，他奋力翻过身，把两个人的位置颠倒过来，这样就可以俯视那张脸，它明明是他的，却敢自称为皮茨。他仍然用双手紧紧卡住她的脖子，抬起她的头朝正好在下面的那块石头狠狠撞下去。接着，他又撞了两次。然后，看看那张脸，上面的两只眼睛正慢慢往上翻，似乎一点都没注意他。他说："我身体里连一盎司的皮茨都没有。"

他继续盯着自己征服的这个形象，直到察觉出，它虽然绝对安静，却一点没有懊悔的表情。两只眼珠已经彻底翻上去，一副怒目而视的样子，却并不把他放在眼里。"这应该会给你个好好的教训吧。"他用带着怀疑的语气说道。

两腿被踢得摇摇晃晃，他吃力地站起来走了两步，可是，在汽车里就开始肿大的心脏此刻继续膨胀着。他扭过头，长久地看着身后那个小小的、一动不动的脑袋搁在石头上的身影。

随后，他仰面倒下，视线沿着那些裸露的树干，无助地仰望松林顶端，他的心脏因剧烈的抽搐而再一次膨胀了。它膨胀得那么快，以至于老头子觉得，他好像正被它拖着穿过树林，自己好像正竭尽全力和那些难看的松树一起，朝着那湖面奔跑。他觉得，那儿会有个小小的缺口，一个他能够甩掉身后这些树木逃跑的小地方。隔着很远他已经能看到它了，那里的白色天空倒映在水面上。随着他跑过去的步伐，它一直在变大，突然一下整个湖面都敞开在他面前，泛着小小的波纹，庄严地向他脚下涌来。他突然意识到他不会游泳，那艘船也没买。他看到身体两旁，那些枯瘦的树干已经变粗，变成神秘的黑色队列，正行军般穿过水面，走向远处。他绝望地环顾四周，想找人求助，可是这地方荒无人烟，只有一个黄色巨怪坐在边上，像他一样一动不动，吞咽着泥土。

永久的寒意

　　阿斯伯里的火车停了，他刚好可以在母亲站着等他的地方下车。车厢下面，她戴着眼镜的瘦削脸庞笑容灿烂，一看到列车员身后强自支撑的他时，那笑容便消失了。它消失得那么突然，取而代之的震惊表情又是那么彻底，让他头一回意识到，他看起来一定病得不轻。天空一片冷灰，一轮惊人的白金色太阳，就像来自东方的某个陌生王者，正君临于环绕蒂姆伯勒的黑森林之上，把奇异的光投射在这里唯一的砖木棚屋街区上。阿斯伯里觉得即将见证一次神奇的变化，那些平平的屋顶随时会变成异域寺庙里爬升的塔楼，供奉着某个他不知道的神灵。这幻觉只持续了一秒，他的注意力就被拉回到母亲身上。

　　她轻轻叫了一声，看上去吓坏了。她一下子就从他脸上看到了死亡，这让他高兴。他年已六十的母亲，终于要被迫认识现实了，他认为，如果这种经历没有摧毁她，就会帮助她成长。他走下火车，跟她打招呼。

"你看上去不太好。"她说着，用临床诊断的眼神久久地审视他。

"我不想说话，"他马上说，"一路上很糟糕。"

福克斯太太注意到，他的左眼布满血丝。他脸庞肿胀，面色苍白，作为一个二十五岁的小伙子，头发已经可悲地凋零。头顶上剩下的稀疏发红的头发朝一边倒着，呈楔形，似乎拉长了他的鼻子，给他一副烦躁的表情，与他对她说话的口气颇为般配。"那儿一定很冷，"她说，"你干吗不脱掉大衣？这儿还不冷呢。"

"用不着你告诉我温度是多少！"他高声说道，"我这么大了，什么时候想脱大衣我自己知道！"身后的火车无声无息地滑行远去，留下的景象是两排一模一样的废弃商店。他目送着那个铝皮小点消失在树林中，对他来说，他与一个更大世界的最后一点联系永远消失了。然后，他转过身冷冷地面对着母亲，为自己竟然有那么一秒在这个快倒塌的乡下车站看到一座想象的寺庙而恼火。他早已完全习惯了死去的想法，可是还不习惯死在**这儿**的念头。

他感到大限将至已经快四个月了。有天晚上，独自待在冰冷的公寓里，蜷缩在两张毯子、一件大衣的下面，中间还有三沓《纽约时报》，他先是感到一阵寒意，接着淋漓大汗浸透了床单，也打消了他心中对自己真实病情的所有疑虑。在这之前，他的精力一直在渐渐消退，还有全身不规律的疼痛和头痛。他那份书店的兼职，已经因为好多天没去给丢了。从那以后他一直靠积蓄勉强度日，积蓄日见减少，最后只够回家的车票。现在什么都没有了，他回到了这里。

"车在哪儿？"他喃喃低语。

"那边，"母亲说，"你姐姐正在后座上睡觉，因为我不想一个人这么早出来。用不着叫醒她。"

"对，"他说，"莫惹是非啊。"他提起两个鼓胀的行李箱，开始过马路。

两个箱子对他来说太重了，等他走到汽车旁，母亲看出他已筋疲力尽。他以前回家从未提过两个箱子。自从第一次离家去上大学，每次回来他除了待两周要用的必需品啥都不带，还摆出一副僵硬消沉的表情，表明他只准备忍受十四天的逗留。"你带的东西比往常多啊。"她评论道，可他并未答话。

他打开车门，把两只箱子放到他姐姐跷起的脚旁，先看了一眼那脚——穿着女童子军鞋——又带着认出她的厌恶表情看了其余部分。她裹在一套黑色的衣服里，头上扎块白色的破布，边上露出了金属发夹。她闭着眼睛，张着嘴巴。他和她有相同的脸容，不过她的更大些。她比他大八岁，是乡村小学的校长。他轻轻关上门让她接着睡，然后绕过去坐进前座，闭上了眼睛。母亲把车倒回到路上，几分钟后，感觉车子拐上了公路，他睁开了眼睛。道路在两片开阔的黄色莠草地中延伸。

"你不觉得蒂姆伯勒发展了吗？"母亲问。这是她的标准提问，照字面意思接受就好。

"还是那样子，不是吗？"他用难听的声音说。

"有两家商店换了新门面。"她说。紧接着突然狠狠地说："你回家来是对的，这儿能找到好医生！今天下午我就带你去看布洛克医生。"

"我不去，"他尽力让声音不致颤抖，"看布洛克医生。今天下午不去，什么时候都不去。我要是想找医生，早就去那些有好医生的地方了，你不觉得吗？你不知道纽约才有更好的医生吗？"

"他会格外关照你的，"她说，"大地方的那些医生没有一个会格外关照你。"

"我才不要他对我格外关照，"一分钟之后，他凝视着外面一片模糊的紫色田野说，"我的问题布洛克没法理解。"他的声音渐渐低下来，变得嘶哑，几乎成了啜泣。

他没办法像朋友戈茨建议的那样，把从前过往的一切，或者未来所剩无几的日子都看成一场幻梦。戈茨很肯定，死根本算不了什么。戈茨整张脸上总是因一百万种愤慨而青一块紫一块，去日本六个月回来后，虽然还像以前那么脏，却变得像佛陀一样心如止水。戈茨以冷静旁观的态度接受了阿斯伯里即将死去的消息。他引用别人的话说："虽然菩萨引领无数的生灵走向涅槃，可事实上既没有任何菩萨来引领你，也没有任何生灵接受引领。"不过，出于对他幸福的一点关心，戈茨还是拿出四块五带他去听了场关于吠檀多的演讲。这是浪费他的钱。戈茨着迷地聆听讲台上那黑衣小个子讲话时，阿斯伯里无聊的目光在观众中游荡，掠过几个穿莎丽的女孩的头顶，掠过一个日本年轻人，一个穿深蓝色衣服、戴土耳其毡帽的男人，还有几个看着像是做秘书的女孩。最后，在这排末尾，终于落在一个戴眼镜、穿黑衣的人身上。一个神父。神父的表情彬彬有礼，不过明显兴趣有限。阿斯伯里立刻就从那沉默超然的表情中辨认出了自己的感受。演讲结束后，几个学生聚在戈茨公寓里，神父也和他们一起，但他还是那么矜持。他带着明显的礼貌听大家讨论阿斯伯里即将离世，但他说得很少。一个穿莎丽的女孩说，自我满足根本不可能，因为那意味着救赎，而救赎这个词毫无意义。"救赎，"戈茨引申说，"就是摧毁个人偏见，没有人得救。"

"你对此有什么要说的吗?"阿斯伯里问神父,掠过其他人的脑袋,回敬他那矜持的微笑。这微笑的边界,似乎触碰到某种冰冷的澄明。

"有的,"神父说,"成为新人的真正可能性是有的,当然,"他轻轻加上一句,"要靠三位一体中第三个人的帮助。"

"荒谬!"穿莎丽的女孩说道,但神父只回之以微笑,这会儿,那笑容有点愉快。

当他起身离开时,默默地递给阿斯伯里一张小卡片,上面写着他的名字,伊格内修斯·渥格,耶稣会,还有地址。也许,阿斯伯里此刻想,他应该用那名片才是,因为神父是这个世界上对他有吸引力的人,一个会理解他死亡之独特悲剧性的人,这种死亡的意味远非周围那些聒噪众人所能理解,也远远超过布洛克的理解力。"我的问题,"他重复道,"布洛克无能为力。"

母亲立刻明白了他的意思:他要精神崩溃了。她一个字都没说。她没有说这正是她原本要告诉他的事。当人们自认为很聪明时——就算他们真的很聪明——也就没有任何人能说上话让他们看看清楚了。至于阿斯伯里,麻烦在于除了聪明之外,他还一派艺术家性格。她不知道这是打哪儿继承来的,因为他的父亲，融律师、商人、农民和政客于一体，显然是脚踏实地的人；而她自然也一向如此。在他死后，她想方设法让这两个孩子读完大学甚至继续深造；可她发现，他们受的教育越多，他们能做的就越少。他们的父亲在一所只有一间教室的学校上完了八年级，可他什么都能做。

她本可以告诉阿斯伯里，什么对他有帮助。她本可以说："如果你出去晒晒太阳，或者去奶牛场干上一个月，你就会是另一个人了！"但她很清楚这建议会得到什么下场。他在奶牛场会成为一个祸害，不过他要想去，她会让他去的。去年他回家来写那个剧本时她就让他在那儿干活了。他一直在写一部有关黑人的戏（她搞不懂，为何人人都想写关于黑人的戏），他说他想在奶牛场和他们一起干活，好弄明白他们对什么感兴趣。如果他还能听进去谁的话，她可以告诉他，他们的兴趣就是尽可能少干活儿，应付差事。那一个月，黑人们忍受了他，他学会了给牛装上挤奶器，有一次还洗了所有的牛奶桶，她记得他还搅拌过饲料。后来一头牛踢了他，他就再也没有回过牛棚。她知道，如果他现在到那儿去，去修修篱笆，或者随便干点什么工作——真正的工作，不是写作——他或许就能避免这精神崩溃。"你写的那个黑人的剧本到底怎么样了？"她问道。

"我不写剧本了，"他说，"你还要搞搞清楚：我不去什么奶牛场干活儿。我不出去晒太阳。我病了。我发烧又发冷，我头晕，我要你做的全部，就是让我一个人安静会儿。"

"你要是真病了，就应该去看布洛克医生。"

"我不去看布洛克。"说完这句，他扎进座位，紧张地盯着自己前方。

她拐上自家车道，这条红土路有四分之一英里长的距离穿过屋前两片牧场。不产奶的母牛在一边，奶牛在另一边。她放慢车速，然后彻底停下来，注意力被一头有毛病的母牛所吸引。"他们根本没照看好她，"她说，"瞧那乳房！"

阿斯伯里迅速把头扭向相反的方向，可是那儿有一头斜眼的格恩西小牛，正一动不动地注视着他，仿佛觉察到了两人之间的某种联系。"老天爷啊！"他极为苦恼地嚷道，"咱们不能往前走吗？现在是早晨六点钟！"

"好的好的。"母亲说着飞快地启动了车子。

"喊得痛不欲生，是谁啊？"他的姐姐在后座上慢吞吞地说。"噢，是你啊，"她说，"好啊，好啊，艺术家又和我们在一起了。多么完全彻底呀。"她说话带着明显的鼻音。

他没有回答，也没有回头。他已经领教过太多了，根本别搭理她。

"玛丽·乔治！"母亲严厉地说，"阿斯伯里生病了。让他安静会儿。"

"他怎么啦?"玛丽·乔治问。

"这就到家了!"母亲这么说,好像除了她大家都是瞎的。它高踞于小山顶上,是座两层的白色农庄,门廊宽阔,立柱也很漂亮。她每次回家总是满心自豪,她还不止一次对阿斯伯里说:"你在这儿有个家,那儿有一半的人都恨不能得到它!"

她去过他在纽约住的那个鬼地方一次。他们爬上五层黑乎乎的石阶,经过每个平台上敞开的垃圾桶,终于来到了有两个潮湿房间和一个厕所的目的地。"你在家里是不会住这种地方的。"她嘟哝道。

"当然!"他一副狂喜的表情说道,"那怎么可能!"

她猜想,事情的真相不过是她弄不明白,一个真正的艺术家感觉到底有多敏感,整个人又有多特别。他姐姐说他不是个艺术家,说他没天分,还说这正是他的麻烦所在;可玛丽·乔治自己也不是个幸福的姑娘。阿斯伯里说她装出一副知识分子的模样,其实智商不超过七十五,她唯一感兴趣的就是找到一个男人,可是没有哪个明智的男人初次见面愿意好好看她一眼。母亲曾试图告诉他,玛丽·乔治要用点儿心,本可以很有魅力的。而他说,那么大的压力放在她心头,会让她崩溃的。但凡她有一点吸引人的地方,他说,她现在就不会做一个乡村小学的校长了。玛丽·乔治又说，阿斯伯里要是有一点天分，现在早该发表些什么了。他到底发表过些啥，她倒真想知道，再说了，他又到底写过些啥？

福克斯太太指出，他才二十五岁，玛丽·乔治又说，好多人都在二十一岁上就出了书，他的年纪整整超了四岁。福克斯太太对这种事不在行，但她指出，他也许在写本特别长的书。特别长的书，天哪，玛丽·乔治说，他哪怕想出一首诗来也算有本事。福克斯太太希望，他写出来的不光是一首诗。

她把车开上边道，空中一群珍珠鸡四散炸开，又绕着房子滑翔尖叫。"又到家了，又到家了，嗒嘀嗒嘀嗒！"她说。

"噢，上帝。"阿斯伯里呻吟着。

"艺术家抵达了毒气室。"玛丽·乔治用鼻音说。

他靠在门上下了车，忘了拿箱子，好像恍恍惚惚地朝房前走过去。他的姐姐下车站在车门边，眯眼看着他摇摇晃晃的佝偻身影。当她注视着他爬上前阶时，吃惊的脸上嘴唇耷拉下来。"啊，"她说，"他的确有问题呀。他看上去有一百岁。"

"我不是告诉你了吗？"母亲嘘声说，"现在你把嘴闭上，让他安静会儿。"

他走进屋子，只在门厅停留片刻，刚好够他在廊前镜里看到自己苍白憔悴的脸正瞪着自己。他抓着扶手，吃力地爬上陡峭的楼梯，穿过平台，再爬上短一些的第二层楼梯，进入自己的房间。这是一个宽敞通风的房间，铺着褪色的蓝地毯，还有为他回家新挂起的白色窗帘。他什么都不看，脸朝下倒在自己床上。这是张窄窄的古董床，有高高的花式床头，上面雕刻着花环篮子，装满木刻的水果。

他还在纽约时，曾给母亲写过一封信，满满两个笔记本。死之前他不想给她看。它就像是卡夫卡写给父亲的那种信。阿斯伯里的父亲二十年前就死了，阿斯伯里认为这是大大的福分。那老头子，他敢肯定，是本地政府那伙人中的一员，乡村杰出人士，每只馅饼都要染指。他知道自己不会容忍他，他以前看过他的几封信，为那愚蠢大感震惊。

当然，他知道，母亲不会马上就理解这封信。她那实在的头脑需要些时间来发现它的重要意义，但他认为她能明白，他原谅了她过去对他所做的一切。其实，他认为她只能通过这封信来认清她对儿子所做的一切。他认为，她对此压根就没搞清楚。她那自我满足本身几乎是无意识的，不过因为这封信，她会体验到痛苦的觉醒，这也将是他留给她的唯一有价值的东西。

如果读信会让她痛苦，写信有时候对他来说则是难以忍受的——因为，为了面对她，他不得不面对自己。"我来这儿是为了逃避家里那种奴役的氛围，"他曾写道，"为了寻找自由，为了解放我的想象力，就像被放出牢笼的雄鹰，'盘旋着离开，进入更广阔的旋涡'（叶芝），可我找到了什么？它无法飞翔。它是你驯服的某种鸟，怒气冲冲地坐在栏中，拒绝出来！"接下来的这段话了两道下划线。"我没有想象力。我没有天赋。我不会创作。除了对这些东西的渴望，我一无所有。你干吗不把这渴望也杀了？女人，你干吗要剪掉我的翅膀？"

写到这儿，他已达到绝望的顶点，他认为读到这些，她最起码能感觉到他的悲剧和她在其中扮演的角色了。倒不是说她曾将自己的方式强加于他。根本没有那个必要。她的方式很简单，她就是他一直呼吸的空气，当他终于发现其他空气时，却无法在其中生存。他觉得，即便她不能马上明白，这封信也会给她留下永久的寒意，也许还能及时地让她看清她自己。

他已经毁掉了以前写过的所有其他东西——两部死气沉沉的长篇小说，半打迟钝呆板的剧本，沉闷乏味的诗歌，粗枝大叶的短篇故事——只留下包含这封信的两个笔记本。本子就在黑箱子里，他姐姐此刻正怒气冲冲，喘着粗气，把它拖上第二段楼梯。母亲提着小点的箱子走在前头。她进房间时，他翻过身去。

"我来打开这箱子，把你的东西拿出来，"她说，"你可以直接上床躺着，几分钟后我把早饭拿来。"

他坐起来用烦躁的声音说："我不想吃什么早饭，我能打开自己的箱子。随它去吧。"

他姐姐来到门口，脸上满是好奇，把黑箱子砰地放在门槛上，然后用脚推着它穿过房间，直到近得可以好好看他一眼才作罢。"要是我像你看上去这么糟糕，"她说，"我就会去医院。"

母亲严厉地盯着她，她离开了。福克斯太太关上门来到床边，挨着他坐下来。"这一次我想要你长住，多休息一段。"她说。

"这次回来，"他说，"将是永远的。"

"太棒了！"她嚷道，"你可以在你房间弄个小工作室，早晨可以写剧本，下午可以在奶牛场帮忙！"

他给她一张僵硬惨白的脸。"关上百叶窗让我睡觉。"他说。

她走后，他盯着灰墙上的水渍躺了一会儿。裂缝渗水侵蚀形成了一个个长长的冰柱图案，从屋顶上蔓延下来，正对着他的床。另一道裂缝制造出一个展开双翅的猛禽形象，那只鸟嘴上斜挂了一根冰凌，还有更小的冰凌从它翅膀和尾巴上伸出来。从他童年起这东西就在那儿，它一直惹他生气，有时还吓他一跳。他过去常有种幻觉，它会动起来，还会神秘地降落，把冰凌砸到他头上。他闭上眼睛想：再过几天我就不用非得看着它了。很快，他就睡着了。

下午他醒来时，一张粉红的脸张着嘴在他上方晃荡，脸旁边两只大耳朵上，伸出布洛克听诊器的两根黑管子，放在他裸露的胸口。那医生见他醒了，做了个中国人似的鬼脸，差点把眼睛翻出脑袋，叫道："说'啊'！"

布洛克对于孩子是不可抗拒的。方圆几英里内呕吐发烧的孩子都要被他造访。福克斯太太正站在他身后，笑容灿烂。"布洛克医生来了！"那口气，好像她是从屋顶上抓住了这位天使，把他带给了她的小男孩似的。

"带他离开这儿。"阿斯伯里喃喃低语。他似乎是从一个黑洞的洞底，看着那张自命不凡的脸。

医生凑近了端详，耳朵在抽动。布洛克是秃顶，有张婴儿般无知无觉的脸。他身上没一点地方显出他的才智，除了两只硬币颜色冷冰冰的眼睛，对他看到的一切都怀着一成不变的好奇心。"你看起来的确很糟糕，阿斯伯里。"他小声说。他拿下听诊器放在自己包里。"我不知道什么时候见过像你这个年纪的人身体会这么差。你都对自己做了些什么啊？"

阿斯伯里的脑后在不断地巨响，好像他的心脏被困在里面，正奋力向外挣扎。"我没有叫人请你来。"他说。

布洛克把手放在瞪着他的那张脸上，把眼皮拉下来审视着。"你在那儿一定发过高烧。"他说。他开始用手按压阿斯伯里的背部。"我自己也去过那儿一回，"他说，"立马看清楚他们是多么可怜，直接就扭头回家了。张开嘴。"

阿斯伯里自动地张开嘴，那锥子般的目光在他嘴上盘旋继而深入进去。他猛地闭上嘴，上气不接下气地说："如果我想看医生，我会待在能找到好医生的地方！"

"阿斯伯里！"母亲说。

"你嗓子疼有多久了？"布洛克问。

"她叫你来的！"阿斯伯里说，"她可以回答这些问题。"

"阿斯伯里！"母亲说。

布洛克弯下身子，从包里抽出一个橡皮管。他把阿斯伯里的袖子推上去，将管子绑在他上臂上，然后拿出一个注射器开始找血管，针头扎进去时还哼着一首圣歌。自己鲜血的隐私就这样被这个白痴给侵犯了，阿斯伯里躺在那儿，愤怒地死死瞪着他。"主虽缓慢却坚定，"布洛克喃喃地唱着，"噢主虽缓慢却坚定。"针管满了，他抽出了针头。"血液不会撒谎。"他说着，把血灌进瓶子，塞上瓶口放进包里。"阿斯伯里，"他开口道，"多久……"

阿斯伯里坐起来，轰轰直响的脑袋猛地向前一伸说道：

"我没有请你来。我不会回答任何问题。你不是我的医生。我的问题你理解不了。"

"绝大多数事情，我都理解不了，"布洛克说，"我还没发现什么事情我能完全理解呢。"他叹口气站起来。双眼似乎从极远处对阿斯伯里闪光。

"要不是他真病了，"福克斯太太解释道，"他不会表现得这么差。我希望您每天都来，直到把他治好。"

阿斯伯里两眼冒火。"我的问题你理解不了。"他重复一遍，又躺下去闭上了眼睛，等待布洛克和他母亲离开。

随后的几天里，虽然他的身体迅速恶化，神志却清晰得可怕。死到临头时，他发现自己活在一种澄明的状态中，与不得不聆听的母亲的那种谈话完全不相干。母亲的话大多有关名叫黛西、贝茜和巴顿的母牛，以及它们的隐秘机能——它们的乳腺炎、寄生虫，还有它们的流产。母亲坚持要他每天中午出来，坐在前廊上"享受那风景"。因为拒绝需要太多挣扎，他只好把自己拖出来，僵硬而懒散地坐在那儿，双脚裹在软毛毯里，两手紧握椅子扶手，好像随时准备纵身一跃，扑进那耀眼的瓦蓝色天空。这片草坪向下绵延四分之一英亩，尽头是一道铁丝网篱笆，将草坪与前面的牧场隔开。正午时分，不产奶的母牛在那里的一排枫香树下休息。路的另一边是两座小山，中间夹一个池塘，母亲可以坐在前廊上看着牛群穿过水坝走向另一边的小山。整个景象被一道树墙镶了边，每当他被迫坐在那儿的时候，树墙都呈现一种褪色的蓝，让他悲哀地想起黑人们褪色的罩衫。

当母亲细数黑人们帮的倒忙时，他烦躁地听着。"那两个不傻，"她说，"他们可有心眼子了。"

"他们是需要有。"他嘟哝着，但是和她争论没有用。去年他一直在写一部有关黑人的戏剧，想和他们厮混一段时间，弄清楚他们对自身处境的真正想法，但是多年来为母亲工作的那两个黑人已经丧失了主动性。他们根本不说话。叫摩根的那个是浅棕色，有些印第安血统；另一个兰德尔，极黑且胖。他们若跟他说些什么，就好似在和他左边或右边一个看不见的身体说话。肩并肩干了两天活儿之后，他觉得根本没和他们建立什么密切关系。他决定尝试一下比交谈更大胆的方式，一天下午，他正站在兰德尔旁边，看他调整一个吸奶器，他一言不发地拿出香烟点了一支。那黑人停下手里的活儿看着他。一直等到阿斯伯里抽了两支后他才说："她不准在这儿抽烟。"

另外一个走过来站在那儿，咧着嘴笑。

"我知道。"阿斯伯里故意停了一下说。他晃晃烟盒伸出去，先给兰德尔，他拿了一支；又给摩根，他也拿了一支。接着他亲自为他们点上烟，三个人都站在那儿抽了起来。没有人出声，只有两个挤奶器稳定的滴嗒声，母牛尾巴偶尔拍打身体的噼啪声。这是黑人与白人之间的隔阂化为乌有的和谐瞬间之一。

第二天，两桶牛奶被乳品厂退了回来，因为里面吸收了烟草味儿。他承担了责任，告诉母亲是他而不是黑人抽了烟。"如果你抽了，他们也会抽，"她说，"你以为我还不了解他们两个？"她不能认为他们是无辜的。不过这经历让他如此振奋，他决定用其他方式重演一次。

第二天下午，他和兰德尔在牛奶房往桶里倒新鲜牛奶，他拿起黑人们用过的果冻杯子，突发奇想地给自己倒了一杯温热的牛奶，一口气喝了个精光。兰德尔停止倒牛奶，身体还半倾在奶桶上方，注视着他。"她不准这样，"他说，"这么干她可不答应。"

阿斯伯里又倒出一杯递给了他。

"她不准这样。"他重复道。

"听着，"阿斯伯里刺耳地说，"世界变了。我不该喝你的，或者你不该喝我的，这些都毫无道理。"

"她不准我们任何一个喝这儿的一滴牛奶。"兰德尔说。

阿斯伯里继续对他伸出杯子。"你拿了那支烟,"他说,"就拿着这牛奶。一天丢两三杯牛奶对我母亲不会有什么损害。我们要想活得自由,就必须自由思考!"

另一个黑人已经过来了,正站在门口。

"别想喝那牛奶。"兰德尔说。

阿斯伯里转过身把杯子伸给摩根。"嘿,伙计,喝点这个。"他说。

摩根盯着他,之后脸上露出明显的狡猾表情。"我没看见你喝任何东西。"

阿斯伯里不喜欢牛奶。第一杯温热的牛奶已经让他反胃。他喝掉手里这杯的一半儿,将剩下的递给那个黑人。他接过去凝视着杯底,仿佛里面装着某个伟大的秘密似的,然后把杯子放在了冷风机旁的地上。

"你不喜欢牛奶吗?"阿斯伯里问。

"我喜欢,可我不喝这个。"

"为什么?"

"她不准。"摩根说。

"我的天!"阿斯伯里爆发了,"她她她!"第二天,第三天,第四天,他都做了同样的尝试,可就是不能让他们喝下那牛奶。几天以后的下午,他正站在牛奶房外面打算进去,听到摩根问："你怎么每天都由着他喝牛奶?"

"他做了是他的,"兰德尔说,"我做了就是我的。"

"他怎么说起他妈来那么难听?"

"他小时候,她抽得不够。"兰德尔说。

对家中生活的忍无可忍战胜了他,他提前两天回到了纽约。之前他担心的是会死在那儿,现在的问题是他能在这儿忍受多久。他本可以加快自己的终结,但自杀将不是胜利。死亡要合情合理地到来,就像一次辩护,像来自生命的一个礼物。那才是他最伟大的胜利。况且,对邻居们那美好心灵来说,儿子自杀就表明当妈的很失败。尽管事实的确如此,他觉得他能够帮她免去这个公开的难堪。她从信中学会的,将是种个人启示。他把那笔记本密封在一个马尼拉纸信封里,还在上面写着:"只能在阿斯伯里·波特·福克斯死后打开。"他把信封放在自己房间书桌抽屉里锁上,钥匙就在他睡衣口袋里,等他决定了放什么地方再说吧。

早晨他们坐在前廊上时,母亲觉得有时候该谈谈他感兴趣的话题。第三天早上,她从他的写作谈起了。"等你好了,"她说,"我觉得你写本关于这儿的书会很好。我们需要另外一本像《飘》那样的好书。"

他能感觉到,自己胃里的肌肉开始抽紧了。

"把战争放进去，"她建议道，"那总能编出一本长书。"

他轻轻把头往后一靠，仿佛害怕它会裂开。过了一会儿他说："我不会再写什么书了。"

"噢，"她说，"如果不想写书，你可以只写诗。诗很好啊。"她明白，他需要的是可以交谈的某个知识分子，可惜玛丽·乔治是她认识的唯一一个知识分子，他又不跟她说话。她想过布什先生，那位退休的卫理公会牧师，但她还不曾说出口。现在，她决定冒险试一下。"我想应该请布什博士来看你，"她说，抬出了布什先生的头衔，"你会喜欢他的。他收集珍稀钱币。"

她对儿子的反应毫无准备。他开始全身颤抖，爆发出痉挛似的高声大笑，似乎要背过气去。一分钟后，大笑变成了咳嗽。"如果你以为我死前需要精神上的帮助，"他说，"你就大错特错了。肯定不能找那个蠢货布什，我的天！"

"我根本不是那个意思，"她说，"他有克利奥佩特拉时代的硬币呢。"

"好，你要请他到这儿来，我就对他说见鬼去吧。"他说，"布什！他完胜一切！"

"真高兴还有事情让你开心。"她酸溜溜地说。

他们默默地坐了一会儿后，母亲抬头一看，见他又冲前坐着，正在对她微笑。他的脸越来越亮堂了，好像刚刚想出个才华横溢的主意。她盯着他。"我要告诉你我想让谁来。"他说。自从回家以来，他头一次露出了高兴的表情，尽管她觉得，其中也有些狡猾。

"你想要谁来呢?"她狐疑地问。

"我想要一位神父。"他宣布。

"神父?"母亲用不理解的语调说。

"耶稣会的最好，"他说着，脸色越来越明亮了，"是的，一定得要耶稣会的。城里的耶稣会就有。你可以打电话过去给我请一位来。"

"你出什么事儿了?"母亲问。

"他们大都非常有教养，"他说，"不过耶稣会是万无一失的。跟一位耶稣会士还能讨论天气之外的事情。"因为记得伊格内修斯·渥格，他已经可以描绘出那位神父的样子了。这一位也许会更世故、更愤世嫉俗一些。在他们古老教会的保护下，神父们可以愤世嫉俗，可以让鹬蚌相争，而自收其利。他要在死前和一个文化人谈谈——即便是在这片沙漠里! 况且，再没有什么比这更能激怒他母亲的啦。他不明白自己为什么没早点想到这主意。

"你不是那个教派的信徒啊，"福克斯太太简短地说，"有二十英里路，他们不会派神父来的。"她希望这样就能了结此事。

他往后坐回去，被这个主意迷住了，他决定逼她打电话，因为只要他坚持，她总会按他想的去做。"我快死了，"他说，"除了这件事，我还没求过你呢，你拒绝了我。"

"你并不是快死了。"

"等你意识到，"他说，"就太晚了。"

又是一阵令人不快的沉默。很快，母亲说："如今医生们不会让年轻人死的。他们给年轻人用那些新药。"她开始带着神经质的肯定摇晃她的脚。"人们不会像过去那么容易就死掉了。"

"妈，"他说，"你应该有个准备。我觉得就连布洛克都知道，只是没告诉你。"布洛克首次上门之后，每次来都很冷漠，不苟言笑，默默地抽血，镍币色的眼睛很不友好。照理说，他是死亡的敌人，现在看来，他好像知道自己在和真正的对手战斗。他说过，在知道具体毛病之前，他是不会开药方的。阿斯伯里当着他的面笑了。"妈，"他说，"我就要死了。"他尽量让每个字都像锤子砸在她头上。

她脸色略微苍白了一点，但眼都没眨一下。"你觉得，"她生气地说，"我愿意坐在这儿任你去死吗？"她的眼神像远处那两座古老的山一样坚定。他头一回感觉到一阵明显的怀疑。

"是不是？"她凶狠地说。

"我觉得你对死亡无计可施。"他语气迟疑地说。

"哼哼。"她起身离开了前廊，好像如此的愚蠢她一秒都无法再忍受了。

抛开耶稣会士，他迅速回顾了一下自己的症状：体温升高，间或发寒；几乎没力气把自己拖到前廊上去；食物让他恶心；布洛克一直不能让她有丝毫满意。甚至当他坐在这儿的时候，他就感觉到一波新的寒战开始了，仿佛调皮的死神已经把他的骨头敲得咔嗒直响。他把软毛毯从脚上拿下来，围在肩膀上，摇摇晃晃爬上楼，回到了床上。

他还在恶化。后来的几天，他变得那么虚弱，一个劲儿地用耶稣会纠缠她，最后，绝望的她决定迁就他的愚蠢。她打了电话，用冷冰冰的声音解释说她儿子病得很重，也许脑子有点不正常了，希望与一位神父说说话。她打电话的时候，阿斯伯里赤着脚，周身裹着软毛毯，倚在楼梯栏杆上听。她一挂断电话他就朝下面喊，想知道神父何时来。

"明天某个时候。"母亲没好气地说。

从她打电话这件事他可以分辨出，她的信心开始动摇了。无论她何时让布洛克进来或出去，都要在楼下门厅里低语很久。那天晚上，他听到她和玛丽·乔治在客厅里低声说话。他觉得听到了自己的名字，就起来踮着脚走进过道，走下三个台阶，好让自己能听清那说话声。

"我必须打电话给神父了，"是母亲在说话，"我担心情况很严重。我以为只是一次精神崩溃，可现在我觉得他是真病了。布洛克医生也认为是真的，不管到底是什么病，情况在恶化，因为他是那么虚弱。"

"别犯傻，妈妈，"玛丽·乔治说，"我告诉过你，我再说一遍：他的问题是纯粹的身心失调。"世上就没有一件事是她不在行的。

"不，"母亲说，"这次是真的病了。医生这么说的。"他觉得自己捕捉到了她声音中的哽咽。

"布洛克就是个白痴，"玛丽·乔治说，"你得面对这个事实：阿斯伯里写不出来，于是他就病了。他要做个病人而不是艺术家。你知道他需要什么吗？"

"不知道。"母亲说。

"两三回电击，"玛丽·乔治说，"把艺术家这事儿从他脑袋里除掉，一劳永逸。"

母亲轻轻地叫了一声，他抓紧了栏杆。

"记住我的话，"他姐继续说道，"未来五十年他都会待在这儿，做个摆设。"

他回到了床上。某种意义上她是对的。他辜负了他的上帝——艺术，但他一直是个忠诚的仆人，现在艺术正命令他死去。他从一开始就以一种神秘的澄明看到了这一点。想着家族墓地那个宁静的地方，他很快就要躺进去的地方，他睡着了。过了一会儿，他看到自己的身体被抬着朝那墓地慢慢移动，而他母亲和玛丽·乔治，则坐在前廊的椅子里漠然地看着。当棺材被抬过堤坝时，他们可以看到倒映在池塘里的队伍。一个戴罗马教士领的黑瘦身影跟在后面。那人有张神秘阴郁的面孔，禁欲与堕落微妙地融为一体。阿斯伯里被放进山坡上一个狭窄的墓里，那些面目不清的送葬者沉默地站了一会儿之后，散布在黑乎乎的草地上。那耶稣会士退到一棵枯树下抽烟、沉思。月亮升起来了，阿斯伯里知道有什么在向自己弯腰，他冰冷的脸上有股柔柔的暖意。他知道，这是艺术前来唤醒他了，他坐起来睁开了眼睛。小山对面，他母亲那幢房子里灯火通明。黑色的池塘上闪烁着镍币色的小星星。耶稣会士已经消失了。他周围全是月光下四散吃草的母牛，一头斑点狂乱的大白牛，正温柔地舔着他的脑袋，好像那是一块盐巴。他战栗着醒了过来，发现床单已被夜汗浸湿，他颤抖着坐在黑暗里，意识到结束已经指日可待。他凝视着死亡的火山口，昏昏然躺回到枕头上。

第三天，母亲注意到他备受摧残的脸上几乎有种优雅的表情。他看上去就像一个因垂死而一定要早点过圣诞节的孩子。他坐在床上指挥着她重新摆放几张椅子，还移动了一幅少女被拴在岩石上的画儿，因为他知道它会惹耶稣会士发笑。他还叫人将那把舒服的摇椅拿走，弄完之后，这个墙壁污迹斑斑的房间便有了某种牢房的感觉。他觉得这对那位来访者将很有吸引力。

整个早晨他都在等，不耐烦地仰望着天花板，嘴上有冰凌的那只鸟似乎也端坐着在等待。可是神父直到下午很晚才来。母亲刚打开门，一个不知所云的声音就开始在楼下门厅里轰响。阿斯伯里心跳狂乱。一秒钟后，楼梯上响起沉重的嘎吱声。紧接着，母亲一副被逼无奈的表情进来了，身后跟着一个魁梧的老人，这人径直穿过房间，操起床边一把椅子就放在了自己身下。

"我是芬恩神父——来自泼格特里①。"他说话声音很重，有张大大的红脸，一把硬刷似的灰头发，一只眼睛已经失明，但那只好眼睛却蔚蓝清澈，正锐利地注视着阿斯伯里。他的马

① Purrgatory，意为炼狱。

甲上有块油渍。"这么说，你想和一位神父谈谈？"他说，"非常明智。我们谁都不知道我们慈爱的主何时会召唤我们。"说完，他把那只好眼睛冲阿斯伯里母亲抬起来说："谢谢你，你现在可以离开了。"

福克斯太太浑身僵硬起来，一动未动。

"我想和芬恩神父单独谈谈。"阿斯伯里说着，突然觉得他在这儿有了一个同盟者，尽管他并未想到是这么一位神父。母亲厌恶地看他一眼，离开了房间。他知道她不会走太远，只到门外而已。

"你能来太好了，"阿斯伯里说，"这地方沉闷得让人难以置信。这儿没有一个可以谈话的聪明人。我想知道，你怎么看乔伊斯呢，神父？"

神父抬起椅子拉得更近一些。"你得喊话，"他说，"一只眼看不见，一只耳朵听不见。"

"你怎么看乔伊斯？"阿斯伯里大声一点说。

"乔伊斯？乔伊斯是谁？"神父问道。

"詹姆斯·乔伊斯。"阿斯伯里说着笑了起来。

神父的大手在空中摆动着，好像受到了小昆虫的干扰。"我没见过他，"他说，"你做晨祷和晚祷吗？"

阿斯伯里显得很困惑。"乔伊斯是位伟大的作家。"他嘟哝着，忘了喊话。

"你没有吗？"神父说，"那你就永远学不会行善事，除非你定期祈祷。你也不可能爱耶稣，除非你对他诉说。"

"上帝将死的神话一直令我心醉神迷。"阿斯伯里喊道，但神父似乎并未听到。

"你的纯洁有问题吗？"他询问道，阿斯伯里的脸一下白了，他没等到回答就接着说，"我们都不够纯洁，但你必须为此向圣灵祈祷。注意，心灵与肉身一起。不祈祷，就什么都克服不了。和你的家人一起祈祷。你和你的家人一起祈祷吗？"

"上帝不许，"阿斯伯里喃喃说，"我母亲没有时间祈祷，我姐姐是个无神论者。"他喊道。

"可耻！"神父说，"那你必须为她们祈祷。"

"艺术家通过创造来祈祷。"阿斯伯里冒险说道。

"那不够！"神父厉声回答，"如果不每天祈祷，你就是在无视你不朽的灵魂。你知道教义问答吗？"

"当然不知道。"阿斯伯里小声说。

"谁创造了你？"神父咄咄逼人地问。

"不同的人对此有不同的看法。"阿斯伯里说。

"上帝创造了你，"神父简短地说，"谁是上帝？"

"上帝是人类创造的一个概念。"阿斯伯里说着，感觉自己已经上道儿了，两人可以就此玩上一阵。

"上帝是种无限完美的精神，"神父说，"你是个特别无知的孩子。上帝为什么创造你？"

"上帝不曾……"

"上帝造你是为了让你了解他，爱他，在这个世界为他服务，下个世界幸福地和他同在！"老神父用战斗的腔调说着，"如果你不专心学习教义问答，怎么能指望知道如何拯救你那不朽的灵魂？"

阿斯伯里明白自己犯了个错误，现在是时候摆脱这个老傻瓜了。"听着，"他说，"我不是天主教徒。"

"不祈祷的蹩脚借口！"老人嗤之以鼻。

阿斯伯里稍稍往床上倒下去一些。"我要死了。"他喊道。

"但你还没死！"神父说，"从来不和他讲话，你还指望到时能和上帝面对面？你还指望得到你没恳求过的东西？上帝不会派圣灵给那些没向他恳求的人。请他派圣灵吧。"

"圣灵？"阿斯伯里说。

"你无知到从来没听说过圣灵吗？"神父问。

"我当然听说过圣灵，"阿斯伯里气冲冲地说，"我要追寻的东西里，圣灵只能排到最后！"

"他可能也是你最后才能得到的，"神父说，他那只凶狠的眼睛怒火熊熊，"你想让你的灵魂遭到永恒的诅咒吗？你想永远被上帝抛弃吗？你想承受那最可怕的痛苦，比地狱之火更甚，那失落的痛苦吗？你想永远永远承受那失落的痛苦吗？"

阿斯伯里无助地移动着胳膊和腿，好像被那只可怕的眼睛钉在了床上。

"当你的灵魂遍布垃圾，圣灵又怎么能来填满它？"神父咆哮着，"圣灵不会降临，除非你看清自己是谁——一个懒惰无知自以为是的年轻人！"说着，他一拳头砸在小小的床头柜上。

福克斯太太闯了进来。"够了！"她喊道，"你竟敢对一个可怜的病孩子这样说话？你让他心烦。你必须走。"

"这可怜的小伙子连教义问答都不知道，"神父说着站了起来，"我认为你应该教他每天祈祷。你疏忽了你作为母亲的职责。"他朝床边转过身，亲切地说："我会给你我的祝福，从今往后你必须每天祈祷，一天都不间断。"说着他把手放在阿斯伯里的头上，用拉丁语咕哝了些什么。"随时打电话给我，"他说，"我们可以再稍微聊聊。"说完，他跟着福克斯太太僵硬的背影出去了。阿斯伯里听到他说的最后一句是："他本质上是个好小伙子，可是太无知了。"

母亲打发走神父，很快又上楼来，想说自己早告诉过他会是这样。可是当她看到他坐在床上，面色苍白，饱受摧残，用受惊的孩子气的大眼睛盯着前面，便没了那份心思，又赶紧出去了。

第二天早晨他是那么虚弱，她下决心一定要送他去医院。"我哪个医院都不去，"他不停地重复着，轰响的脑袋从一边转到另一边，似乎想要把它从身上拧松，"只要我还清醒，我不会去任何医院。"他痛苦地想到，一旦他失去意识，她就会把他拖进医院，给他输血，延长他的痛苦。他确信结局就要到来，就在今天。他此刻想起自己那百无一用的生命，正感到万分痛苦。他觉得自己就像个空壳，必须用什么东西来填满，可他又不知道到底用什么。他开始留意房间里每一样东西——那可笑的古董家具，那地毯上的花式，母亲放回原处的那幅愚蠢画作——好像最后一次看到似的。他甚至看了看那只嘴上有冰凌的凶狠鸟儿，觉得它是出于某种他无法预言的目的出现在那儿的。

他在寻找什么，某种他觉得自己必须拥有的、至关重要的终极体验，他必须在死前为自己创造出来——用自己的智慧创造出来。他一直信赖自己，他从来不是个无缘无故就哭哭啼啼的人。

玛丽·乔治十三岁他五岁的时候，她发誓说把一个神秘礼物放进了一个全是人的大帐篷，引诱他来到那帐篷前面，一个蓝色西装红白领带的人正站在那儿。"这儿,"她大声说,"我已经得救了,不过你还可以救他。他是个真正的讨厌鬼,自以为了不起。"他挣脱她的手狂奔开去,像条小狗似的。后来他向她要礼物,她说:"你要等在那儿,本可以得到拯救。可是因为你那种表现,你就什么也得不到了!"

随着这一天慢慢过去,他变得越来越狂乱,因为害怕没有创造某种有意义的体验就死去。母亲焦急地坐在床边。她已经叫了布洛克两次,都没能请到。他认为,即便是现在,她也没意识到他要死了,更想不到只剩下几个小时了。

房间里的光线开始呈现出奇异的质感,几乎像是也要参与其中似的。它以一种黑暗的形式进入屋里,似乎等待着。外面,光线似乎并未移动到那褪色的树林轮廓边缘,从窗台上他能看到那轮廓的一点点。突然,他想起了在牛奶房与黑人一起抽烟所共享的体验,他立刻开始因激动而颤抖。他们可以一起最后再抽次烟嘛。

过了一会儿,他在枕头上扭过头说:"妈,我想跟那两个黑人告别。"

母亲脸白了。有一忽儿,她的脸似乎要飞散开来。接着,她嘴唇线条绷紧,眉毛拧在一起。"告别?"她语气平板地说,"你要去哪儿?"

有几秒钟，他只是看着她。接着他说："我认为你知道。叫他们来。我时间不多了。"

"这真荒唐。"她嘟囔着站起身，匆匆走出去。他听到她在出去之前又试图找到布洛克。他觉得她在这种时候还黏着布洛克，既感人又可怜。他等待着，为这次相见准备着，如同一个虔诚的人在为最后的圣礼做准备。很快，他听到了他们上楼的脚步声。

"兰德尔和摩根来了，"母亲说着，领他们进来，"他们来跟你问好。"

这两人咧嘴笑着进来，拖拖拉拉走到床边。他们立在那儿，兰德尔在前，摩根在后。"你看起来挺好，"兰德尔说，"你看上去非常好。"

"你看上去挺好，"另一个说，"是啊是啊，你看上去真不错。"

"我以前从没见过你看上去这么好。"兰德尔说。

"是啊，他不是看上去挺好吗?"母亲说，"我认为他看起来挺不错的。"

"就是就是，"兰德尔说，"我看你根本没生病。"

"妈，"阿斯伯里用强迫的语气说，"我想和他们单独谈谈。"

母亲表情一僵，随后退场。她穿过客厅走进对面的房间坐了下来。通过开着的房门他能看到，她开始一阵阵痉挛似的摇晃起来。两个黑人看起来像是失去了最后的保护伞。

阿斯伯里的头那么沉重，竟至想不起自己要做什么。"我快死了。"他说。

他俩的笑容都僵了。"你看上去不错。"兰德尔说。

"我就要死了。"阿斯伯里重复着。然后他感到安慰地想起，他们是要一起抽烟。他伸手去够桌上的烟盒，向兰德尔递过去，忘了把香烟晃出来。

那黑人拿过烟盒装进了自己口袋。"我谢谢你，"他说，"我真的很感激。"

阿斯伯里两眼发直，好像又忘了要做什么。过了一秒钟，他意识到另一个黑人的脸变得极其悲伤，紧接着他认出那并非悲伤，而是愠怒。他在桌子抽屉里乱翻，刨出一盒没打开的烟塞给了摩根。

"我谢谢你，阿斯伯里先生，"摩根容光焕发地说，"你看起来真的挺好。"

"我就快死了。"阿斯伯里暴躁地说。

"你看起来不错。"兰德尔说。

"你用不了几天就可以起来四处转悠了。"摩根预言道。他们俩的眼睛似乎都没找到合适的地方安放。阿斯伯里疯狂地看着客厅对面，母亲已经转过身去摇晃了，因此背对着他。很显然，她没打算替他赶走这两个黑人。

"我看你可能是着了点凉。"兰德尔停了一会儿说。

"我受凉的时候会喝点松节油和糖。"摩根说。

"闭上你的嘴吧。"兰德尔转身对他说。

"闭上你自己的嘴吧，"摩根说，"我知道我喝的什么。"

"他才不喝你喝的那些东西呢！"兰德尔咆哮着。

"妈！"阿斯伯里声音颤抖地叫道。

母亲站了起来。"阿斯伯里先生享受你们的陪伴已经够长时间了，"她说，"你们可以明天再来。"

"我们会来的，"兰德尔说，"你看起来真是挺好。"

"真的挺好。"摩根说。

他们互相附和着他看起来是多么好，挨个出去了。可是在他们到达客厅之前，阿斯伯里的视线却模糊了。有一忽儿，他看到了母亲的轮廓，就像门里的一道阴影，在他们下楼之后就消失了。他听到她又给布洛克打电话，但他毫无兴趣。他的头感觉天旋地转。他现在知道了，自己死前不会有什么重大体验。除了把放着信的抽屉钥匙给她，等待结局到来，再没有什么可做的了。

他沉入了深深的睡眠，大约五点钟醒来时，看到她苍白的脸非常瘦小，仿佛在一个黑暗井口的尽头。他从睡衣口袋里拿出钥匙递给她，含糊地说桌子里有封信，等他走了再打开。但她似乎没听懂。她把钥匙放在床头柜上就不管了，他又回到自己的梦里，梦里有两颗硕大的鹅卵石，在他脑袋边轮流旋转。

六点后他清醒了一点儿，听到布洛克的汽车停在下面的车道上。那声音就像个召唤，迅速将他从睡梦中拉出来，头脑立刻清醒了。他突然有个可怕的预感，等待着他的宿命将比任何他本可依赖的东西更令人震惊。他一动不动地躺着，像地震前一秒的动物一样安静。

布洛克和母亲边上楼边交谈，但他分辨不出他们说些什么。医生进来时做着鬼脸，母亲在微笑。"猜猜你得的什么病？甜心！"她嚷道。她的声音有枪炮的力量，一下击中了他。

"老布洛克找到病菌啦！"布洛克说着，一下陷进床边的椅子。他把双手举过头顶，一副职业拳手胜利的姿势，随即任双手掉到膝盖上，好像这努力已经让他筋疲力尽。接着，他拿出随身带着的、惹人发笑的红色印花大手帕，把脸彻彻底底地擦了一遍，那脸每一次从手帕后面露出来，表情都不一样。

"我觉得你就像你想的一样聪明！"福克斯太太说，"阿斯伯里，你得了波状热①。它会不停反复但不会致命！"她的笑容像灯泡一样明亮而强烈，没有一点阴影。"我真是如释重负呀。"她说。

阿斯伯里慢慢地坐起来，面无表情，然后又躺了回去。

布洛克微笑着向他弯下腰。"你不会死的。"他带着深深的满足说。

阿斯伯里一点儿不激动，除了他的眼睛。表面上也看不出它们在动，但在暧昧深处的某个地方，有种几乎难以觉察的运动，似乎是某种东西在微微挣扎。布洛克钢针般的审视似乎探到并控制了它，不管它是什么，在生命结束之前，一直控制着它。"波状热没那么糟糕，阿斯伯里，"他小声说，"和母牛得了邦氏病②是一样的。"

那男孩发出低沉的呻吟，便不再作声。

"他一定是在那儿喝了没消毒的牛奶。"母亲温和地说完，两人就踮着脚尖出去了，好像觉得他要睡觉似的。

他们的脚步声在楼梯上消失后，阿斯伯里又坐了起来。他

---

①　波状热，又名布鲁斯氏菌病、马耳他热，是由布鲁斯氏菌引起的人畜共患性传染病，主要症状为发热、多汗、关节痛、睾丸肿痛等。发热多为低热和不规则热。

②　邦氏病是布鲁斯氏菌病的别称，因丹麦兽医贝恩哈德·邦分离出该病媒介而得名。

差不多是偷偷地，向床头柜上他给母亲的那把钥匙扭过头去。他的手伸出去盖住它，把它放回了自己口袋。他的视线穿过房间落在那面小小的椭圆形穿衣镜上。那双对视着他的眼睛与每天从镜中回望的眼睛完全一样，但在他看来却更黯淡了。它们看上去出奇地干净，好像对某种将要降临到他身上的可怕景象早有准备。他战栗着向另一边飞快地扭过头，盯着窗外。一轮炫目的金红色太阳正在紫色云朵下安详地移动。下面树林的黑色轮廓与深红色天空相互映衬。树林形成了一道脆弱的墙，就像他心中为保护自己不受将来影响而建造的脆弱工事。男孩躺回枕头，盯着天花板。被发烧和发冷折磨了那么多星期的四肢现在已经麻木，旧的生命已是筋疲力尽。他等待着新生命的到来。就在这时，他感觉到一阵寒意，这寒冷是那么古怪，那么轻微，就像是一阵暖流穿过冰冷海洋的更深处。他的呼吸开始急促，头顶上那只猛禽在他整个童年和生病的日子里一直摆好姿势，神秘地等待着，此刻似乎一下子就动了起来。阿斯伯里脸色发白，最后的幻象好像被来自他眼里的旋风撕得粉碎。他看出来了，余下的日子虽虚弱、痛苦，却长久，他的生活将面对纯粹的恐怖。一声微弱的叫喊，最后一次无望的抗议，从他口中跑出来。但圣灵，并非以火而是以冰来颂扬的圣灵，难以安抚的圣灵，还会继续降临。

家的安慰

托马斯退到窗边，头埋在墙壁和窗帘间，俯视下面的车道，汽车已经停在那里。他母亲和那个小荡妇正从车里出来。母亲慢吞吞地先出现，表情冷漠而尴尬，随后滑出来的是那个小荡妇略微有些罗圈儿的长腿，裙子拉到了膝盖上面。她尖声大笑着跑去迎接那只狗，那狗喜出望外，高兴得直抖，跳过来欢迎她。熊熊怒火烧遍托马斯硕大的身躯，就像一伙暴徒在聚集。

现在是时候了，他应该收拾手提箱，去酒店，一直待到这屋子清静以后。

他不知道手提箱在哪儿，他不喜欢收拾行李，他需要他的书，他的打字机不是手提式的，他习惯了用电热毯，他不能忍受在餐馆里吃饭。而他的母亲，会因她那不计后果的仁慈，毁掉这座屋子的安宁。

后门砰地关上了，姑娘的笑声从厨房里爆出，穿过后廊，跳上楼梯间冲进他的房间，像一道闪电向他劈来。他跳到旁边，站在那儿对周围怒目而视。早上他说的话毫不含糊："你要把那姑娘带回这个家，我就走。你可以选择——她或者我。"

她已经做出了选择。一阵强烈的痛苦扼住了他的喉咙。

他活到三十五岁，这是第一次……他感到眼睛后面突然有一股灼人的潮湿。然后，他用愤怒镇定了自己。其实正相反：她并未做出任何选择。她指望他离不开他的电热毯。一定得让她瞧一瞧。

姑娘的大笑第二次响起，托马斯往后一缩。他又看到了前一晚她的表情。她闯进了他的房间。他醒过来，发现房门打开了，她在屋里。她转向他时，走廊的灯光足够让他看清她。那张脸就像音乐喜剧里的女演员——尖尖的下巴，宽宽的苹果脸和猫一样空洞的眼睛。他从床上一跃而起，操起一把直背靠椅，然后把椅子举在面前，像驯兽师驱赶危险的狮虎那样，将她逼出门去。他沉默着将她赶向走廊，之后停下脚步，去拍他母亲的房门。那女孩喘了口气，转身逃进了客房。

不一会儿，他母亲打开房门，担心地往外看。她的脸不知道晚上涂了什么，油腻腻的，周围一圈粉色橡胶卷发夹。她向女孩消失的走廊望过去。托马斯站在她面前，椅子还端在前面，好像打算镇压另一头野兽。"她要进我的房间，"他嘶哑地说着，推门进去，"我醒了，她正想进我的房间。"他关上身后的门，声音因愤怒而抬高。"我受不了啦！我一天都不会再忍了！"

他的母亲，被他逼退回床边，坐了下来。她身子沉重，身体上安放的却是颗出奇地憔悴、显得极不协调的枯瘦头颅。

"我是最后一次跟你说，"托马斯说，"我一天都不会再忍了。"她的所有行动都有种显著的倾向，那就是怀着世界上最美好的动机去拙劣地模仿美德，她以如此缺心眼儿的热诚追求美德，让卷入其中的每个人都变成了傻瓜，美德本身也变得荒唐可笑。"一天都不。"他重复道。

母亲用力地摇头，眼睛仍然盯着房门。

托马斯把椅子放在她面前的地板上，坐了上去。他探身向前，好像打算对一个有缺陷的孩子解释些什么。

"这不过是她不幸的另一种方式罢了，"母亲说，"多么可怕，多么可怕啊。她告诉过我这种毛病的名字，但我忘了是什么，不过这是她无法控制的。是她天生就有的毛病。托马斯，"她说着把手放在下颌上，"假如是你呢?"

愤怒堵塞了他的气管。"我怎么就不能让你明白，"他嘶哑地说，"如果她不能控制自己，你又怎么能？"

母亲的眼睛，亲切却不为所动，是日落后那种距离遥远的蓝色。"女涩情狂①。"她嘟哝着。

"女色情狂，"他凶狠地说，"她根本用不着给你什么古怪的名字。她就是个道德白痴。这就是你需要知道的全部。天生没有道德能力——像其他人天生缺个肾或缺条腿一样。你明白了吗？"

"我一直在想，这种事也可能发生在你身上，"她说着，手仍然放在下颌上，"如果是你，没有人收留你，你觉得我会是什么感觉？如果你是一个女涩情狂，而不是一个聪明绝顶的人，你做的事都不受自己控制……"

托马斯对自己产生了一种难以忍受的深深的厌恶，就好像他正在慢慢变成那个女孩。

"她穿的什么？"她突然问道，眼睛眯缝着。

"一丝不挂！"他吼道，"现在你就让她离开这儿！"

"大冷天我怎么能把她赶出去呢？"她说，"今天早晨她还威胁说要再次自杀呢。"

"送她回监狱。"托马斯说。

---

① 原文"nimpermaniac"，是托马斯母亲拼错了"nymphomaniac"（女色情狂，花痴）这个词。

"我不会把你送回监狱的，托马斯。"她说。

他起身抓起椅子，趁着还能控制自己，逃出了房间。

托马斯爱他母亲。他爱她因为这是他的天性使然，但是也有好多时候，他无法忍受她对他的爱。有时候这份爱什么也不是，只是纯粹白痴的神秘之举，他感觉围绕着自己的力量是看不见的激流，完全不受自己控制。她做事永远从最陈腐的考虑出发——这是该做的好事啊——最后再鲁莽不过地与魔鬼打起了交道，当然了，她对魔鬼从无任何意识。

魔鬼对托马斯来说只是一种表达方式，但这方式与他母亲卷入的情境很相配。但凡她有一点知识，他就可以用早期基督教历史向她证明，不过分的美德才合乎情理。善有节制，正如恶有节制。如果埃及的安东尼待在家里照顾他的姐姐，就不会有魔鬼折磨他了。

托马斯并不愤世嫉俗，也远非以美德为敌，他将美德视为秩序的原则，唯有美德才能让生活变得可以忍受。他自己的生活之所以尚可忍受，正是得益于他母亲心智健全这一美德——她让整幢屋子井井有条，她还提供美味的饭菜。然而，一旦美德在她手中失去控制，就像现在，恶魔感就在他身上滋长，这不是他自己或老太太的精神怪癖，它们本来存在于人格之中，虽然看不出来，却随时都可能尖叫，或者砸锅。

一个月前，这姑娘被指控使用假支票，进了县监狱，他母亲在报纸上看到了她的照片。在早餐桌上，她盯着那照片好长时间，然后越过咖啡壶把报纸递给他。"想象一下，"她说，"只有十九岁，在那个肮脏的监狱里。她看上去不像个坏女孩呀。"

托马斯瞟了照片一眼。虽然衣衫褴褛，脸却显得很精明。他注意到的是，犯罪的平均年龄正在稳步下降。

"她看起来像个正派的女孩。"他母亲说。

"正派人不会使用假支票。"托马斯说。

"你也不知道自己在紧要关头会做些什么。"

"我不会用假支票。"托马斯说。

"我想，"他母亲说，"我要给她带一小盒糖。"

如果他当时坚决反对，就什么事都不会发生了。他父亲如果还活着的话，就会在那时候插一脚进来坚决反对。带一盒糖是她最爱做的事。只要在她的社交平台之内，不管谁搬到镇上了，她都去拜访并且带上一盒糖；随便哪位朋友的孩子有了小孩或得了学位，她都去拜访并且带上一盒糖；哪位老人摔伤了屁股，她会带着一盒糖出现在他床边。她要带一盒糖去监狱这个想法，曾让他觉得很逗乐。

此刻，他站在自己房间里，那女孩的笑声在他脑袋里飞逝，他诅咒着当时觉得逗乐的想法。

探访监狱回来后，母亲没有敲门就闯进他书房，全身瘫倒在他的躺椅上，把肿胀的小脚搁在扶手上。过了一会儿，她恢复得能坐起来了，就在脚下垫了张报纸，然后又躺了下去。"我们一点儿不知道，另一半人是怎么生活的呀。"她说。

托马斯知道，尽管她的谈话总是从陈词滥调转到陈词滥调，背后还是有真实体验的。与姑娘坐牢相比，他感觉更难过的，是他母亲得去那种地方看她。他本来可以不让她看到所有不愉快的东西。"好了，"他说着把报纸放到一边，"你现在最好忘掉它。那女孩进监狱有充分的理由。"

"你没法想象她都遭遇了些什么，"她说着又坐了起来，"听着。"那个可怜的姑娘，斯达①，由后妈抚养，后妈自己有三个孩子，其中一个男孩，差不多成年了，占她的便宜，手段那么可怕，她被逼无奈只好逃跑，去找自己的亲妈。刚一找到，她亲妈就把她送进各种各样的寄宿学校来打发她。每一次她都不得不跑掉，因为那儿的变态和虐待狂，他们的行为实在太可怕，没法说出口。托马斯看得出，他母亲跟他分享的细节并不是她听到的全部。她不时地含糊其词，声音颤抖，他看得出来，她是想起了某些活灵活现讲给她的惨状。他原希望过个

----

① Star，人名，意为星星。

几天，所有这些记忆都会淡化，然而并没有。第二天，她带着舒洁纸巾和冷霜回到了监狱，几天以后，她宣布说已经请教了律师。

就是在这些时候，托马斯才真心为父亲的死哀痛，尽管他活着时他一直难以忍受。那老头绝不会容忍这种愚蠢行为。他不会被无用的同情心触动，他会（背着她）让他的好朋友治安官发挥必要的作用，把那女孩送到州监狱去。他总是被卷入一些令人恼火的行径当中，直到一天早晨（他生气地看了妻子一眼，好像只有她一个人该负责似的）他在早饭桌前倒地而死。托马斯继承了父亲的理性，而没有他的冷酷，继承了母亲对善的爱，又没有她那种追求善的倾向。他对一切实际行动的计划就是，等等看事情如何发展。

律师发现，那些重复多次的暴行故事大部分都是假的。可是当他向托马斯母亲解释说，那女孩是病态人格，对精神病院来说不够疯狂，对监狱来说又不够有罪，回归社会又不够牢靠，老太太却比之前更受触动了。女孩轻松地承认她的故事都是假的，因为她是个天生的骗子。她说，她撒谎，是因为她不安全。她已经经历好几位精神医生之手了，是他们完成了对她教育的最后几笔。她知道她毫无希望。在这样的苦难面前，托马斯的母亲似乎被某种痛苦的神秘所征服，除了加倍的努力，什么都无法让人忍受它。令他生气的是，她看待他好像也怀着同情心，似乎她那模模糊糊的慈悲之心已不再有任何分辨能力。

几天后，她闯进来说，律师给这个女孩争取到了假释——为她。

托马斯从他的安乐椅里站起，放下他一直在读的评论。他平板的大脸因为对未来痛苦的预感而抽搐起来。"你不要，"他说，"把那女孩带到这儿来！"

"不，不，"她说，"镇定些，托马斯。"她费了好大劲儿设法给那女孩在城里一家宠物店找了份工作，还找了她熟人中一位坏脾气的老太太家寄宿。人们并不好心。对斯达这种万事都跟她过不去的人，他们并不会设身处地为她着想。

托马斯又坐了下来，重新拿起了评论。他似乎刚刚逃脱了某种危险，具体是什么他并不想弄清楚。"谁的话你都听不进去，"他说，"但几天后那女孩会离开城里，带着她能从你这儿弄到的一切。你永远不会再听到她的消息。"

两个晚上以后，他回到家，刚打开客厅门，就被一种尖利肤浅的笑声刺中了。他母亲和那女孩靠近壁炉坐着，煤气炉点着火。女孩立刻给他留下身体变形的印象。她头发剪得像狗毛或小精灵的样子，穿着最时髦的衣服。她正用老相识那种眼

138

神盯着他看，两眼闪闪发光，一秒钟后，又换上一个亲昵的笑容。

"托马斯！"母亲说，声音里带着不许逃跑的坚定，"这是斯达，你已经听说过好多次了。斯达会和我们一起吃晚饭。"

那女孩自称为斯达·德雷克。律师发现她的真名是莎拉·哈姆。

托马斯既不移动也不说话，而是待在门口，显出极度的纠结。终于，他说："你好，莎拉。"语气是那么厌恶，就连他自己都被那声音震惊了。他脸红起来，觉得对这样可怜的人表示轻蔑有失身份。他决定起码要保持适当的礼貌，便走进屋里，在一把直背椅上沉重地坐了下来。

"托马斯是写历史书的，"他母亲用威胁的眼神看着他说道，"他是今年本地历史学会的主席。"

那女孩向前探身，更直截了当地注视着托马斯。"好厉害！"她用喉音说。

"现在托马斯正在写这个县最早的居民。"他母亲说。

"好厉害！"那女孩重复道。

托马斯运用意志，极力显出自己好像独自在房间里的样子。

"我说，你知道他看起来像谁吗？"斯达问道，脑袋偏到一边，从一个角度端详着他。

"噢，某个特别杰出的人！"他母亲顽皮地说。

"昨天晚上我去看的电影里那个警察。"斯达说。

"斯达，"他母亲说，"我觉得你应该留心你看的电影类型。我觉得你应该只看最好的。我觉得犯罪故事对你不会有好处。"

"噢，这个电影讲的是多作孽必自毙，"斯达说，"我发誓这个警察看上去实在像他。他们总是把事情推给那家伙。他看上去就好像他一分钟都不能忍受了，好像就要爆发了。他是个捣蛋鬼。而且长得不错呢。"她补充着，向托马斯抛个欣赏的媚眼。

"斯达，"他母亲说，"我觉得你要是培养点对音乐的趣味，就太好了。"

托马斯叹一口气。他母亲喋喋不休，而那女孩根本不搭理她，只是任自己的眼睛在他身上游走。她那种眼神的性质，类似于她的双手，一会儿放在他膝盖上，一会落在他脖子上。她的眼里有嘲讽的闪光，他知道她很清楚，他一看到她就无法忍受。他用不着任何人来告诉他就知道，自己面对的就是堕落本身，然而这堕落却无可指责，因为它背后并无负责任的能力。他这会儿眼睁睁看着的，是最令人难以忍受的无辜。他心不在焉地问自己，不知上帝对此是什么态度，可能的话他还真打算采纳呢。

整个晚餐过程中，他母亲的行为都是那么愚蠢，他简直受不了看她那样子，由于更受不了看着莎拉·哈姆，他只好一直带着责备和厌恶，锁定房间对面的餐柜。那女孩的每一句话他母亲都要回答，好像值得她严重关注似的。她提出了好几个合理利用斯达业余时间的计划。莎拉·哈姆对这些建议，并不比对一只鹦鹉提出来的更为关心。一旦托马斯无心地朝她这边看过来，她就立刻向他眨巴眼睛。他刚吞下最后一勺甜点，就站起来小声说："我得走了，我有个会。"

"托马斯，"他母亲说，"我想要你顺路送斯达回家。我不想让她晚上一个人坐出租车。"

托马斯怒火中烧地沉默了一会儿，然后转身离开了房间。

不一会儿，他脸上带着一种模糊的决心回来了。女孩准备好了，温顺地等在客厅门口。她向他投以倾慕和信任的目光。托马斯没有伸出臂膀，但她不管三七二十一，挽住他的胳膊走出屋子，走下台阶，像是黏在一个神奇的移动的纪念碑上。

"好好的啊!"他母亲喊。

莎拉·哈姆窃笑着戳了戳他的肋骨。

穿大衣的时候他就决定了，这将是他的机会，他要告诉那女孩，他会亲眼看着的，除非她停止做他母亲的寄生虫，否则她就得回监狱去。他会让她知道，他明白她在搞什么名堂，他可不是个笨蛋，有些事情他是不会容忍的。坐在书桌旁，手中握着笔，没有谁比托马斯表达更清晰了。可当他发现自己和莎拉·哈姆关在车里时，恐惧立刻就抓住了他的舌头。

她盘腿坐着说道："终于单独在一起了。"她还咯咯地笑。

托马斯开车从家里拐出来，快速向大门驶去。一上公路，他就向前猛冲，好像正被人追赶似的。

"耶稣啊！"莎拉·哈姆说着把脚从座位上甩下来，"哪儿着火了吗？"

托马斯不回答。几秒钟后，他能感觉到她的身体更靠近了。她伸展、放松，越来越近，终于把一只手软绵绵地吊在了他肩膀上。"托马色①不喜欢我呀，"她说，"可我觉得他超级可爱哟。"

进城的三英里半路托马斯只用了四分钟多一点。第一个十字路口是红灯，但他没在意。那位老太太住在三个街区外。汽车尖叫着停在那地方后，他跳出来跑到女孩那边打开了车门。她没有从车里出来，托马斯只好等着。过了一会儿，一条腿出现了，然后是她苍白变形的小脸，正抬起来盯着他。那脸上的

---

① 女孩故意将 Thomas 说成 Tomsee，以示亲昵。

表情暗示出某种盲目，却是那种不知道自己看不见的盲目。托马斯奇怪地感到恶心。那双空洞的眼睛在他身上移动。"没有人喜欢我，"她语气阴沉地说，"如果你是我，我受不了开车拉你三英里，你会怎么样?"

"我妈妈喜欢你。"他嘟哝着。

"她!"那女孩说，"她落后这个时代足有七十五年!"

托马斯上气不接下气地说："如果我发现你又来烦她，我就让你回到监狱里去。"他的嗓音后面有种沉闷的力量，虽然发出时几乎只比耳语高一点。

"除了你还有谁呀?"她说着又退回了车里，好像这会儿根本不打算下车了。托马斯伸手进去，胡乱地揪住她大衣前襟把她拽出来，然后放开了。他跳回车里，飞奔而去。另一扇车门还开着，她的笑声，虽无形却真实，沿着街道传来，似乎打算从开着的车门跳进来，和他一起坐车离开。他伸手过去哐地关上门，接着向家里驶去，气得没法去开会。他打算让母亲充分领会他的不快。他打算让她的心里不留疑问。父亲的声音在他脑袋里锉刀一般响了起来。

傻瓜，那老头说，现在你该插一脚进去，抢在她前头让她看看到底谁说了算。

可是，等托马斯到了家，他母亲已经明智地上床睡觉了。

第二天早晨，他出现在早餐桌边，那低垂的眉毛和突出的下巴表明他心情很糟糕。每当托马斯打算下定决心时，他就开始像头公牛，在冲出去之前，低着脑袋，蹄子刨地。"好了，现在听着，"他开始了，拉出自己的椅子坐下来，"关于那个女孩我有些话要对你说，我不打算再说一次。"他吸了口气。"她什么都不是，就是个小荡妇。她在你背后取笑你。她就想从你这儿捞走能得到的一切，你对她来说一文不值。"

他母亲看上去似乎也度过了一个不眠之夜。她没有穿晨服，而是穿着浴袍，头上裹着条灰色头巾，让她的脸平添一副令人不安的、无所不知的表情。他就像在和一个女巫吃早饭。

"今天早晨你只能用罐装稀奶油了，"她说着给他倒上咖啡，"其他的我忘了。"

"好的，你听到我的话没有？"托马斯咆哮道。

"我又不聋，"他母亲说着把罐子放回三脚架，"我知道对她来说我什么都不是，只是个喋喋不休的过时老太太罢了。"

"那你干吗还坚持做这种愚蠢的……"

"托马斯，"她说着，把手放在脸旁边，"可能是……"

"不是因为我！"托马斯说着，抓住了膝盖边的桌腿。

她仍然托着脸，轻轻地摇着头。"想想你拥有的一切吧，"她开始了，"一切家的舒适安慰。还有道德，托马斯。你没有坏念头，你天生一点坏东西都没有。"

托马斯的呼吸开始像个哮喘就要发作的人。"你毫无逻辑，"他声音无力地说，"要是他的话就会坚决制止你。"

老太太身子一僵。"你，"她说，"不像他。"

托马斯张了张嘴，没有说话。

"不过，"他母亲说话的语气如此微妙，仿佛在收回她之前的赞美，"既然你如此坚决地反对她，我不会再邀请她回来了。"

"我不是反对她，"托马斯说，"我是反对你愚弄自己。"

他一离开餐桌关上自己书房的门，父亲就在他脑海中以蹲下的姿势出现了。老头子有乡下人的本事，能蹲下聊天，尽管他不是乡下人，生在城里又长在城里，只是后来搬到一个小地方来才开发出这种天分。凭借稳定的技术发挥，他让那儿的乡下人把他当成了自己人。在县政府草坪上，他聊着聊着就蹲下了，他的两三个同伴会和他一起蹲下，而丝毫不中断表面的谈话。他一直以这姿势生活在自己的谎言里，从来不屑于屈尊去说谎。

让她碾压你吧，他说，你不像我。不够做个男人。

托马斯开始拼命地读起书来，不一会儿，那想象退去了。那姑娘在他内心深处引起了骚动，那是他分析能力无法触及的地方。他觉得仿佛眼睁睁看到龙卷风刮过了一百码以外，而且暗示着它还会再转回来，直接奔他而来。直到上午十点，他都不能集中精力到自己的工作上来。

两个晚上之后，母亲和他吃过晚饭，正坐在小房间里各自读着当天的报纸，电话开始响起来，像火灾警报一样激烈刺耳。托马斯伸手去够电话。听筒一到他手里，一个尖利的女声就刺进了房间："来把那女孩带走！来带走她！喝得烂醉！醉倒在我的客厅里，我不会容忍！丢了工作就回来喝酒！我不会容忍！"

他母亲跳起来一把扯过听筒。

托马斯父亲的魂灵立在他面前。叫治安官，老人提醒他。"打电话给治安官，"托马斯大声说，"叫治安官去那儿带走她。"

"我们马上到，"他母亲说，"我们会马上来把她带走。告诉她收拾好东西。"

"她没法收拾什么东西了，"那声音尖叫着，"你不该把这么个东西推给我！我家可是受人尊敬的！"

"告诉她叫治安官！"托马斯大喊。

母亲把听筒放下，看着他。"我连一只狗都不会转交给那个人。"她说。

托马斯坐在椅子上，双臂交叉，紧紧盯着墙壁。

"想想那可怜的姑娘吧，托马斯，"他母亲说，"什么都没有，一无所有。而我们拥有一切。"

他们到的时候，莎拉·哈姆叉开两腿倒在寄宿家庭前阶的栏杆旁。她的便帽垂在前额上，是那个老太太摔上去的。手提箱里的衣服鼓胀出来，是老太太胡乱扔进去的。她正在低声自语，跟自己聊着醉话，一道口红印挂在她脸颊一侧。她任由他母亲领到车上，又放在后座上，似乎根本不知道解救人是谁。"一天到晚没人聊天，只有一堆该死的小鹦鹉。"她气哼哼地低语着。

托马斯压根儿没有下车，只厌恶地扫她一眼后就不再看她，说道："我最后一次告诉你，她该去的地方是监狱。"

他的母亲坐在后座上，握着那女孩的手，没有回答。

"行，那就带她去旅馆。"他说。

"我不能带一个喝醉的女孩去旅馆，托马斯，"她说，"你知道的。"

"那就带她去医院。"

"她需要的不是监狱、旅馆或者医院，"母亲说，"她需要一个家。"

"她需要的不是我家。"托马斯说。

"就今晚，托马斯，"老太太叹息道，"就今天晚上。"

从那以后八天过去了。那小荡妇在客房里安顿下来。每天他母亲都出去给她找工作和寄宿的地方，每天都失败，因为那个老太太已经将警示广而告之。托马斯一直待在自己房间或书房里。这个家对他来说，是家，是工作室，是教堂，就像乌龟的壳一样私密和必不可少。他简直不敢相信，它竟被以这种方式给侵犯了。他那发红的脸上一直有种愕然的愤怒。

早晨一起床，那女孩的声音就在一支布鲁斯歌曲中爆响，歌声会上扬再摇曳，然后低沉下去，暗示出需要被满足的激情。而坐在桌旁的托马斯，则会跳起来，用舒洁纸巾疯狂地塞住耳朵。每次他从一个房间到另一个房间，或者从一个楼层到另一个楼层去，她都一定会出现。每次在他上下楼的半道上，她要么会碰上他然后谄媚害羞地走过去，要么迎上来或跟在他身后，吐出小小的留兰香气味的悲惨叹息。她似乎迷恋着托马斯对她的反感，还利用每个机会唤醒它，仿佛这样能为她的苦难增添妩媚风情。

那老头——矮小，像只黄蜂似的，戴着他发黄的巴拿马帽，小小的蝴蝶领结，穿着他的绉纹布西装，精心弄脏的粉色衬衫——似乎完全占据了托马斯心中的位置，他通常是蹲在那里，每当儿子逼得他没法继续工作，研究中断下来时，他都会喷射出同样的刺耳建议。插一脚进去，去找治安官。

治安官是托马斯父亲的另一个版本，只不过穿的是方格衬衫，戴的是得克萨斯样式的帽子，年轻十岁。他会像老头一样轻轻松松地扯谎，他也真心崇敬那老头。托马斯和他母亲一样，会尽量避开他那晶莹的淡蓝色眼睛的凝视。他还是寄希望于另一种解决办法，寄希望于奇迹。

由于莎拉·哈姆住在家里，吃饭都变得难以忍受了。

"托马色不喜欢我，"第三或第四个晚上，晚餐桌旁，她边说边把那令人生气的凝视投向托马斯僵硬硕大的身躯，托马斯脸上的表情，像个被难以忍受的恶臭包围的人，"他不想让我在这儿。哪儿都没有人想要我。"

"托马斯的名字是托马斯，"母亲打断说，"不是托马色。"

"托马色是我编的，"她说，"我觉得这名字很可爱。他恨我。"

"托马斯不恨你，"他母亲说，"我们不是那种会仇恨的人。"她加上一句，仿佛这是他们家代代相传的缺陷似的。

"噢，我不招待见的时候我知道，"莎拉·哈姆接着说，"就连监狱都不想要我。我要是自杀，真怀疑上帝会不会要我。"

"试试看吧。"托马斯嘟囔道。

女孩尖声大笑起来，然后戛然而止。她的脸皱成一团，人开始颤抖。"最好的选择，"她说话时牙齿咯咯响，"就是自杀。那样我就不会再挡大家的道了。我会下地狱，不挡上帝的道。就连魔鬼都不要我。他会把我踢出地狱，就连地狱……"她恸哭起来。

托马斯站起来，拿上盘子和刀叉，带着它们去书房吃完了晚餐。从那以后，他没在餐桌上吃过一顿饭，而是让母亲给他端到书桌上。每次这么吃饭的时候，那老头都热切地出现在他面前。他似乎在椅子里向后倾斜着，大拇指放在吊裤带下，他会说，她从来不敢把我从我的餐桌上赶走。

几个晚上以后，莎拉·哈姆歇斯底里发作，用一把削皮刀割了自己的手腕。饭后躲在书房里的托马斯听到一声尖叫，然后是一连串叫喊，接着是母亲在整个屋子里急跑的脚步声。他没有动。开始第一秒，他期盼那女孩割破喉咙，但这希望瞬间破灭，他意识到她不可能那么做，因为她还是照样尖叫个不停。他又回头去看杂志，不一会儿，尖叫平息了。很快，母亲拿着他的大衣和帽子冲了进来。"我们得带她去医院，"她说，"她企图自杀。我在她胳膊上扎了止血带。噢上帝，托马斯，"她说，"想象一下，情绪这么低落，你也会做那样的事！"

托马斯木然地站起来，穿大衣，戴帽子。"我们要带她去医院，"他说，"我们还要把她留在那儿。"

"让她再次绝望?"老太太嚷道,"托马斯!"

此刻,站在自己房间中央,认识到他已经到了非采取行动不可的关键时刻,他必须收拾行李,他必须离开,他必须走,然而托马斯还是一动不能动。

他的怒火一点都不针对那个小荡妇,而是指向他母亲。虽然医生发现她几乎没有伤到自己,还嘲笑了那条止血带,只往伤口上抹了点碘酒,激起了那女孩的愤怒,他母亲却不能从这次事故中恢复过来。某种新的悲痛似乎已经重压在她肩头,不单是托马斯,就连莎拉·哈姆都被激怒了。因为她这种悲痛似乎广泛无边,无论他们两个之中谁碰上了什么样的好运气,她都会很快找到另一个同情目标。莎拉·哈姆的经历让这个老太太陷入了对整个世界的悲悼。

企图自杀后的第二天早晨,她把整幢房子检查了一遍,收集了所有的刀剪,把它们锁进一个抽屉。她把一瓶老鼠药倒进了厕所,拿走了厨房地板上的蟑螂药片。然后她来到托马斯的书房,压低声音说:"他那把枪在哪儿?我想要你把它锁起来。"

"枪在我的抽屉里,"托马斯吼道,"我不会锁起来的。如果她要毙了自己,那真是再好不过!"

"托马斯!"母亲说,"她会听到的!"

"让她听到吧！"托马斯叫喊着，"你不知道，她根本不想自杀？你不知道她那种人永远都不会自杀？你不……"

母亲溜出房间关上门让他住口。客厅里莎拉·哈姆的笑声近在咫尺，咯咯来到他的房间。"托马色会发现，我杀了自己，然后他会后悔对我不好。我要用他那把枪，他自己的珍珠左轮手枪！"她大叫着，模仿电影里的一个怪兽，发出极度痛苦的高声大笑。

托马斯咬紧牙关。他拉出书桌抽屉，装好那把手枪。这是那老头子的遗物。他的观点是，每幢房子里都该有一把上了膛的枪。

他曾在一个晚上朝一个小偷身边射出两颗子弹，但托马斯从来没有打中过任何东西。他一点不害怕那女孩会用枪打她自己，他关上了抽屉。她那种人执着地贪恋生命，能靠装腔作势攫取每时每刻的好处。

几个解决她的主意进入他的脑海，不过其中每一个的道德水准都表明它们来自与他父亲类似的头脑，托马斯排斥它们。他不会再把那女孩关起来，除非她又做什么非法之事。老头子能够毫不犹疑地把她灌醉，打发她开他的车到高速公路上去，同时通告巡逻队她在路上。可托马斯认为这拉低了他的道德水准。各种建议不断涌现出来，每一个都比前一个更加离谱。

对于那女孩会拿走枪毙了自己，他哪怕连最微弱的希望都不曾有过，可那天下午他看抽屉时，发现枪不见了。他的书房是从里面锁上的，不是外面。他一点也不关心那把枪，但一想到莎拉·哈姆的手在他的论文中游走，他就怒不可遏。现在，就连他的书房也被污染了。唯一还没有被她碰过的地方，就剩下他的卧室了。

那天晚上她就进来了。

第二天早饭时，他不吃饭也不坐下。他站在椅子旁边发出了他的最后通牒，他母亲此时正啜饮着咖啡，看上去像是只有她一个人孤零零地在这里，而且怀着巨大的痛苦。"我已经忍受这一切，"他说，"尽我所能地忍了很久了。我看得很清楚，你对我的一切，对我的安宁、舒适或者工作环境全都毫不关心，我打算采取唯一的办法了。我再给你一天时间。如果你今天下午还把那女孩带回这幢房子，我就走。你可以选择——她，或者我。"他本来还有话要说，但说到这儿他的声音哽咽了，他离开了餐厅。

十点钟，他母亲和莎拉·哈姆离开了这幢房子。

四点，他听到车轮碾过碎石路面，就冲到了窗边。随着汽车停下，那狗站了起来，警觉地抖动着。

他好像怎么都没办法跨出第一步，让自己去客厅壁橱里找

153

手提箱。他好像被人递上了一把刀，有人告诉他要想活命就得往自己身上捅。他的大手无助地紧握着，他的表情混杂着犹豫不决和极度愤慨。在他炽热的脸上，淡蓝色的眼睛似乎都流出了汗水。他把眼睛闭了一会儿，在眼皮后面，他父亲的形象斜睨着他。白痴！那老头呵斥道，白痴！那个邪恶的荡妇偷了你的枪！去找治安官！找治安官！

过了一会儿，托马斯睁开了眼睛。他似乎又惊呆了。他站在那儿起码有三分钟，然后转过身，缓慢得就像一艘正在掉头的巨轮。他面对着房门又站了一会儿才离开，脸上的表情像是决心要熬过一场巨大的磨难。

他不知道去哪儿能找到警长。那人自己制定规矩，按自己的时间表行事。托马斯先去了监狱，他的办公室在那儿，但他不在里面。他去了县政府，一个书记员告诉他，治安官去街对面的理发店了。"那边是副治安官。"那书记员说着，指了指窗外那个穿方格衬衫的大块头男人。那人正靠在一辆警车边，望着虚空。

"这事儿一定得找治安官。"托马斯说完，离开县政府去了理发店。他一点也不想和治安官有任何关系，但他意识到，那人至少是聪明的，而不仅仅是一堆会出汗的血肉。

理发师说治安官刚走。托马斯又转头去县政府，当他从街道踏上人行道时，看见一个略微驼背的消瘦身影，正生气地对副官打着手势。

托马斯走上前去，由于神经质的激动，显得有些好斗。他猛然停在三英尺之外，用过分高亢的声音说："我能和你说句话吗？"他没叫治安官的名字，法尔布拉泽。

法尔布拉泽将他皱纹深刻的脸转过来，转到刚刚能看到托马斯的角度，副官也照做了，但两人都没说话。治安官拿掉嘴上一截极小的烟头，扔到脚下。"我告诉你怎么办了。"他对副官说。然后他微微点了下头向前走去，示意托马斯如果想见他可以跟着。那副官鬼鬼祟祟地溜到警车前头，坐了进去。

法尔布拉泽穿过政府广场，托马斯跟在他身后。他停在一棵树下，这棵树遮住了广场前草坪的四分之一。他微微向前俯身等着，又点燃了一支烟。

托马斯开始竹筒倒豆子似的把自己的事和盘托出。因为没时间准备，他几乎是语无伦次。把同样的事情重复好几遍之后，他终于把自己想说的话说了出来。等他说完，治安官仍然微微向前俯身，与他成一个角度，眼睛并不专门看着什么。他仍然是不言不语的样子。

托马斯又开始诉说，说得更慢，更没有说服力。法尔布拉泽让他继续讲了一会儿才开口道："我们抓过她。"然后，让自己露出四分之一个慢悠悠、皱巴巴又无所不知的笑容。

"我和那件事毫无关系，"托马斯说，"都是我妈。"

法尔布拉泽蹲下了。

"她想要帮助那个女孩，"托马斯说，"她不知道她根本不值得帮助。"

"咬下来的比能咽下去的多吧，依我看。"下面那个声音沉思着说。

"她和这事儿没关系，"托马斯说，"她不知道我在这儿。那女孩拿着那把枪，很危险。"

"他，"治安官说，"绝不会让任何东西从自己脚底下长出来。特别是女人种的东西。"

"她可能会用那枪杀人的。"托马斯虚弱地说着，俯视着那得克萨斯帽子的圆顶。

长时间的沉默。

"她把它放哪儿了？"法尔布拉泽问。

"我不知道。她睡在客房里。枪肯定在那儿，很可能在她的手提箱里。"托马斯说。

法尔布拉泽又陷入了沉默。

"你可以来搜查客房，"托马斯很勉强地说，"我回家去把前门门闩打开，你可以悄悄进来上楼去搜查她的房间。"

法尔布拉泽扭过头，以便眼睛能直视托马斯的膝盖。"你好像知道应该做什么嘛，"他说，"想换换工作吗？"

托马斯什么也没说，因为他想不出任何可说的，但他固执地等待着。法尔布拉泽从嘴里拿出烟蒂，扔到草地上。他头顶上面县政府的前廊上，一群一直靠在左门上的闲人转移到了右边，那儿有一缕阳光洒下来。一张皱巴巴的纸从楼上窗子里飘出来，缓缓飘落。

"我会在六点左右过来，"法尔布拉泽说，"让门闩开着，别挡我的路——你自己和她们两个女人。"

托马斯发出了如释重负的刺耳声音，意思是说"谢谢"，然后像被释放的人那样飞奔过草丛。那句"她们两个女人"，就像他大脑里的一根芒刺——这种对他母亲微妙的侮辱，远比法尔布拉泽暗示他本人无能更让他受伤。他一上车，脸突然红了。他是不是把母亲拱手交给了治安官——让她去做那个男人的笑柄？为了摆脱那个小荡妇，他是在背叛她吗？他马上明白，事实并非如此。他这么做是为她好，替她清除一个会毁掉他们安宁的寄生虫。他发动汽车，飞快地往家开，可刚一拐上自家车道他就决定，最好把车停在离家稍远些的地方，悄悄地从后门进去。他在草地上停了车，绕了个圈朝房子后面走过去。天空中布满深黄色的条纹云，狗在后面的门垫上睡觉。主人走过来时，它睁开一只黄色眼睛看了一眼，又闭上了。

托马斯走进厨房。里面没人，整幢房子安静得让他觉得厨房嘀嗒嘀嗒的钟声很响亮。现在是六点差十五分。他赶紧蹑手蹑脚穿过走廊到前门去，打开了门闩。然后站着听了一会儿。在关着的客厅门后面，他听到了母亲轻柔的鼾声，估计她看书的时候睡着了。走廊的另一边，离他书房不足三英尺的地方，那小荡妇的黑大衣和红手袋搭在一把椅子上。他听到楼上的流水声，认定她是在洗澡。

他走进自己的书房，坐在书桌旁等待，厌恶地注意到，每隔一小会儿就有一阵颤抖传遍他全身。他坐了一两分钟，什么也没做，然后拿起笔，开始在面前的一个信封背面画正方形。他看看手表，六点差十一分。他随意地把中间抽屉拉开到大腿上。有一会儿，他盯着那把枪没有认出来。接着他尖叫一声跳了起来。她把它放回来了！

白痴！他父亲呵斥道，白痴！去把它放进她的手袋。不要光站在那儿。去，把它放进她的手袋！

托马斯直直地站在抽屉旁。

笨蛋！老人愤怒地说。趁着有时间赶快！去，把它放进她的手袋。

托马斯没有动。

低能儿！他父亲叫喊着。

托马斯拿起了枪。

快，老人命令着。

托马斯向前走去，带上了枪。他打开门看看那把椅子。黑大衣和红手袋就躺在上面，几乎唾手可得。

快点儿，你这傻瓜，父亲说。

客厅门后，母亲那几乎听不见的鼾声一起一伏。它们似乎标志着时间在流逝，留给托马斯的已经不多了。没有任何别的声音。

快，你这低能儿，赶在她醒来之前，老人说。

鼾声停了，托马斯听到了沙发弹簧的呻吟声。他一把抓住那个红色手袋。它摸上去有种真皮感，一打开，他就闻到了那女孩明确无误的味道。他哆嗦一下，猛地把枪插进去，缩回了手。他的脸烧得通红。

"托马色把什么放进我钱包里啦？"她叫喊着，她愉快的笑声蹦跳着下了楼梯。托马斯一阵头晕。

她以时装模特的姿态从楼梯顶上走了下来，一条光腿，然后是另一条，以固定的节奏从她的浴袍前面伸出来。"托马色在调皮呢。"她用喉音说。到了楼梯底下，她向托马斯投去占有欲极强的一瞥，此刻托马斯的脸灰更胜红。她伸出手，用手

159

指打开包，瞥见了那把枪。

他母亲打开客厅门，往外看。

"托马色把他的手枪放进我包里了！"女孩尖叫起来。

"荒唐，"他母亲打着呵欠说，"托马斯为什么要把他的手枪放进你包里呢？"

托马斯微微驼背地站着，双手无力地从手腕上垂下，好像他刚把它们从一摊血水中抽出来似的。

"不知道为了什么，"女孩说，"可他的确放了。"她上前去绕着托马斯打转，双手放在臀部，脖子向前伸着，暧昧的笑容紧紧锁定在他身上。刹那间，她的表情豁然开朗，就像是那钱包，托马斯一碰就顿时敞开。她站在那儿，头昂到一边，一副难以置信的样子。"噢，好小子，"她慢慢地说，"就是他做的手脚。"

这一刻，托马斯不光诅咒那女孩，更诅咒那使她存在的整个宇宙秩序。

"托马斯不会把枪放进你包里，"他母亲说，"托马斯是位绅士。"

女孩得意地大笑不止。"就在里面，你可以看到。"她说着，指向那打开的钱包。

你在她包里发现了枪，你这傻瓜！老人呵斥道。

"我在她包里发现了枪！"托马斯大喊，"这个肮脏的小荡妇偷了我的枪！"

母亲在他的声音里捕捉到了另一个人的存在。老太太女巫般的脸变得苍白起来。

"我亲眼看见的！"莎拉·哈姆尖叫着去拿那钱包，可托马斯，他的手臂似乎被父亲引导着，先抢到包攥住了那把枪。女孩疯狂扑向托马斯的喉咙，要不是他母亲扑过来保护她，她就真要卡住他的脖子了。

开枪！老头子大叫。

托马斯开了枪。爆炸的声音仿佛要终结这个世界的邪恶。在托马斯听来，这声音可以驱散荡妇的笑声，直到所有尖叫都归于沉寂，再没有任何东西打扰完美秩序的宁静。

回声在震荡起伏中消失了。在最后一点声波退去之前，法尔布拉泽打开门，把脑袋伸进了走廊。他皱了皱鼻子。有那么几秒钟，他的表情像个不愿承认自己也是个会吃惊的人。他的眼睛像玻璃一样透明，反映出整个场景。那老太太躺在地板上，女孩和托马斯之间。

治安官的大脑瞬间像计算器般运转起来。他看到的事实像白纸黑字一样分明：小伙子一直想杀掉母亲，嫁祸给那女孩。可是对小伙子来说，法尔布拉泽来得太快了。他们在房间里，还不知道他的到来。仔细观察现场后，他突然有了更深刻的见解。在她的尸体上方，凶手和那荡妇即将投入彼此的怀抱。一个老套的下流故事，治安官一看就明白了。他早已习惯了在进入现场后，发现情况并不像他希望的那样糟糕，然而这一次，他的预期得到了满足。

瘸腿的先进去 ^①

1

　　谢泼德 ^② 坐在餐桌边的高脚凳上，吃着从独立包装纸盒里倒出来的麦片。餐桌把厨房一分为二。他机械地吃着，眼睛看着那孩子。他正在厨房柜子前一格一格地留连，收集早餐用的配料。他是个十岁的金发男孩，健壮结实。谢泼德紧张的蓝眼睛一直紧紧盯着他。这孩子的未来就写在脸上。他将来会当个银行家。不，还要更糟。他会经营一家小贷款公司。他对这孩子的全部期望就是做个好人，不要自私。可是两者似乎都不可能了。谢泼德年纪不大，但头发已经花白。头发就像个窄窄的毛刷光环，竖立在他那粉嫩敏感的面孔上方。

　　男孩向餐桌走过来，胳膊下夹着花生酱罐子，一只手端着装了四分之一块巧克力小蛋糕的盘子，另一只手拿着番茄酱瓶子。他似乎并未注意到他的爸爸，爬上凳子开始往蛋糕上涂抹花生酱。他的耳朵又大又圆，从脑袋上支棱出去，好像把两只眼睛都拽得相隔稍远了一些。他的衬衫是绿色的，可是褪色严重，胸前那个冲过来的牛仔图案只剩下了一个影子。

"诺顿，"谢泼德说，"昨天我看见鲁夫斯·约翰逊了。你知道他在干吗？"

那孩子半心半意地看着他，眼睛朝前却并不专注。他的蓝眼睛，颜色比爸爸浅，就好像和衬衫一样褪了色似的。其中一只眼睛几乎难以觉察地，向眼眶外缘微微倾斜着。

"他在一个小巷里，"谢泼德说，"把手伸进一个垃圾桶。他想从里面弄点东西吃。"他停顿了一下，给儿子时间来理解这句话。"他很饿。"说完了，他试图用凝视打动这孩子的良知。

男孩拿起那块巧克力蛋糕，从一角咬下去。

"诺顿，"谢泼德说，"你知道分享意味着什么吗？"

注意力一闪而过。"有一部分是你的。"诺顿说。

---

① 见《圣经·新约·路加福音》第十四章第十二到第十三节：耶稣又对请他的人说："你摆设午饭或晚饭，不要请你的朋友、弟兄、亲属和富足的邻舍，恐怕他们也请你，你就得了报答。你摆设筵席，倒要请那贫穷的、残废的、瘸腿的、瞎眼的，你就有福了！因为他们没有什么可报答你。到义人复活的时候，你要得着报答。"

② Sheppard 与 shepherd 同音，后者意为牧羊人、牧师。作者用它做主人公的名字，暗示主人公与约翰逊的关系像牧羊人与迷途的羔羊。

"有一部分是他的。"谢泼德沉重地说。毫无希望。差不多任何缺点都比自私要强啊——暴脾气，甚至爱撒谎。

孩子把番茄酱瓶倒过来，往蛋糕上猛挤番茄酱。

谢泼德的痛苦表情加剧了。"你十岁，鲁夫斯·约翰逊十四岁，"他说，"不过我敢肯定你的衬衫鲁夫斯能穿。"鲁夫斯·约翰逊是过去一年来，他在感化院里一直试图帮助的一个孩子。两个月前他被放出来了。"他在感化院的时候，看上去相当好，可我昨天看见他时，他瘦得皮包骨头。他早餐从来吃不上抹花生酱的蛋糕。"

那孩子停顿了一下。"这蛋糕不新鲜了，"他说，"所以我不得不往上面抹东西。"

谢泼德把脸扭向餐桌尽头的窗子。屋边的草坪翠绿平整，斜坡下去大概五十英尺的样子，是一片郊区小树林。他妻子活着的时候，他们经常在外面吃饭，就连早餐都会在草地上吃。那时候他从来没注意到这孩子这么自私。"听我说，"他把脸转回来对他说，"看着我，听我说。"

男孩看着他。至少他的眼睛是向着这边的。

"鲁夫斯离开感化院的时候，我给了他一把这房子的钥匙——表示我对他的信任，这样他就随时都有个地方可去，感觉到受人欢迎。他没用过这钥匙，但我想他现在会用的，因为他见到我了，而且他很饿。如果他不用，我就出去找到他，带他到这儿来。我不能看着一个孩子从垃圾桶里找吃的。"

男孩皱起眉头。他渐渐明白，他的某些东西受到了威胁。

谢泼德因厌恶拉长了嘴角。"鲁夫斯的爸爸在他出生前就死了，"他说，"他妈妈在州监狱里。他被爷爷养大，住在一个没水没电的破棚子里，那老头天天打他。要是你属于这种家庭，你会怎么样呢？"

"我不知道。"孩子怯怯地说。

"好吧，你可以找个时间想一想。"谢泼德说。

谢泼德是城市娱乐主管①。星期六他在感化院做辅导员，分文不取就是为了满足感，因为知道自己帮助的这些男孩没有别人关心。在他帮助过的男孩之中，约翰逊最聪明，也是被剥夺最多的一个。

诺顿把剩下的蛋糕翻过来，好像不想再吃了。

"也许他不会来的。"那孩子说着，眼睛微微亮起来。

"想想你拥有的一切，而他什么都没有！"谢泼德说，"假如你不得不去垃圾桶里找食物呢？假如你有只脚肿得老大，走

---

① 美国城市有一个管理部门叫作公园和娱乐部，服务范围广泛，包括娱乐项目、全市特别活动（节日游行，春天彩蛋，夏季音乐会和月光海滩）、公园、海滩、休闲小道维护、开放空间的管理和维护，以及动物服务和监督管理等。小说中谢泼德是娱乐项目负责人。

路的时候一边总比另一边低呢?"

男孩看上去一片茫然,显然无法想象这种事。

"你有个健康的身体,"谢泼德说,"一个很好的家。除了真理,从来没人教你任何坏东西。你爸爸给你需要和渴望的一切,没有爷爷天天打你。你妈妈也不在州监狱里。"

孩子推开了盘子。谢泼德痛苦地叫了一声。

男孩的嘴突然歪了,嘴下面鼓起一个肉疙瘩。他的脸皱成一块块的,眼睛变成了两道缝。"如果她在监狱,"他痛苦地吼叫起来,"我就能去看她了。"眼泪从他脸上滚滚而下,番茄酱滴到了下巴上。他看上去好像嘴被打了,控制不住地放声大哭。

谢泼德无助又可怜地坐着,像是遭到了大自然某种最原始力量的痛击。这不是正常的悲伤,这都是他自私的一部分。她已经死去一年多了,一个孩子的悲伤不应该持续那么久。"你都要十一岁了。"他责备地说。

孩子开始发出非常尖利、起伏不定、极度痛苦的抽泣声。

"如果你不再想着你自己,而是想想你能为别人做点什么,"谢泼德说,"那你就不会再想念妈妈了。"

男孩安静下来,但肩膀还在抖动。随后,他的脸再次崩溃,他又痛哭起来。

"你以为没有她我就不孤单吗？"谢泼德说，"你以为我根本不想念她？我想她。可我没有坐着闷闷不乐。我忙着去帮助别人。你见我什么时候光是坐在那儿想着我的烦恼了？"

男孩消沉下去，好像已经筋疲力尽，但新的眼泪又从脸上滑过。

"你今天打算做什么？"谢泼德问道，想让他的注意力转向别处。

孩子用胳膊擦着眼睛。"卖种子。"他含糊不清地说。

永远在卖东西。他那四个一夸脱罐子装满了五分和一毛硬币，都是他节省下来的。每隔几天，他就把它们从壁橱里拿出来，数一数。"你卖种子是为了什么呢？"

"得奖。"

"什么奖？"

"一千美元。"

"你有了一千美元会做什么？"

"存起来。"那孩子说着在肩膀上擦了擦鼻子。

"我敢肯定你会的，"谢泼德说，"听着，"他降低音量，用近乎恳求的口气说，"假如不知为什么你真的赢得了一千美元，你不想把它用在那些没有你幸运的孩子身上吗？你不想给孤儿院送个秋千什么的吗？你不想给可怜的鲁夫斯·约翰逊买一双

168

新鞋吗?"

男孩开始从餐桌边往后退,接着又突然往前一倾,张大嘴趴在他盘子上面。谢泼德又痛苦地叫了起来。所有东西都吐了出来,蛋糕,花生酱,番茄酱——混合成一摊松软的甜面糊。他趴在盘子上,食物源源不断地涌出来,他就张大嘴等着,好像希望下一个出来的是他的心脏。

"没事的,"谢泼德说,"没事的。你也忍不住嘛。擦干嘴去躺下吧。"

孩子又在那儿趴了一会儿。然后抬起头茫然地看着爸爸。

"走吧,"谢泼德说,"去躺下。"

男孩掀起汗衫下摆,用它抹了抹嘴,然后爬下凳子,慢慢走出了厨房。

谢泼德坐在那儿,瞪着那堆半消化的食物残渣。一股酸味飘到他身边,他往后缩了缩,一阵反胃。他起身把盘子放进水槽,打开龙头冲洗,冷冷地注视着那堆东西流进下水道。约翰逊枯瘦的手伸进垃圾桶里找食物,而他自己的孩子,自私自利、麻木不仁、贪得无厌,却吃得太多吐了出来。他伸出拳头一戳,关掉了水龙头。约翰逊有真正的感受力,却从出生起就被剥夺了一切;诺顿资质平庸甚至偏低,却得到了所有的好处。

他回到餐桌接着吃早饭。麦片在纸盒里受了潮，但他没注意自己在吃什么。约翰逊值得他付出所有努力，因为他有潜力。初次见面谈话，那男孩一瘸一拐走进来的时候，他就看出来了。

谢泼德在感化院的办公室是个狭小的房间，有一扇窗，一张小桌和两把椅子。他从来没进过告解室，但他觉得这间小屋一定有与之相同的功能。只不过，他除了给告解者开解，并不赦免他们。他的资质不像神父那么可疑，他所做的事情都是经过培训的。

约翰逊第一次进来见面之前，他一直在看那男孩的记录——无意义的破坏，砸窗户，烧城里的垃圾桶，扎轮胎——都是突然从县里搬到都市的男孩们（就像这个孩子一样）常做的那种事。他看了看约翰逊的智商，140。他急切地抬眼去看他。

男孩跌坐在椅子边缘，双臂垂在两腿之间。窗外的光线照在他脸上。他的眼睛色如钢铁，非常沉静，被训练得紧盯着前方。稀疏的黑发聚成一绺平平的刘海，横过前额一侧，不像男孩子那么漫不经心，却像老男人那样气势汹汹。一种狂热的聪明在他脸上一览无余。

谢泼德微笑着，缩小两人之间的距离。

男孩的表情并无缓和。他向后靠在椅子上，抬起一只巨大的畸形脚，放到膝盖上。那只脚穿着一只破烂沉重的黑鞋，鞋底有四五英寸厚。有个地方的皮子绽开了，露出一只空袜子的末梢，像是被割开的脑袋里伸出的灰舌头。谢泼德立刻明白了问题所在。他捣乱都是对这只脚的补偿。

"好了，鲁夫斯，"他说，"我看了记录，你在这儿只剩不到一年了。你出去以后计划做什么呢？"

"我没有计划。"那男孩说。他的眼睛漠然转向谢泼德身后，窗外很远处的某个东西。

"也许你应该计划呢。"谢泼德笑着说。

约翰逊还是凝视着他身后。

"我想看到你充分利用你的聪明才智，"谢泼德说，"什么东西对你最重要？咱们来聊聊，什么对你很重要。"他的眼睛不自觉地落在那只脚上。

"研究研究它，完成你的任务。"男孩慢吞吞地说。

谢泼德脸红了。那黑乎乎畸形的一团在他眼前膨胀起来。他没回答男孩的话，也没在意男孩给他的斜眼。"鲁夫斯，"他说，"你卷入了好多无意义的麻烦，但我认为，等你明白你为什么做这些事以后，你就不太愿意再做了。"他微笑着。这些孩子的朋友那么少，看见的笑脸也少得可怜，他工作的效力没什么奥妙，有一半是因为他对他们微笑。"有很多关于你自己的事情，我觉得我能解释给你听。"他说。

约翰逊面无表情地看着他。"我根本没请你做任何解释，"他说，"我早就知道我为什么做那些事了。"

"太好了！"谢泼德说，"告诉我是什么让你做那些事，怎么样？"

黑色的光泽出现在男孩眼中。"撒旦，"他说，"是他控制着我。"

谢泼德坚定地看着他。男孩脸上没有任何迹象表明他这么说是开玩笑，薄嘴唇的线条因为骄傲绷得紧紧的。谢泼德的目光凝重了。他瞬间感到一阵绝望，也许他面对的是某种基本人性的扭曲，它发生在太久以前，现在已无法更正。这男孩对生命的疑问已经由钉在树上的牌子解答：撒旦控制着你？要么忏悔，要么在地狱里被烧死，耶稣拯救世人。不管读没读过，他总会知道《圣经》的。绝望被愤怒所取代。"胡说八道！"他嗤之以鼻说，"我们生活在太空时代！你太聪明了，不该给我这么一个答案。"

约翰逊的嘴微微扭曲了。一副既轻蔑又觉得好笑的表情。一缕挑衅的光芒在他眼里闪烁。

谢泼德仔细端详着他的脸。哪里有智慧，哪里就有可能。

他又笑了，这微笑像是邀请男孩走进一间所有窗子都向阳光敞开的教室。"鲁夫斯，"他说，"我要安排你每周和我会面一次。也许可以解释你刚才的说法。也许我能向你解释你的魔鬼。"

后来的那一年里，他每个星期六都和约翰逊谈话。他聊得很随意，是那男孩以前从未听过的那种。他谈的稍稍超过他的理解力一点，以便他努力才能明白。他从简单的心理学和人心的逃避，漫谈到天文学，还有绕地球旋转、超声速、很快就会环绕众星球的太空舱。出于本能，他集中谈了那些星球。他想给男孩一些除了隔壁小店卖的货物之外，同样需要他伸手去够的东西。他想拓宽他的眼界。他想要他看到宇宙，明白其中最黑暗的部分也是可以穿透的。为了能把一台望远镜放在约翰逊手里，他愿意付出一切。

约翰逊说得很少，而他因为骄傲所说的一切，不是在表达异议，就是毫无意义的反驳。那只畸形足总是放在膝盖上，像个随时准备使用的武器。然而谢泼德并未受骗。他注视他的眼睛，每个星期都能看到里面有些东西已经崩溃。男孩的脸虽紧绷，却显得震惊，强打精神抵挡着正在摧毁他的光芒。从这脸上他看得出来，他正中要害了。

现在，约翰逊自由了，靠垃圾桶维生，重新恢复了旧日的无知。这世界的不公真叫人生气。他被送回爷爷那儿，那老头儿的低能只能想象了，也许男孩现在已经从他那儿逃走。以前，谢泼德也动过争取约翰逊监护权这个念头，但爷爷这事儿是个阻碍。没有什么比思考他能为这样一个男孩做些什么更让他激动的了。首先，他要让他穿上合适的新矫形鞋，现在他每迈出一步，脊柱都会扭曲。然后，要鼓励他发展某种特别的智力兴趣。他想到了望远镜。他可以买台二手的，把它装到阁楼窗前。他坐在那儿差不多有十分钟，一直在想如果让约翰逊到这儿来一起住，他能做些什么。在诺顿身上浪费的一切都会让约翰逊茁壮成长。昨天看到约翰逊手伸进垃圾桶里时，他挥了挥手朝他走过去。约翰逊看到了他，停顿了一忽儿，立刻就以老鼠般的敏捷逃之夭夭，不过，还是让谢泼德看到了他表情的变化。男孩的眼中有些东西在闪亮，他确定，那是对失去的光芒的回忆。

他起身将麦片盒扔进垃圾桶。离开家之前，他看了看诺顿的房间，以确认他已经不再犯恶心。那孩子正盘腿坐在床上。他把那些装零钱的罐子倒空，在面前凑成一大堆，正按照五分、一毛和两毛五分门别类呢。

那天下午诺顿独自在家，蹲在他房间地上，把一包包花种在自己周围摆成行。雨水敲打着窗格，排水沟里哗哗作响。房间已经黑下来了，但每隔几分钟，就会被无声的闪电照亮，种子包就会开心地在地板上显形。他一动不动地蹲着，像一只巨大而苍白的青蛙，伏在这座未来的花园中间。突然，他的眼睛警觉起来。没有任何预兆，雨就停了。这份宁静很沉重，似乎倾盆大雨是被暴力所平息。他仍然一动不动，只有眼珠在转。

静谧之中，传来了钥匙插进前门锁里的清脆咔嗒声。这声音显然是故意的，让人注意到它，好像是被头脑而不是一只手所控制。孩子跳起来，躲进了橱柜。

脚步声开始在走廊里移动，小心翼翼而且没有规律，轻一脚，然后重一脚，接着是一片寂静，似乎来人停下了脚步，在听自己的声音，或是要检查什么东西。一分钟后，厨房门轻轻打开了。脚步声穿过厨房走向冰箱。壁橱和厨房就隔了一堵墙。诺顿站在里面，耳朵贴在墙上。冰箱门开了。长久的静默。

他脱掉鞋子，踮着脚走出壁橱，跨过那些种子包。在房间中央，他停下来僵住不动了。一个穿着湿淋淋的黑外套，脸庞瘦削的男孩站在他门口，堵住了他逃跑的路。他的头发被雨淋湿，贴在了前额上。他站在那儿，活像只浑身湿透、气鼓鼓的乌鸦。他的目光像钢针一般穿透了这个孩子，让他动弹不得。然后，他的眼睛开始在房间里所有东西上移动——凌乱的床，

175

一扇大窗上肮脏的窗帘，梳妆台上立在一大堆杂物里的照片，上面有个宽脸盘的年轻女人。

孩子的舌头突然失控了。"他一直盼着你呢，他打算给你一双新鞋，因为你只能从垃圾桶里找吃的！"他用类似老鼠尖叫的声音说道。

"我吃垃圾桶里的东西，"那男孩目光炯炯地盯着他慢慢说道，"是因为我喜欢吃。懂吗？"

孩子点点头。

"我有法子给自己弄到鞋。懂吗？"

孩子像被催眠了，又点点头。

男孩一瘸一拐地走进来，在床上坐下。他往身后放个枕头，舒展那条短一点儿的腿，把那只大黑鞋惹人注目地搁在床单的一个褶皱上。

诺顿的目光落在鞋上面，仍然一动不动。那鞋底跟块砖一样厚。

约翰逊微笑着轻轻扭动那鞋子。"只要我用这个踢谁一次，"他说，"就让他们知道休想耍我。"

孩子点点头。

"到厨房去，"约翰逊说，"用黑麦面包和火腿给我做个三明治，再给我来杯牛奶。"

诺顿像个发条玩具一样离开了，奔着正确的方向而去。他做了个油腻的三明治，火腿都从边上垂了下来，又倒了一杯牛奶。然后，一手端着牛奶，另一手拿着三明治回到了房间。

约翰逊正像帝王一样靠在枕头上。"谢了，服务生。"他说着拿起了三明治。

诺顿站在床边，端着杯子。

男孩咬一口三明治，有条不紊地吃着，吃完之后拿起杯子。他像孩子一样双手捧着它，当他放下杯子喘气时，嘴巴周围有一圈奶渍。他把空杯子递给诺顿。"去那儿给我拿一个橙子来，服务生。"他嘶哑地说。

诺顿去厨房拿着橙子回来了。约翰逊用手剥开它，让剥下的皮掉在床上。他慢慢地吃着，把籽吐到面前。吃完后他在床单上擦擦手，以评价的目光久久地盯着诺顿。他似乎被这服务软化了。"你真是他的孩子，"他说，"有张一模一样愚蠢的脸。"

孩子呆呆地站着，好像没有听见。

"他连左手和右手都分不清。"约翰逊说道，嘶哑的声音里有种快乐。

孩子把目光投向男孩脸侧一点点，死死地盯着墙壁。

"呜里哇啦，呜里哇啦，"约翰逊说，"从来不说一件正事。"

孩子的上嘴唇微微抬起，但他什么都没说。

"空话，"约翰逊说，"一堆空话。"

孩子脸上开始出现谨慎的战斗表情。他稍稍后退了一点，好像随时准备逃跑的样子。"他很好，"他嘟哝说，"他帮助别人。"

"好！"约翰逊狂野地说着，把头往前一伸。"给我听着，"他咬牙切齿地说，"我才不管他好还是不好。他不正确！"

诺顿看上去惊呆了。

厨房的纱门砰的一声，有人进来。约翰逊立刻坐起身。"是他吗？"他说。

"是厨娘，"诺顿说，"她下午来。"约翰逊站起来，瘸腿走进过道，站在厨房门口，诺顿跟着他。

那个有色人种女孩正在壁橱边脱下亮红色的雨衣。她高个儿，肤色淡黄，嘴巴像一大朵已经枯萎变黑的玫瑰。她的头发在头顶上层层扎起，歪向一边，活像比萨斜塔。

约翰逊从牙缝里发出噪声。"快来看杰迈玛阿姨①呀。"他说。

女孩停下来，傲慢地瞄着他们，就好像他们是地板上的灰尘。

---

① "杰迈玛阿姨"是美国著名的面粉品牌。二战期间美国战略情报局用这个名字代指他们研制出的特殊炸药。

"来吧,"约翰逊说,"咱们来看看,除了一个黑鬼,你们还有什么。"他打开自己右侧过道里的第一扇门,审视着铺粉色瓷砖的浴室。"一个粉马桶!"他低声说。

他表情滑稽地转向那孩子。"他就坐在那上面?"

"那是给客人用的,"诺顿说,"不过他有时候也坐在上面。"

"他应该把他的脑袋在里面倒空。"约翰逊说。

隔壁房间的门开着。那是谢泼德在妻子死后一直睡的房间。一张苦行僧式的铁床立在光秃秃的地上。一大堆少年棒球联合会制服堆放在角落里。各种文件四散在一张大拉盖书桌上,用他的烟斗压住。约翰逊默默地打量着这个房间。他皱了皱鼻子。"猜猜是谁?"他说。

下一个房间的门关着,但约翰逊打开了它,把头探进半明半暗的房间里面。阴影低垂,空气中弥漫着淡淡的香水味。一张宽大的古董床和一个气派的梳妆台,镜子在半明半暗中闪着光。约翰逊打开门旁边的电灯开关,穿过房间来到镜子前,向里面窥视。一把银梳子和一把刷子放在亚麻手巾上。他拿起梳子,开始用它梳头。他把头发直梳到前额上,然后扫到一边,希特勒的发型。

"放下她的梳子!"孩子说。他站在门口,脸色苍白,呼吸

179

粗重，好像在一个神圣的地方看到有人亵渎圣物。

约翰逊放下梳子，又拿起刷子来刷他的头发。

"她死了。"孩子说。

"我不怕死人的东西。"约翰逊说。他打开顶层抽屉，把手伸了进去。

"拿开你那又脏又肥的大手，别碰我妈妈的衣服！"孩子窒息般高声说道。

"别激动嘛，亲爱的。"约翰逊嘟哝着。他掏出一件皱巴巴的红色圆点紧身衬衫，又扔了回去。接着掏出一条绿色丝巾，围在自己头上绕旋，又任它飘到地上。他的手继续使劲往抽屉深处翻。不一会儿，他抓出一个褪色的束腰，四个金属撑在上面晃荡。"这肯定是她的马鞍子。"他判断说。

他小心翼翼地抬起它来摇晃，然后把它系在自己腰上，跳上跳下，让金属撑子舞动起来。他开始打响指，屁股扭来扭去。"来摇摆，摇啊滚吧，"他唱道，"来摇摆，摇啊滚吧。不能取悦那女人，来拯救我该死的灵魂。"他开始四处移动，正常的那只脚踏着节拍，笨重的那只甩到一边。他跳出门去，经过那不知所措的孩子，穿过走廊直奔厨房。

半小时后，谢泼德回到家里。他把雨衣放在走廊一张椅子上，一直走到客厅门口停了下来。他的脸突然变了，因为高兴而容光焕发。一个黑影——约翰逊——坐在一把粉色软垫高背椅上。他身后那堵墙从地板到天花板都摆满了书，他正在读其中的一本。谢泼德眯起了眼睛。那是一册《大英百科全书》。他是那么专注，都没有抬头看他。谢泼德屏住了呼吸。对这个男孩来说，这是最完美的安排。他得让他留在这儿。他总得想方设法办到。

"鲁夫斯！"他说，"看到你这孩子真好！"他伸出胳膊，大跨步向前走去。

约翰逊抬起头，面无表情。"噢，你好。"他说。他尽量无视谢泼德那只手，但发现谢泼德并不收回，就不情愿地握了握。

谢泼德对这种反应早有准备。这是约翰逊伪装的一部分，绝不表露热情。

"怎么样？"他说，"你爷爷对你怎么样？"他在沙发边上坐下来。

"他突然死了。"男孩漠然地说。

"你不是那意思吧！"谢泼德嚷道。他站起来在离男孩更近的咖啡桌旁坐下。

"不是，"约翰逊说，"他没死。我希望他死。"

"那他在哪儿?"谢泼德低声问。

"他跟一个剩余之民①上山了,"约翰逊说,"他和其他人。他们打算在山洞里埋几本《圣经》,各种动物和其他东西都带了两个。像挪亚那样。不过这一次是因为大火,不是洪水。"

谢泼德挖苦地拉长了嘴。"我明白了。"他说。接着又说:"换句话说,那个老傻瓜遗弃了你?"

"他不是傻瓜。"男孩语气高傲地说。

"他遗弃了你,还是没有?"谢泼德不耐烦地问。

男孩耸耸肩。

"你的缓刑监督官在哪儿?"

"不应该是我跟他联系,"约翰逊说,"他应该联系我。"

谢泼德笑了。"等会儿。"他说。他起身走进门厅,把雨衣从椅子上拿下来,拿到门厅壁橱里挂起来。他必须给自己时间去思考,想好怎么去问这孩子才能让他留下。他不能强迫他留下,必须出于自愿。约翰逊假装不喜欢他。那只是为了支撑他的骄傲罢了,但他必须在问他时,让他能够继续保持他的骄傲。他打开壁橱门,拿出一个衣架。他妻子的一件灰色旧大衣还挂在那儿。他把它推开,可它不动。他随手拉开衣服又缩回

---

① 《圣经》中大灾之后幸存的一小部分人。如大洪水中幸存的挪亚。

手，仿佛看到了一个茧子里的幼虫。诺顿站在里面，脸色苍白浮肿，一副可怜巴巴的麻木表情。谢泼德盯着他。突然，他想到了一种可能。"出来。"他说。他紧紧抓着孩子肩膀把他推进客厅，推到那把粉椅子旁，约翰逊正坐在上面，腿上放着《百科全书》。他打算孤注一掷了。

"鲁夫斯，"他说，"我遇到个难题，需要你的帮助。"

约翰逊疑惑地抬头看他。

"听着，"谢泼德说，"我们这个家还需要一个男孩。"他的声音里有真实的绝望。"诺顿在这儿，从来不必跟人分享任何东西。他不知道分享是什么意思。我需要有人教教他。帮帮我怎么样？留在这儿和我们住段时间，鲁夫斯。我需要你的帮助。"激动让他的声音变尖利了。

孩子突然活了过来。他的脸因愤怒而肿胀。"他进她房间用她的梳子！"他尖叫着，猛拽谢泼德的胳膊，"他穿着她的束腰和莱奥拉跳舞，他……"

"别说了！"谢泼德厉声说，"打小报告就是你的全部本领？我没要你汇报鲁夫斯的行动。我请你欢迎他留下来。你明白吗？"

"你看怎么样？"他转向约翰逊问道。

诺顿狠狠地踢向粉椅子腿，刚好避开了约翰逊那只肿胀的脚。谢泼德用力把他拉回来。

"他说你什么都不会，一堆空话！"孩子尖叫着。一种幸灾乐祸的狡黠表情从约翰逊脸上一闪而过。

谢泼德并不退缩。这些冒犯都是那男孩防御机制的一部分。"怎么样，鲁夫斯？"他说，"你愿意跟我们住一段时间吗？"

约翰逊直视着前方，什么都没说。他微微一笑，似乎在凝视某种让他高兴的未来景象。

"我无所谓，"他说着翻动《百科全书》的一页，"任何地方我都能忍受。"

"太好了，"谢泼德说，"太好了。"

"他说，"孩子用喉音低声说，"你连自己的左右手都分不清。"

一阵沉默。

约翰逊湿湿手指，翻过《百科全书》的另一页。

"我有些话要对你们两个说。"谢泼德用毫无抑扬顿挫的声音说。他的目光从一个转向另一个，语速很慢，好像他的话将只说一次，他们理应洗耳恭听。"如果鲁夫斯怎么看我会让我改变态度的话，"他说，"我就不会请他留下了。鲁夫斯将帮我解决问题，我也将帮他，我们俩还要帮助你解决问题。如果我让鲁夫斯对我的看法妨碍了我能为他做的事，我就太自私了。

如果我能帮助一个人，我就只想着去做。我没那么小气琐碎。"

他们俩都没有出声。诺顿盯着椅子坐垫。约翰逊凑近了细看《百科全书》里某个精美的图案。谢泼德看着他俩的头顶，微笑了。不管怎么说，他赢了。这男孩要留下。他伸出手抚弄诺顿的头发，又拍拍约翰逊的肩膀。"现在你们两个小伙子坐在这儿熟悉一下，"他快乐地说着朝门口走去，"我要去看看莱奥拉晚饭给咱们做了什么。"

等他一走，约翰逊就抬起头看着诺顿。那孩子阴郁地回望着他。"上帝呀，小孩，"约翰逊用沙哑的声音说，"你怎么受得了？"他的脸因愤怒而僵硬了。"他还以为他是耶稣基督呢！"

2

谢泼德家的阁楼是个没装修的大房间，房梁裸露，没有电灯。他们把望远镜放在一扇天窗下的三脚架上。此刻，它就面对着漆黑的天空，那里，如蛋壳一样脆弱的银色月亮，正要从一朵镶了璀璨银边的云彩后面现身。里面，一盏放在衣箱上的提灯将他们的影子投向屋顶，在头顶的房梁接榫处，两个影子纠缠在一起微微抖动。谢泼德坐在一个行李箱上，通过望远镜往外看，约翰逊就在他身边，等着接手。谢泼德两天前在一家当铺用十四块钱买来了它。

"别老拱着它了。"约翰逊说。

谢泼德站起来，约翰逊冲到箱子上，把眼睛放在那设备前。

谢泼德在几英尺外的直背椅上坐下。他高兴得满脸通红。他的大半梦想都已成为现实了。一周之内，他就让这男孩的视野通过小小的管道投向了星空。他心满意足地看着约翰逊弯曲的背影。男孩穿着诺顿的一件格子衬衫，他给买的新卡其裤子。新鞋下周就能准备好。他回来第二天就带他去了矫形用具店，让他试好了一双新鞋。约翰逊对那只脚特别敏感，好像它是个圣物。当那个店员，一个有着明亮粉嫩秃头的年轻人，用他那双世俗的手给那脚量尺寸的时候，他一直阴沉着脸。这双鞋将会使男孩的态度完全改变。就连有正常脚的孩子，得到一双新鞋之后都会热爱这个世界呢。诺顿穿上新鞋时，好几天走路眼睛都没离开过鞋。

谢泼德扫了一眼房间对面的孩子。他正坐在地板上，背靠着一个衣箱，箱子用他找来的一截绳子捆着，他还把那根绳子从脚踝一直缠到膝盖上。他显得那么遥远，谢泼德就好像是从望远镜物镜那端反观他。自从约翰逊和他们住在一起，他只打过他一次——就是诺顿发现约翰逊要睡在他妈妈床上的第一个晚上。他不相信打孩子有用，特别是在盛怒时。可这一次，他既打了也发怒了，效果还很好。诺顿再也没有给他惹过麻烦。

这孩子对约翰逊并未表现出任何主动的好意。但既然无能为力，他似乎也就听天由命了。每天早晨，谢泼德送他们俩去Y游泳池，给他们钱去自助餐厅吃午饭，命令他们下午在公园与他碰头，观看他的棒球小联盟训练。每天下午他们拖拖拉拉来到公园，一言不发，两人都紧绷着脸，各自想着心事，好像双方都不知道另一个人的存在。谢天谢地，至少他们没打架。

诺顿对望远镜没有兴趣。"你不想起来用望远镜看看吗，诺顿？"他说。这孩子无论如何都没表现出任何智力上的好奇心，这让他恼火。"鲁夫斯要超过你了。"

诺顿心不在焉地探身过去，看着约翰逊的后背。

约翰逊从设备上转过身来。他的脸变得圆润起来了。愤怒的表情已经从他凹陷的双颊撤退，此刻在他双眼的洞穴中固守，像个躲避谢泼德仁慈的逃犯。"不要浪费你宝贵的时间，小孩，"他说，"你只要看过月亮一次，你就明白了。"

谢泼德被这些突如其来的反常转变逗乐了。这个男孩抗拒一切，只要让他疑心其意图是要改善他，甚至在他对什么东西真正感兴趣时，他都会想方设法让人以为他十分厌烦。谢泼德没有上当。约翰逊在偷偷地学习他想要他学的东西——他的恩人对侮辱无动于衷，他仁慈和耐心的铠甲上，没有能让暗箭成功射入的裂缝。"有一天你可以到月亮上去，"他说，"按照预定时间，十年后人类就很有可能绕月球旅行了。哇，你们这些孩子可以做太空人，宇航员！"

"宇核员①。"约翰逊说。

"核也好航也好，"谢泼德说，"这真是极有可能的，你，鲁夫斯·约翰逊，要上月球。"

约翰逊眼睛深处某种东西在闪动。整整一天他的情绪都很低落。"我不会活着去月球的，"他说，"我死后会下地狱。"

"至少，到月球上去是有可能的。"谢泼德干巴巴地说。处理这种事最好的方式，就是温和的嘲笑。"我们能看到它。我们知道它在那儿。没有人拿出可信的证据说世界上真有地狱。"

"《圣经》拿出了证据，"约翰逊阴沉地说，"如果你死了到那儿去，就永远被火烤。"

那孩子探身向前。

"谁要说没有地狱，"约翰逊说，"就是反对耶稣。死者受到审判，邪恶的人会被诅咒。他们被烧的时候哭哭啼啼，咬牙切齿。"他接着说："那是永恒的黑暗。"

---

① 谢泼德说的是 astronauts，宇航员，是 astro（宇宙的）和 naut（航行）组成的复合词，而约翰逊发音是 astro-nuts，nuts 意为坚果、难对付的人。

孩子张开了嘴。他的眼睛似乎变得空洞了。

"撒旦统治着地狱。"约翰逊说。

诺顿歪歪扭扭地站起来，朝着谢泼德迈出跌跌撞撞的一步。"她在那儿吗？"他大声地说，"她在那儿被火烤着吗？"他踢掉脚上的绳子。"她在火上？"

"我的上帝，"谢泼德嘟哝着，"不，不，"他说，"当然不是。鲁夫斯弄错了。你妈妈不在任何地方。她没有不幸福，她只是不在了。"如果妻子死时他告诉诺顿，她去了天堂，总有一天他会再见到她，他的日子会好过得多，可他不允许自己用谎言教育他。

诺顿的脸开始扭曲了，下巴上又形成一个结。

"听着，"谢泼德飞快地说着，把孩子拉到自己身边，"你妈妈的精神活在其他人身上，也会活在你身上，如果你像她一样善良慷慨的话。"

孩子黯淡的眼睛因为不相信而冷酷起来。

谢泼德的怜悯变成了厌恶。这孩子宁愿她在地狱，也好过哪儿都不在。"你明白吗？"他说，"她不存在了。"他把手放在孩子的肩头。"这就是我必须告诉你的，"他用更温柔的恼火语气说，"真相。"

没有号哭，那孩子挣脱出来抓住约翰逊的袖子。"她在那儿吗，鲁夫斯？"他说，"她在那儿，被烧掉了？"

约翰逊的眼睛闪着光。"噢，"他说，"如果她邪恶她就在。她是淫妇吗？"

"你妈妈不是淫妇。"谢泼德严厉地说。他感觉像是在驾驶没有刹车装置的汽车。"现在咱们别再说这种蠢事了。我们正在谈月亮呢。"

"她相信耶稣吗？"约翰逊问。

诺顿显得很茫然。过了一秒钟他说："是的。"他似乎看出来，必须这么回答。"她信，"他说，"一直都信。"

"她不信。"谢泼德小声嘟哝。

"她一直都信，"诺顿说，"我听她说过她一直信。"

"她得救了。"约翰逊说。

孩子仍然显得很困惑。"哪儿？"他说，"她在哪儿？"

"在高处。"约翰逊说。

"那是哪儿？"诺顿气喘吁吁地说。

"在天空中某个地方，"约翰逊说，"但你得死了才能到那儿。你没有宇宙飞船去不了。"他的眼里此刻有道细细的光芒，像瞄准了目标的光束。

"人类登上月球，"谢泼德冷冷地说，"就像千百万年前第一条鱼爬出水面来到陆地上一样。他没有陆地服装，他必须做出内部的调整。他进化出了肺。"

"我死了以后会下地狱，或者去她那儿吗？"诺顿问。

"你马上就能去她那儿，"约翰逊说，"但你要活得够长，你就会下地狱。"

谢泼德猛地站起来，拿起提灯。"关上窗子，鲁夫斯，"他说，"我们该上床睡觉了。"

走下阁楼楼梯时，他听到约翰逊用高声的耳语在后面说："明天我会把一切都告诉你，小孩，等他不在的时候。"

第二天两个男孩来到棒球公园时，他注视着他们绕过球场边缘从看台后面过来。约翰逊的手放在诺顿肩头，脑袋垂向那更小男孩的耳边，那孩子的脸上一副完全信赖、豁然开朗的表情。谢泼德满脸痛苦，僵在那里。这就是约翰逊激怒他的方式。但他不会发怒。诺顿没那么聪明，不会受太大伤害。他凝视着孩子那张呆板专注的小脸。干吗非要费力让他优秀呢？天堂和地狱是为平庸之辈准备的，他恰恰就是这种人。

两个男孩走上看台，在十英尺外坐下，面对着他，可谁都没做出认出他的任何表示。他瞟了身后一眼，棒球联盟的队员们分散在球场里。他向看台走去。随着他的到来，约翰逊说话间那种嘘声停了。

"你们两个家伙今天做什么啦？"他亲切地问。

"他一直给我讲……"诺顿开口了。

约翰逊用胳膊肘捅了捅孩子的肋骨。"我们啥都没做。"他说。他的脸表面上似乎覆盖着一层空白釉彩，但那下面却无礼宣告着串通一气的表情。

谢泼德觉得脸在发热，但他什么都没说。一个身穿小棒球队制服的孩子跟着他，正在后面用球棒轻轻捅他的腿。他转过身去用胳膊搂住那男孩的脖子，跟他一起回到比赛当中。

那天晚上，他到阁楼上去和望远镜旁的孩子们在一起，发现只有诺顿一个人在那儿。他正坐在行李箱上，弓着腰心无旁骛地看着那仪器。约翰逊不在。

"鲁夫斯在哪儿？"谢泼德问。

"我说鲁夫斯在哪儿？"他提高嗓门说。

"去什么地方了。"孩子说着，并不转身。

"去哪儿？"谢泼德问。

"他只说他要去个地方。他说他受够了看星星。"

"知道了。"谢泼德阴郁地说。他转身下了楼，找遍全家没有发现约翰逊。然后他走进起居室坐下来。昨天他还确信自己在这个男孩身上取得了成功，今天他就面对着在他身上失败的极大可能。他太心慈手软了，太想让约翰逊喜欢他了。他感到一阵愧疚的刺痛。约翰逊喜不喜欢他又有什么区别呢？那对他来说有什么意义？等那个男孩回来，他们得弄清楚几件事。只要你待在这儿，晚上就不能单独出去，你明白吗？

我用不着待在这儿。待在这儿对我来说没什么大不了的。

我的上帝呀，他想，不能把事情搞成那样。他必须强硬但不必小题大做。他拿起了晚报。仁慈和耐心总是需要的，但他不够强硬。他拿着报纸坐着，却并没有读。除非他表现出强硬，否则那男孩不会尊敬他的。门铃响了，他去开门。他打开门，满脸痛苦失望地后退了一步。

一个阴沉的大个子警察站在门廊里，抓着约翰逊的胳膊肘。路边有辆巡逻警车等着。约翰逊脸色特别苍白，下巴向前突出，好像是为了控制住颤抖。

"我们先把他带到这儿来，是因为他大发脾气，"警察说，"不过现在你已经看到他了，我们要带他去警局，问他一些问题。"

"发生了什么？"谢泼德嘟哝说。

"从这儿过去拐角那儿有一幢房子，"警察说，"真是了不起的破坏，盘子碎了一地，家具倒了一片……"

"我和这件事没有半点关系！"约翰逊说，"我正一边走一边想着自己的事，这条子就上来抓住了我。"

谢泼德不为所动地看着男孩。他并未努力去软化自己的表情。

约翰逊满脸通红。"我就是从边上走过。"他嘟哝着，但声音里没了那份确定。

"来吧，小子。"警察说。

"你不会让他带走我，对吧?"约翰逊说，"你相信我，不是吗?"他的声音里有种恳求，谢泼德以前从未听到过。

这一点至关重要。这男孩必须明白，他犯错的时候一定得不到保护。"你必须跟他走，鲁夫斯。"他说。

"我告诉你我什么都没做，你还要让他带我走?"约翰逊尖声说。

随着受伤的感觉越来越强烈，谢泼德的脸变得更加冷酷了。甚至在他给他那双鞋之前，这男孩就已经让他失望了。他们明天就要拿到那双鞋了。突然之间，他的全部遗憾转向了那双鞋，看到约翰逊让他的怒火猛烈了一倍。

"你装作完全相信我的样子。"男孩含糊地说。

"我的确相信。"谢泼德说。他的脸十分僵硬。

约翰逊转身和警察走了，但走之前，从他深陷的双眼里向谢泼德闪烁的，是一丝纯粹的仇恨。

谢泼德站在门口，注视着他们钻进巡逻警车绝尘而去。他努力召唤自己的同情心。明天他会去警局看看能做点什么，解决他的麻烦。关一个晚上不会伤害到他，这经历还会教育他，如此对待一个一心只想为他好的人，他不能不受惩罚。然后，他们就会去取鞋，也许经过被关押的一晚，鞋子对那男孩将意味着更多呢。

第二天早上八点警长打电话告诉他，可以来领走约翰逊了。"那项指控我们登记了个黑鬼，"他说，"你家男孩跟这事儿毫无关系。"

谢泼德十分钟后到了警局，羞得满脸通红。一间单调的对外办公室里，约翰逊没精打采地坐在长椅上，读着一本警察杂志。房间里没有别人。谢泼德挨着他坐下，试探着把手放在他肩头。

男孩抬眼一瞥——嘴唇一撇——又低下头去看杂志。

谢泼德感到身体不适。所作所为的丑陋压在他心头，让他突然有种紧张感。就在他本可一劳永逸将男孩引入正途的时刻，他却让他失望了。"鲁夫斯，"他说，"我向你道歉。我错了，你是对的。我误会了你。"

男孩继续看杂志。

"对不起。"

男孩舔湿手指，翻过一页。

谢泼德鼓起勇气。"我是个傻瓜，鲁夫斯。"他说。

约翰逊的嘴朝旁边微微撇了一下。他耸耸肩，没有从杂志上抬起头。

"你会忘了它吧，这一次？"谢泼德说，"再也不会发生了。"

男孩抬头看他，眼睛明亮，很不友好。"我会忘了它，"他说，"但你最好记住它。"他起身大步走向门口。在屋子中间他转过身，胳膊朝谢泼德突然一甩，谢泼德跳起来跟上了他，仿佛那男孩猛拉了一下看不见的皮带。

"你的鞋，"他急切地说，"今天是你取鞋的日子！"感谢上帝给了这只鞋！

可是，等他们来到矫形用具商店，才发现做好的鞋小了两码，新鞋要再等十天才能做好。约翰逊立刻心情大好。店员显然是量错了，可男孩坚持说是脚长大了。他表情愉快地离开了商店，就好像，这只脚是自己得到某种灵感长大了一样。谢泼德脸容憔悴。

从此以后，他的努力翻了倍。由于约翰逊已对望远镜失去兴趣，他就买了台显微镜和一盒做好的切片。如果他不能用无穷大打动这男孩，他就试试无穷小。有两个晚上，约翰逊似乎全神贯注于这台仪器，接着突然丧失了兴趣，但他像是很乐意晚上坐在起居室里读那本《百科全书》。他一边狼吞虎咽着晚餐，一边狼吞虎咽着那本《百科全书》，持续不断，胃口丝毫不减。每个条目好像都进了他的脑袋，被蹂躏一番，然后又扔出去。没有什么比看见那男孩坐在沙发上闭着嘴读书更让谢泼德高兴的了。这样过了两三个晚上后，他的愿景开始恢复了。他的信心又回来了。他知道，总有一天他将为约翰逊骄傲。

星期四晚上，谢泼德去参加市议会会议。去的路上他把两个男孩放在电影院，回来时接上他们。到家的时候，一辆汽车正等在屋前，挡风玻璃上有一盏红灯。谢泼德的车开上门前车道时，车灯照亮了那辆车里两张阴沉的脸。

"条子！"约翰逊说，"哪个黑鬼把什么地方砸了，他们又来找我了。"

"咱们走着瞧吧。"谢泼德嘟哝着。他把车停在车道上，关掉车灯。"你们两个进屋上床睡觉，"他说，"我来处理这个。"

他下车大步向警车走去，把头探进车窗，那两个警察正带着无所知的表情默默地看着他。"拐角那儿谢尔顿和米尔斯的家，"驾驶座上的那个说，"看上去就像一辆火车开了过去"。

"他在城里看电影，"谢泼德说，"我儿子和他在一起。他跟上一次毫无关系，跟这一次也毫无关系。我可以负责。"

"我要是你，"离他更近的那个说，"就不会为任何像他那样的小流氓负责。"

"我说了我会负责，"谢泼德冷冷地重复道，"你们这些人上次弄错了，别再弄错一次。"

两个警察互相看看。"反正死的不是我们。"驾驶座上的那个说着，拧开了点火开关。

谢泼德走进屋里，在黑暗中的起居室坐下。他不怀疑约翰逊，他也不想让那男孩认为他怀疑。如果约翰逊认为他又怀疑了，他就会失去一切。但他又想知道自己做的不在场证明是否无懈可击。他想去诺顿房间问问他，约翰逊是不是离开过电影院。但那样会更糟。约翰逊会知道他所做的一切，会被激怒。他决定去问约翰逊本人。他会直来直去的。他在脑子里把要说的话过了一遍，然后起身走向那孩子的门口。

房门开着，约翰逊好像预料到他会来，不过他躺在床上。

走廊透进的光线刚好够谢泼德看到被单下他的轮廓。他走进去站在床尾。"他们走了，"他说，"我告诉他们你跟那事儿毫无关系，我对这话负责。"

枕头上传来含混不清的一声："是啊。"

谢泼德犹豫了。"鲁夫斯，"他说，"你根本没有离开电影院去干什么，对吗？"

"你装得好像完全相信我一样！"一个愤怒的声音突然喊道，"其实根本不信！你现在和过去一样不相信我！"那声音十

198

分空洞，与能看见他的脸时相比，似乎更确切地来自约翰逊内心深处。这是责备的呐喊，微微带着轻蔑。

"我真的相信你，"谢泼德激动地说，"我完全信任你。我彻底地相信你。"

"你一天到晚监视我，"那声音阴郁地说，"等你问完我一堆问题，就会穿过走廊再问诺顿一堆问题。"

"我没打算问诺顿任何问题，也从来没问过，"谢泼德温和地说，"我一点都不怀疑你。在有限的时间里从城里电影院来到这儿，闯进一所房子再赶回电影院，不太可能。"

"这就是你信任我的原因！"男孩喊道，"——就因为你觉得我根本做不到。"

"不，不！"谢泼德说，"我相信你，是因为我相信你有那个头脑和胆量，不会再惹是生非。我相信你现在很清楚，知道自己不必再做这样的事情。我相信，只要下定决心，你什么事情都能做到。"

约翰逊坐了起来。一道微弱的光线照在他前额上，但脸上其余部分都看不见。"如果我想做，在有限的时间里我可以闯进去。"他说。

"但我知道你不会，"谢泼德说，"我的心里没有一丝怀疑。"

一阵沉默。约翰逊躺了下去。接着，那个声音低沉而嘶哑，好像是勉强硬挤出来的，说道："当你已经得到想要的一切，就不想再去偷东西、砸东西了。"

谢泼德屏住了呼吸。这孩子在感谢他！他在感谢他啊！他的声音里有感激。有感谢。他站在那儿，在黑暗中傻傻地微笑，试图抓住这悬浮的一瞬间。他不自觉地朝枕头走了一步，伸出手碰了碰约翰逊的额头。像生锈的铁块，又冷又干。

"我明白。晚安，我儿。"他说完迅速转身离开了房间。他关上身后的门站在那儿，克制着强烈的感情。

走廊对面诺顿的门开着。那孩子侧躺在床上，看着走廊上的光。

从此以后，他和约翰逊的路将非常顺畅。

诺顿坐起来向他招手。

他看见了孩子，但只看一眼就转移了自己的视线。他不能进去，和诺顿说话，会破坏约翰逊的信任。他犹豫着，但仍然站在那儿，好像什么都没看见。明天就是他们回去取鞋的日子。那将是他们之间美好感情的高潮。他快速转身回到了自己的房间。

孩子看着他爸爸站过的地方，坐了一会儿，终于，他的凝视变得涣散，他又躺了下去。

第二天，约翰逊阴郁而沉默，似乎为暴露自己而感到丢脸。他的双眼一副自我保护的神情。他好像已经隐退进自己内心，即将经历某种决心的危机。谢泼德没能尽快赶到矫形用具商店，他把诺顿留在家里，因为不想让自己的注意力分散。他想自由自在地仔细观察约翰逊的反应。男孩似乎对这鞋的前景并不感到高兴，甚至不感兴趣，不过，当它成为现实后，他一定会被感动。

矫形用具商店是个混凝土小仓库，堆放着各种折磨人的装备。地板的大部分都被轮椅和步行器占据，墙上挂着各种拐杖和支架。假肢堆放在货架上，有大腿、胳膊和手，爪子和吊钩，皮带和背带，还有许多为不知什么畸形准备的认不出来的器材。在屋子中间一小块空地上，有一排黄色塑料垫椅子和一只试鞋凳。约翰逊懒洋洋地在一把椅子上坐下，把脚放在凳子上，郁郁寡欢地盯着它。大概是脚趾那儿又破了，他用一片帆布打了个补丁。另一个地方的补丁似乎来自鞋本身的舌头。鞋帮两边都用带子缠了起来。

谢泼德脸上一片激动的红晕，他心跳快得很不自然。

店员胳膊下夹着新鞋，出现在商店后面。"这次搞对了！"他说。他跨在试鞋凳上，举起那只鞋微笑着，仿佛是他用魔法变出了它。

这是个光滑没形的黑家伙，闪亮得出奇。它看上去就像个钝钝的武器，擦得锃亮。

约翰逊阴沉地凝视着它。

"有了这只鞋，"那店员说，"你都意识不到自己在走路。你会以为你在骑马！"他低下他那明亮粉嫩的秃头，开始起劲儿地解鞋带。他把旧鞋脱下，活像在给一个半死不活的动物剥皮，表情很紧张。脏袜子里那畸形的脚让谢泼德一阵反胃。他将目光移开，直到新鞋穿上。店员飞快地系好鞋带。"现在站起来到处走走吧，"他说，"看看是不是动力滑翔。"他朝谢泼德眨眨眼。"穿着这鞋，"他说，"他根本想不起来自己的脚不正常。"

谢泼德高兴得容光焕发。

约翰逊站起来走了几码。他走得很僵硬，身体几乎没有往腿短的那边倾斜。他僵直地站了一会儿，背对着他们。

"太棒了！"谢泼德说，"太棒了。"就好像他给了那男孩一根新的脊柱。

约翰逊转过身，嘴抿成一条冷冷的细线。他回到座位上脱掉了鞋，把脚放进旧鞋里，开始系鞋带。

"你想把它带回家，先看看它是否适合你吗？"店员小声地说。

"不，"约翰逊说，"我根本不打算穿它。"

"有什么问题吗?"谢泼德说，他提高了嗓门。

"我不需要什么新鞋，"约翰逊说，"我需要的时候，我自己有办法弄到。"他的脸如铁石一般，但眼里有胜利的闪光。

"孩子，"店员说，"你是脚有毛病，还是脑子有毛病?"

"去泡泡你自己的脑壳吧，"约翰逊说，"你脑子被火烧了。"

那店员闷闷不乐但很有尊严地站起来，问谢泼德该怎么办。他抓着鞋带，鞋子没精打采地晃荡着。

谢泼德的脸因为生气红得发紫。他直勾勾地瞪着面前一个连着假胳膊的皮束腰。

店员又问了一遍。

"包起来。"谢泼德嘟哝着。他把眼睛转向约翰逊。"他还不够成熟呢，"他说，"我还以为他没这么孩子气了。"

男孩斜眼一瞟。"你以前都错了。"他说。

那天晚上，他们坐在起居室里像平常一样读书。谢泼德闷闷不乐，把自己固定在《纽约时报（周日版）》的后面。他想恢复他的好脾气，但每次一想到被拒绝的那只鞋，他就感到一阵新的怒火。他甚至不放心自己去看一眼约翰逊。他看出来了，男孩拒绝那只鞋是因为他觉得不安全。约翰逊被他自己的感激之情吓坏了。他不知道该如何面对他逐渐意识到的新自我。他明白他曾经拥有的一些东西受到了威胁，他将破天荒第一次面对自我，面对新的可能性。他在质疑他的身份。谢泼德很不情愿地感到，对这个男孩的一丝同情又回来了。几分钟后，他放低报纸看着约翰逊。

约翰逊坐在沙发上，凝视着《百科全书》的上方。他像是出神了一样，似乎在聆听远处的什么。谢泼德专心地看着他，但男孩继续听着，没有转过头。这可怜的孩子迷失了，谢泼德想。他整个晚上坐在这儿，闷闷不乐地读报纸，没有说过一个字打破紧张气氛。"鲁夫斯。"他说。

约翰逊继续坐着，一动不动地听着。

"鲁夫斯，"谢泼德用催眠式的声音慢慢说道，"在这世界上，你可以成为你想要成为的任何人。你可以成为科学家或者建筑师，或者工程师，或者任何你想成为的人。不管你决心要成为什么样的人，你都能够成为其中最优秀的。"他想象着自己的声音穿透了男孩灵魂的黑暗洞穴。约翰逊俯身向前，但眼睛并未转动。街上一辆汽车关了门。一阵沉默。然后门铃突然炸响。

谢泼德跳起来走到门口，开了门。之前来过的那个警察站在那儿。警车等在路边。

"让我见见那个男孩。"他说。

谢泼德紧皱眉头站到一边。"他整个晚上都在这儿，"他说，"我可以作证。"

警察走进起居室。约翰逊似乎在全神贯注地看书。一秒钟后他带着生气的表情抬起头，就像一个工作被打断的伟人。

"大约一个半小时前，你在冬天大道上的厨房窗子里看什么呢，小子？"警察问。

"不要冤枉这个孩子！"谢泼德说，"我能作证他的确在这儿，我和他一起在这儿。"

"你听见他的话了，"约翰逊说，"我一直在这儿。"

"不是每个人都会留下你这样的脚印。"警察说着，注视那只畸形的脚。

"那不可能是他的脚印，"谢泼德咆哮着，火冒三丈，"他从始至终都在这儿。你是在浪费你自己的时间，还浪费了我们的时间。"他觉得"我们"标志着他与男孩的团结一致。"我受够了，"他说，"你们这些人太他妈懒了，不出去调查到底是谁干了这些事儿，想也不想就跑到这儿来了。"

警察不理会他，继续审视着约翰逊。他肉乎乎的脸上，那双小眼睛十分警觉。终于，他转向了门口。"我们早晚有一天会抓住他，"他说，"碰上他脑袋在窗里，尾巴在外面。"

谢泼德跟着他走到门口，砰地关上了门。他情绪高涨。这件事正是他需要的。他满脸期待地往回走。

约翰逊已经放下书，正坐在那儿狡猾地看着他。"谢谢。"他说。

谢泼德停下来。男孩的表情像食肉动物，他公然地斜睨着他。

"你自己也是个撒谎大王啊。"他说。

"撒谎？"谢泼德嘟哝着。难道这男孩离开过又回来了吗？他觉得厌恶自己。接着，一股怒气将他往前推去。"你离开过？"他气冲冲地说，"我没看到你离开。"

男孩只是微笑。

"你到阁楼上去看过诺顿。"谢泼德说。

"不对，"约翰逊说，"那孩子疯了。他除了朝那个恶臭的望远镜里看，别的什么都不想干。"

"我不想听你说诺顿，"谢泼德严厉地说，"你在哪儿？"

"我就一个人坐在那粉马桶上面，"约翰逊说，"没有目击者。"

谢泼德拿出手帕擦拭自己的额头。他勉强挤出微笑。

约翰逊翻翻白眼。"你不相信我。"他说。他声音嘶哑，一如两天前那一晚在黑暗的房间里。"你表现得好像完全相信我，可你一点不信。事情变紧急的时候，你就会像其他人一样消失啦。"那嘶哑变得很夸张，很滑稽。其中的嘲讽意味昭然若揭。"你不相信我。你根本没有信心。"他悲叹道，"你也不比那条子聪明多少。那些脚印——都是陷阱。根本没有什么脚印。那整个地方后面都是水泥的，我的脚也是干的。"

谢泼德慢慢把手帕放回口袋。他跌坐在沙发上，凝视着脚下的小地毯。男孩的畸形脚就在他视野之内。那只拼凑成的鞋子就像是约翰逊本人的脸，在朝他狞笑。他抓住沙发垫的边缘，指关节变白了。一阵仇恨的寒意让他颤抖起来。他恨这只鞋，恨这只脚，恨这男孩。他脸色苍白，因仇恨而窒息，他被自己吓呆了。

他抓住男孩的肩膀，死死地攥着，好像是要让自己别摔倒。"听着，"他说，"你朝那窗子里面看让我很难堪，这就是你想要的——动摇我帮助你的决心，可我的决心是不会动摇的。我比你强大。我比你强大而且我打算拯救你。善终将胜利。"

"它要是假的，就不会，"男孩说，"它要是错的，也不会。"

"我的决心不会动摇，"谢泼德重复着，"我要救你。"

约翰逊的表情又变得狡猾起来。"你不会救我的，"他说，"你打算叫我离开这所房子。另外那两件事也是我干的——第一次，还有你以为我在电影院的那次。"

"我不会叫你走的。"谢泼德说。他的声音不带感情，很机械。"我要救你。"

约翰逊的头猛地向前一伸。"救救你自己吧，"他咬牙切齿地说，"除了耶稣，没人能救我。"

谢泼德生硬地笑了。"你别骗我，"他说，"在感化院我就把这些从你脑子里洗掉了。至少，我把你从这当中救出来了。"

约翰逊脸上的肌肉僵硬了。如此厌恶的表情让他的脸变得凶狠，吓得谢泼德往后一缩。男孩的眼睛就像扭曲的镜子，他看到里面的自己，荒唐又丑陋。"等着瞧。"约翰逊轻声道。他突然站起来朝门口走去，好像无法再忍受谢泼德的目光，要尽快离开。不过，他走向了通往后厅的门，而不是前门。谢泼德回到沙发上，看着身后男孩消失的地方。他听到他房间的门砰地关上了。他没有离开。谢泼德眼睛里的紧张已经消失。它们显得平板而毫无生气，似乎直到现在，男孩自曝内心给他带来的震惊才到达他意识的中心。"要是他离开就好了，"他嘟哝着，"要是他现在主动离开就好了。"

第二天早晨，约翰逊穿着刚来时那件爷爷的外套，出现在早餐桌旁。谢泼德假装没注意，但只看约翰逊一眼他就明白了早已知道的事：他落入了陷阱，现在除了勇气的较量没有别的可做，而且，约翰逊最终会赢。他真希望从来没见到过这男孩啊。同情心的挫败让他麻木。他尽其所能地迅速离开了那幢房子，一整天都对晚上回家感到恐惧。他怀着微茫的希望，等他一回家那男孩也许已经走了吧。穿上爷爷的衣服可能就意味着他要走。希望在下午增长了。等他回到家打开前门时，心脏扑通扑通地直跳。

他停在走廊里，无言地看着起居室。满怀期待的表情消散了。他的脸突然像满头白发一样苍老。两个男孩正紧挨着坐在沙发上，读着同一本书。诺顿的脸颊贴着约翰逊黑外套的袖子，约翰逊的手指在他们正读的句子下面移动。一大一小两兄弟。谢泼德木然看着这场景，差不多有一分钟。然后，他走进房间脱下大衣，放在椅子上。两个男孩都没有注意他。他去了厨房。

莱奥拉每天下午走之前把晚饭放在炉子上，由他端到餐桌上。他头疼，神经紧绷。他坐在厨房凳子上，沉浸在自己的绝望中。他不知道自己能不能激怒约翰逊，让他主动离开。昨天晚上激怒他的是耶稣这一话题。它可能会激怒约翰逊，却会让他自己绝望。为什么不直接叫这男孩离开呢？承认失败。想到要再次面对约翰逊，他觉得恶心。那男孩看他的样子，就好像他才是有罪的那个，好像他是道德上的麻风病患者。他根本无需自负也知道自己是个好人，他本人无可指摘。现在他对约翰逊的感情不由自主。他还愿意同情他，愿意帮助他。他开始向往那个时候，家里除了他自己和诺顿没别人，到那时，儿子那单纯的自私和他自己的孤独，将是他要对付的全部问题。

他起身从架上取下三个大菜盘，拿到炉边，开始心不在焉地把黄豆和杂拌倒进盘子。食物放到桌上时，他叫他们进来。

他们带着书来了。诺顿把他的餐具推到约翰逊那一边，把椅子挪到约翰逊椅子旁边。他们坐下来把书放在中间。那是本黑皮刷着红边的书。

"你们在读什么？"谢泼德坐下来问道。

"《圣经》。"约翰逊说。

上帝，赐给我力量吧，谢泼德压低嗓音说。

"我们从一个一毛钱商店顺回来的。"约翰逊说。

"我们？"谢泼德嘟哝着。他转身盯着诺顿。那孩子容光焕发，眼里放出激动不已的光芒。发生在这孩子身上的变化第一次让他感到震惊。他穿着蓝色格子衬衫，显得很机警，眼睛比之前见过的任何时候都要明亮湛蓝。他身上有种陌生的新气象，那是更粗野的新恶习的征兆。"这么说现在你会偷东西了？"他怒目而视，"你还没学会慷慨，倒学会了偷窃。"

"不，他没有，"约翰逊说，"是我偷出来的，他只是放风而已。他不能玷污自己。对我来说没什么区别，我反正要下地狱嘛。"

谢泼德沉默不语。

"除非，"约翰逊说，"我忏悔。"

"忏悔吧，鲁夫斯，"诺顿用恳求的语气说，"忏悔吧，听到了吗？你不想下地狱。"

"别说这些废话了。"谢泼德说着，严厉地看着那孩子。

"我要真忏悔，就成传教士了，"约翰逊说，"你要真打算忏悔，事情做了一半再忏悔也没意义。"

"你想干什么，诺顿？"谢泼德的声音硬邦邦的，"也要做传教士吗？"

那孩子的眼里闪烁着狂野快乐的光芒。"宇航员！"他嚷道。

"好棒。"谢泼德痛苦地说。

"那些宇宙飞船对你不会有什么好处，除非你相信耶稣。"约翰逊说。他舔湿手指，开始迅速翻阅《圣经》的书页。"我给你读一下，这儿是这么说的。"他说。

谢泼德俯身向前，愤怒地低声说："把《圣经》放起来，鲁夫斯，吃你的晚饭。"

约翰逊继续寻找那一页。

"把那本《圣经》放起来！"谢泼德喊。

男孩停下来抬头看。他的表情很震惊，但也很高兴。

"那本书让你躲藏在它后面，"谢泼德说，"它为懦夫，那些害怕自食其力、害怕自己想办法的人服务。"

约翰逊的眼睛忽闪着。他往椅子上靠了靠，离桌子稍远一点。"撒旦控制了你，"他说，"不单单是我。你也一样。"

谢泼德手伸过桌子去抢那本书，但被约翰逊一把夺走放在自己膝盖上面。

谢泼德大笑。"你不相信那本书，你知道你不相信它！"

"我相信它！"约翰逊说，"你不知道我信什么，不信什么。"

谢泼德摇着头。"你不相信它。你太聪明了。"

"我没那么聪明，"男孩嘟哝着，"你一点都不了解我。就算我不相信它，它仍然是真的。"

"你不相信它！"谢泼德说。他满脸讥讽。

"我相信它！"约翰逊气喘吁吁地说，"我会让你看看我相信它！"他打开膝盖上的书，撕下一页塞进嘴里。他眼睛死死盯着谢泼德，下巴激烈地咬合，那张纸随着他的咀嚼劈啪作响。

"够了，"谢泼德用筋疲力尽、干巴巴的声音说，"住嘴吧。"

212

男孩拿起《圣经》，用牙齿撕下一页，开始在嘴里刺耳地研磨，他的眼睛在冒火。

谢泼德手伸过桌子，从他手里夺过那本书。"离开餐桌。"他冷冷地说。

约翰逊吞下了嘴里的东西。他双眼变大，仿佛眼前打开了一派辉煌景象。"我吃掉它了！"他喘息着说，"我像以西结一样吃了它，口中觉得其甜如蜜！①"

"离开餐桌。"谢泼德说。双手在自己盘子两边握成了拳头。

"我吃掉它了！"男孩喊着。惊奇让他的脸变了形。"我像以西结一样吃掉它了，我不想吃你的什么东西了，以后再也不要了。"

"那走吧，"谢泼德温和地说，"走，走。"

男孩起身拿起《圣经》，向走廊走去。他在门口暂停了一下，一个小小的黑色身影，带着某种黑暗的启示站在门槛上。"魔鬼控制了你。"他喜气洋洋地说罢，消失了。

_____

① 《圣经·旧约·以西结书》第三章：他对我说："人子啊，要吃你所得的，要吃这书卷，好去对以色列家讲说。"于是我开口，他就使我吃这书卷，又对我说："人子啊，要吃我所赐给你的这书卷，充满你的肚腹。"我就吃了，口中觉得其甜如蜜。

晚饭后谢泼德独自坐在起居室里。约翰逊离开了这幢房子，但他不相信那男孩就这么走了。起初的解脱感已经过去。他感觉迟钝，浑身发冷，像是疾病初起那样。恐惧已经像迷雾在他心中扎了根。就这样离开对约翰逊的脾气来说是过于虎头蛇尾了，他会回来的，再试图证明些什么。他可能一周后回来，放火烧掉这地方。事到如今似乎任何事情都不会太令人吃惊了。

他拿起报纸试图看报。不一会儿，他扔下报纸站起来走到过道里倾听。他可能藏在阁楼里。他走到阁楼门口，打开门。

提灯亮着，将昏暗的光投向楼梯。他没有听到什么。"诺顿，"他喊，"你在上面吗?"没有回答。他爬上狭窄的楼梯去看。

在油灯投下的藤蔓一样古怪的阴影中，诺顿坐着，眼睛盯着望远镜。"诺顿，"谢泼德说，"你知道鲁夫斯去哪儿了吗?"

孩子背对着他。他缩成一团坐着，很专心，一双大耳朵就在肩膀上面。突然，他挥挥手，蜷缩得离望远镜更近了，好像他要看的东西，离多近都不够。

"诺顿!"谢泼德大声说。

孩子没动。

"诺顿!"谢泼德大喊。

诺顿动了，他转过身来。眼睛亮得很不自然。过了一会儿他似乎看出是谢泼德。"我已经找到她了！"他呼吸急促地说。

"找到谁？"谢泼德说。

"妈妈！"

谢泼德在门口撑住站稳。围绕着孩子的重重阴影更加浓重了。

"快来看！"他喊道。他用格子衬衫的下摆擦擦汗津津的脸，眼睛又贴到了望远镜上。他的背僵硬地绷紧，突然又挥起手来。

"诺顿，"谢泼德说，"你在望远镜里除了星团什么也看不到。你看的时间已经够长了。你最好上床睡觉。你知道鲁夫斯在哪儿吗？"

"她在那儿！"他喊着，没有从望远镜前转过身来，"她向我招手了！"

"我要你十五分钟内上床。"谢泼德说。过了一会儿他又说："你听见我说话了吗，诺顿？"

孩子开始疯狂地挥手。

"我说话算数，"谢泼德说，"十五分钟后我要来看你是不是在床上。"

他又走下楼梯回到了客厅。他来到前门匆匆往外扫了一眼。天空中挤满了星星，他曾愚蠢到以为约翰逊会够到那些星星。屋后小树林里某处，一只牛蛙发出低沉空洞的叫声。他回到椅子上坐了几分钟，决定上床睡觉。他把两手放在椅子扶手上，探身向前倾听，就像灾难警报第一个尖利的音符，警车的汽笛声慢慢传到邻居那边，越来越近，最后呻吟一声，消失在屋子外面。

他觉得肩头冰冷沉重，就像一件冰冷的斗篷盖在他身上。他去门口开了门。

两个警察正沿人行道走来，他们中间是号叫着的约翰逊，双手被铐住。一个记者在旁边跟着小跑，另一个警察等在警车里。

"你的孩子在这儿，"其中最阴郁的那个警察说，"我不是告诉过你我们会抓住他吗？"

约翰逊狂野地甩掉他的胳膊。"是我等着你呢！"他说，"我要不想被抓，你们根本抓不住我。是我的主意。"他对着那警察讲话，却斜睨着谢泼德。

谢泼德冷冷地看着他。

"你为什么想被抓？"记者问道，绕过来跑到约翰逊身边，"你为什么要故意被抓呢？"

听到这问题和看见谢泼德似乎令男孩怒火中烧。"让那个大耶稣现形!"他咬牙切齿地说着,把腿朝谢泼德踢去。"他以为他是上帝。我宁愿待在感化院,也比待在他家强,我宁愿被关起来!魔鬼控制了他。他分不清自己的左右手,他还没有他那疯孩子聪明!"他暂停一下,然后迅速跳到一个不可思议的结论:"是他给我提了暗示!"

谢泼德的脸白了。他紧紧抓住面前的门。

"暗示?"记者急切地说,"哪种暗示?"

"邪恶的暗示!"约翰逊说,"你以为是哪种暗示?可我丝毫没采纳,我是个基督徒,我……"

谢泼德的脸因痛苦而绷紧了。"他知道那不是真的,"他用颤抖的声音说,"他知道他在撒谎。我为他做了我所知道的一切。我为他做的比我为自己孩子做的都多。我希望解救他,我失败了,但这是个光荣的失败。我没有什么可责备自己的。我没有给过他暗示。"

"你记得那些暗示吗?"记者问,"你能告诉我们他具体说了什么吗?"

"他是个肮脏的无神论者,"约翰逊说,"他说根本没有地狱。"

"得了,他们现在互相领教了,"一个警察会意地叹息一声说,"咱们走吧。"

"等等。"谢泼德说。他走下一级台阶，紧盯着约翰逊的眼睛，为自救进行最后一次绝望的努力。"说真话，鲁夫斯，"他说，"你并不想作恶撒这个谎。你不是魔鬼，你是迷失了人性。你不必为那只脚找补偿，你不必……"

约翰逊猛地向前一冲。"听他说的！"他尖叫道，"我撒谎，我偷东西，是因为我擅长这个！我的脚跟这个一点关系没有！瘸腿的要先进去！瘸腿的将被召集在一起。等我准备好被救的时候，耶稣自会救我，不是那个撒谎骗人让人厌恶的无神论者，不是那个……"

"你说得够多了，"警察说着猛地把他拉回来，"我们只是想让你看看我们抓住了他。"他对谢泼德说，然后两个警察就转身拖着约翰逊走，他仍然半转过身，向谢泼德尖叫。

"瘸子会夺走猎物！"他刺耳尖叫，但声音被闷在了汽车里面。记者和司机爬进前座，砰地关上门。汽笛哀鸣着遁入黑暗。

谢泼德还在那儿，微弯着腰，好像挨了一枪但是继续站着。片刻后他转过身，回到家里坐在刚才的椅子上。他闭上眼睛，想象着约翰逊在警察局被记者团团围住，详细描述谎言的画面。"我没什么可责备自己的。"他嘟哝着。他的每一个行动都是无私的，他的唯一目的就是拯救约翰逊，让他做点体面的事，他严格要求自己，他牺牲了自己的名声，他为约翰逊做的比为自己孩子做的更多。邪恶在他身边徘徊，如空气中的恶臭那么切近，简直像来自他本人的呼吸。"我没什么可责备自己的。"他重复道。他的声音听起来干哑刺耳。"我为他做的比为我自己孩子做的都多。"他被突如其来的恐慌淹没了。他听到了男孩欢呼的声音。撒旦控制了你。

"我没有什么可责备自己的，"他又开始了，"我为你做的比为我自己孩子做的都多。"他听到了自己的声音，好像来自控诉他的人。他默默地重复着那句话。

慢慢地，他的脸失去了血色，在那一圈白发下几乎变成了灰色。那句话在他脑子里回响，每个音节都如同一记沉闷的重击。他的嘴扭曲着，闭上眼睛抵挡这发现。诺顿的脸浮现在他眼前，空洞，孤苦伶仃，左眼几乎难以察觉地向眼睑倾斜，似乎无法承受所有的悲伤。他的心因如此清晰而强烈的自我厌恶收缩着，他屏住了呼吸。他像个饕餮一样，用善行填补着自己的空虚。他无视自己的孩子，来满足对自己的想象。他看到那个双眼雪亮的魔鬼，那个内心的发声者，正用约翰逊的眼睛恶狠狠地看着他。直到一切都在眼前陷入黑暗，他的自我幻象才终于枯萎。他坐在那儿，全身麻痹，目瞪口呆。

他看到望远镜前的诺顿，只有背影和耳朵，看到他突然举起胳膊疯狂地挥舞。对这孩子痛苦难言的爱，像一股激流向他冲过来，仿佛给他注入了生命。小男孩的脸在他眼里变了样，成了救赎他的形象，通体发光。他欣喜地呻吟着。他要补偿他的一切，他绝不会让他再受苦，他要既当妈又当爸。他跳起来跑向他的房间，打算去亲吻他，去告诉他自己爱他，告诉他以后绝不会让他再失望。

诺顿房间的灯亮着，但床是空的。他转身冲向阁楼楼梯，到顶上一个回旋，仿佛来到了深渊旁边。三脚架倒了，望远镜躺在地板上。几英尺之上，那孩子吊在重重阴影之中，就在那道横梁下面，他启动太空飞行的地方。

天　启

医生的候诊室非常小，特平夫妇进来时里面几乎都满了。特平太太又高又大，她一出现就让这儿显得更小了一些。她黑压压站在房间中央那个杂志桌前面，活生生地说明这房间不够大，而且很可笑。在她估计座位形势时，她明亮的小黑眼睛将所有病人尽收眼底。有一把空椅子，沙发上还有个空地方，被一个穿着肮脏蓝色连衫裤的金发小孩占着。应该有人叫他挪开，给这位太太腾地方。他五六岁的样子。然而特平太太马上明白，没有人会叫他挪开。他倒在那位子上，胳膊懒洋洋地垂在身边，脑袋上的眼睛也懒洋洋的，鼻涕肆无忌惮地流着。

特平太太把一只有力的手放在克劳德肩头，用任何人若想听就能听到的声音说："克劳德，你坐那儿那把椅子。"说着把他推进了那个空位。克劳德面色红润，秃顶，强壮，比特平太太矮一点儿，他就那么坐了下来，好像习惯了按她的吩咐行事。

特平太太继续站着。除了克劳德，屋里唯一的男人是个青筋突起的瘦老头儿，两只斑斑点点的手铺展在两个膝盖上，闭着眼睛，好像睡着了，或者死了，或者是在假装这样子，好不用起来把座位让给她。她的目光欣然落在一位衣着讲究、头发灰白的女士身上，女士的眼神与她相遇，表情在说：那孩子要是我的，就会有点礼貌，让出位子——那儿足够给你和他一起坐。

克劳德叹口气，抬头一看，似乎作势要起来。

"坐下，"特平太太说，"你知道医生不允许你用那条腿站着。他腿上长了个溃疡。"她向众人解释道。

克劳德把腿跷到杂志桌上，卷起裤腿，丰满的、白得像大理石的小腿上，露出一个紫色的肿块。

"我的天！"那位和蔼可亲的太太说，"你怎么弄的？"

"一头母牛踢了他。"特平太太说。

"天哪！"太太说。

克劳德放下了裤腿。

"也许那个小男孩可以让一让。"这位太太建议道，可是那个孩子并没有动。

"等一下会有人走的。"特平太太说。她不明白，为什么一个医生——每天人们只要把头伸进医院的门，给他看一下，就收五块钱，赚了那么多钱——还供不起一间合适大小的候诊室。这一间简直比车库大不了多少。桌子上胡乱放着几本七零八落的杂志，桌子尽头有个绿色的大玻璃烟灰缸，装满了烟屁股和带着血点儿的棉球。要是她负责打理这个地方，烟灰缸就会时常清理。房间前面这堵墙旁边没有放椅子，而是有块长方形的面板，可以看到办公室。护士从办公室里进进出出，秘书就在那儿听广播。装在金色花盆里的塑料蕨类植物立在入口处，叶片垂下来几乎碰到了地面。广播里正播放着轻柔的福音曲。

就在这时，里面的门开了，一个护士把脸贴在门缝上，叫下一个病人进去。她那黄色发髻堆得那么高，特平太太平生第一次见识。坐在克劳德旁边的那个女人抓住椅子的扶手，支撑着站了起来。她拽了拽贴在腿上的裙子，蹒跚地走进护士已消失在里面的那扇门。

特平太太慢慢坐进空出的椅子，椅子像束腰一样紧紧包着她。"真希望我能减减肥呀。"她说着转转眼珠，发出滑稽的叹息。

"噢，你并不肥啊。"那位时髦女士说。

"噢——我是太肥了，"特平太太说，"克劳德他想吃什么就吃什么，从来没超过一百七十五磅，可我只要看一眼好吃的，就能长肉。"她的肚子和肩膀因大笑而颤动着。"你想吃什么就吃什么，不是吗，克劳德?"她向他转过身问道。

克劳德只是咧嘴一笑。

"哦，只要你有这么一个好脾气，"时髦女士说，"我觉得你体重多少都没一点关系。什么都比不上一个好脾气呀。"

特平太太旁边是个十八九岁的胖女孩，正皱着眉头看一本厚厚的蓝皮书，特平太太看到书名是《人类进步》。那女孩抬起头，径直冲特平太太皱眉头，好像不喜欢她的长相。就在她努力读书的时候，竟有人讲话，这似乎让她很生气。这可怜的女孩脸色发青，长着粉刺。特平太太觉得，在这样的年纪有这么一张脸，真是太可怜了。她给这女孩友好的一笑，可女孩却只把眉头皱得更紧了。特平太太人很胖，但皮肤一直很好，而且，虽然她已经四十七岁，脸上却一根皱纹都没有，除非笑得太厉害，眼睛周围才有一点点。

丑女孩旁边是那个孩子，还在原来的位子上，他旁边是个瘦得皮包骨头的老女人，穿着印花棉布裙，和克劳德放在泵房里的三袋小鸡饲料袋上是一模一样的印花。特平太太一开始就看出来，那孩子跟这个老妇人是一起的。从他们坐的样子——

那种一脸茫然的穷苦白人像——就能分辨出来，就好像如果没人喊他们起来，他们就会一直坐到世界末日似的。与特平太太成直角，坐在那位时髦和蔼女士旁边的，是个瘦削的女人，肯定是那孩子的妈妈。她穿着黄色汗衫和酒红色短裤，看上去都很粗糙；她嘴唇边上沾着鼻烟的污渍，肮脏的黄头发用一根红色小纸带扎在脑后。无论如何，他们都比黑鬼们更糟糕，特平太太想。

那福音赞美诗唱的是"当我仰望，而他俯瞰时"，特平太太知道这歌，在心里唱出了最后一句："我知道我将幸福圆满。"

虽然没有表现出来，特平太太其实一直注意着人们的脚。穿着讲究的那位女士脚蹬红灰相间的麂皮鞋，与裙子搭配。特平太太穿着她那双上好的黑漆皮鞋。丑女孩穿着女童子军鞋和厚袜子。那个老太太穿网球鞋，而那位穷白人妈妈脚上似乎是双卧室拖鞋，上面布满黑色麦秆和金色穗带——就是那种你预料到她会穿的东西。

有时候晚上睡不着，特平太太会专心思考一个问题：如果她能不做自己，她要选择成为谁呢？如果耶稣在创造她之前对她说："只有两个位子给你。要么做个黑鬼，要么做穷白人。"她会说什么呢？"拜托，耶稣，拜托，"她会说，"就让我再等等吧，等到有另外的位子可选再说。"他会说："不，你必须现在就走，我只有这两个位子，所以，下定决心吧。"她会左扭右摆，百般恳求哀告，然而于事无补。最后，她会说："好吧，那就让我做个黑鬼吧——但可不是穷黑鬼啊。"他就会让她成为一个整洁干净、受人尊敬的黑人女性，还是她自己，只不过皮肤是黑的罢了。

孩子妈妈旁边，是个红头发的年轻女人，读着一本杂志，还嚼着块口香糖，用克劳德的话说，是拼了命地在嚼。特平太太看不到那女人的脚。她不是穷白人，只是个普通水准。有时候，特平太太在晚上专心为各阶层的人命名。金字塔底部是绝大多数有色人种，不是她要成为的那种，而是其中绝大多数；接下来紧挨着他们的——并不在他们之上，只是略有区别而已——就是穷白人；然后，这些人的上面是自己有房的人，再往上是又有房又有地的人，也即她和克劳德所属的这种。在她和克劳德之上，是那些有许多钱和更多大房子、更多地产的人。可是到了这儿，这个问题的复杂性就开始折磨她了。因为有些很有钱的人也很普通，应当比她和克劳德低一等，而有些血统高贵的人没了钱，不得不租房住。这么一来，一些有色人种就既有自己的家，又有自己的地了。镇上一位有色人种医生，有两辆林肯车、一个游泳池和一个农场，农场上还有登记

226

在册的牲畜。通常到她睡着的时候，所有阶层的人都在她脑袋里翻滚喧闹，她会梦见他们全都挤进一辆厢式货车，要被拉走送进一座煤气炉。

"那钟真漂亮。"她说着对自己右边点点头。那是个大挂钟，钟面四周环绕着阳光万丈的铜制图案。

"是啊，很漂亮，"时髦女士附和说，"而且走得也很准。"她看着自己的手表，加上一句。

她旁边那个丑女孩一只眼瞟了瞟钟，假笑一下，然后直视着特平太太，又假笑一下，眼睛才回到她的书上。她显然是那位女士的女儿，因为她们虽然表面上性情不同，却有着一模一样的脸型和一模一样的蓝眼睛。只不过在那位女士脸上，眼睛是愉快地闪动着，可是在那女孩焦黑的脸上，眼里则是闷烧和爆燃交替呈现。

要是耶稣说"好吧，你可以做穷白人、黑鬼或者丑八怪!"该怎么办？

特平太太对那女孩深感同情，尽管她认为长得丑是一回事，行为丑陋是另一回事。

嘴上烟渍斑斑的女人从她的椅子里转过身来抬头看钟。接着，她转回去，似乎朝特平太太旁边看了一下，那是从她一只眼里投来的一瞥。"你想知道在哪儿能弄到这种钟吗?"她大声地问。

"不，我已经有台好钟了。"特平太太说。一有这种人在交谈中插进一脚，她就立马结束对话。

"用绿票子 ① 你就能弄到一个，"那女人说，"他十有八九也是这么弄来的。只要你攒的票足够，十有八九的东西你都能弄到。我就给自己拿了些首饰呢。"

你应该买毛巾和肥皂，特平太太想。

"我给自己拿了床笠。"和蔼可亲的女士说。

她的女儿啪地合上了书。她直直看着自己前面，视线越过特平太太，越过那黄色窗帘和平板玻璃窗。女孩的眼睛似乎突然被一种特别的光点燃了，一种像是深夜公路标志散发的非自然光芒。特平太太扭过头，去看外面出了什么事情值得她看，却什么也没看到。透过窗帘，路过的人只投下一个个暗淡的影子。这女孩，没理由因为长相丑陋就孤立自己啊。

"芬利小姐。"护士打开门说。嚼口香糖的女人站起来从她和克劳德前面经过，走进了办公室。她穿的是红色高跟鞋。

丑女孩的眼神直接越过桌子，锁定在特平太太身上，似乎有某种非常特别的理由憎恨她。

---

① 原文为 green stamp，指美国救济补助票。

"今天天气太好了，不是吗?"女孩的妈妈说。

"要是能让黑鬼们去摘棉花的话，是个好天气。"特平太太说，"可惜，黑鬼们根本不想摘棉花了。你没法让白人去摘，现在也不能让黑鬼们摘——因为他们和白人们平起平坐啦。"

"不管怎样他们都会试试的，"那个穷女人说着，探身向前。

"你有没有一台摘棉花机呢?"和蔼可亲的女士问。

"没有，"特平太太说，"那些机器把一半棉花都留在地里了。再说我们也没多少棉花了。你现在要想经营农场，每样东西都必须少一点。我们种了几英亩的棉花，养了几头猪、一些小鸡和白脸牛，数量刚好够克劳德自己照看它们。"

"其中一样我根本不想要，"那穷女人说着，用手背擦着嘴巴，"就是猪。脏兮兮臭烘烘的东西，到处拱啊拱，呼噜噜。"

特平太太只给了她最不起眼的关注。"我们的猪不脏，它们也不臭，"她说，"它们比我见过的一些孩子都干净。它们的脚绝不会接触泥地。我们有个猪舍——在那儿，你是在水泥地面上养它们，"她对和蔼可亲的女士解释着，"克劳德每天下午用水管把它们冲跑，把地板冲洗干净。"远比那个孩子干净得多，她想。肮脏的小可怜。他还是没有动，只把他脏兮兮的大拇指放进了自己嘴巴。

那女人从特平太太身上扭开了脸。"我知道我不会用什么水管冲跑什么猪。"她对着墙说。

你根本就没有猪可冲洗，特平太太对自己说。

"呼噜呼噜，拱啊拱，哼呀哼。"那女人嘟哝着。

"我们每样东西都有一点，"特平太太对和蔼的女士说，"养得太多，自己照顾不过来也没用。今年我们找到了足够的黑鬼来摘棉花，不过克劳德还得跟着他们，晚上再把他们带回家。他们连那半英里路都不能走。不，他们不能。我告诉你啊，"她说着快活地大笑起来，"讨好黑鬼们真把我累坏了，可你要想让他们给你干活儿，你就得爱他们。他们早上来的时候，我就跑出去说：'今儿早上咋样啊？'克劳德开车拉他们去地里的时候，我就使劲地挥手，他们也跟我挥手。"说着，她迅速地挥手做了演示。

"就像你们读的是同一本书。"那位女士说道，表明她完全理解。

"像小孩一样，是啊，"特平太太说，"等他们从地里回来，我就提着一桶冰水跑出去。从今往后就是这个样子了，"她说，"你不妨面对它。"

"有一点我知道，"那个穷女人说，"两件事儿我不打算干：绝不爱什么黑鬼，也不用什么水管冲洗猪猡。"说着她发出一声轻蔑的咆哮。

特平太太与和蔼女士交换了个眼神，表示她们都明白，有些事儿你要想理解，必须得先拥有一些东西才行。可是每一次特平太太和那位女士交换眼神时，都清楚地意识到，那个丑女孩古怪的眼神仍然盯着她，她很难将注意力拉回到谈话当中。

"当你有了什么东西，"她说，"你就要照看它。"你要是除了呼吸和腿毛啥都没有，她又对自己加上一句，你就能每天早上跑到镇上，光是坐在县政府动动嘴，随地吐痰了。

一个旋转着的古怪影子掠过她身后的窗帘，在对面墙上投下暗淡的倒影。随后，一辆自行车哗哗响着停在大楼外面。门开了，一个黑人男孩端着个药店托盘溜了进来。托盘上有两个红白相间的大纸杯。他是个肤色很黑的高个男孩，穿着褪色发白的长裤和绿色尼龙汗衫。他慢慢嚼着口香糖，好像和着音乐节奏。他把那个托盘放在办公室入口蕨类植物旁边，探头进去寻找秘书。她不在那儿。他把胳膊放在台面上等着，他那狭窄的臀部翘起来，左右摇摆着。他抬起一只手开始抓挠他的头皮。

"你看到那儿的按钮了吗，孩子？"特平太太说，"你可以按那个，她就会来。她可能在后面什么地方呢。"

"这个对吗？"男孩愉快地说，好像之前从未见过那个按钮。他向右一倾，把手指放在上面。"她有时候会出去。"他说着转了一圈面对他的观众，胳膊肘还在身后的柜台上。护士一出现，他便转了回去。她递给他一块钱，他放进口袋里，摸出零钱找给她，还数给她听。她给了他一毛五小费，他拿着托盘出去了。那沉重的门慢慢地合上去，终于在门吸声中关上了。一时间，没有一个人说话。

"他们应该把所有黑鬼都送回非洲，"那个穷女人说，"那是他们最开始来的地方。"

"噢，我可不能没有我的黑人好朋友。"和蔼女士说。

"有一大堆东西比黑鬼更糟糕，"特平太太附和道，"他们的人是各种各样，就像我们的人也是各种各样一样。"

"是啊，这个世界需要各种各样的人才能运转。"那位女士用她音乐般的嗓音说。

她这么说的时候，那个面容粗糙的女孩咬紧了牙关。她的下嘴唇往下一撇，露出了嘴里的一片淡粉色。一秒钟之后，嘴唇又翻了回去。这是特平太太平生所见最难看的鬼脸，有一会儿她确信，那女孩这个鬼脸是冲她做的。她正端详着她，似乎已经认识她一辈子，而且讨厌了她一辈子——而且，似乎是特平太太的一辈子，而不仅仅是那女孩的一辈子。哎呀，女孩，我都不认识你呀，特平太太默默地说。

她强迫自己把注意力转回讨论当中。"送他们回非洲是不现实的，"她说，"他们不会愿意回去。他们在这儿过得太好了。"

　　"不能让他们随心所欲——要是我能管这事的话。"那女人说。

　　"天底下没有法子让你能把所有黑鬼弄回去，"特平太太说，"他们会藏起来，会躺下去，还会当着你的面生病，又哀号，又叫喊，又是恳求，又是耍赖。天底下没什么法子能把他们弄回去。"

　　"他们怎么来这儿的，"那女人说，"就怎么回去。"

　　"那时候他们没这么多。"特平太太解释道。

　　那女人看着特平太太，就好像这儿真有个白痴似的，但考虑到这表情的来处，特平太太才懒得理会。

　　"不，不，不，"她说，"他们打算待在这儿，在这儿他们可以去纽约和白人结婚，改善他们的肤色。他们全都想这么干，他们当中每一个，都想改善他们的肤色。"

　　"你们知道那会怎么样吗，知道不？"克劳德问。

　　"不知道啊，克劳德，会怎样？"特平太太问。

　　克劳德的眼睛闪闪发亮。"白面黑鬼。"他毫无笑容地说道。

　　办公室里所有人都大笑起来，除了那个穷女人和那个丑女孩。女孩膝盖上紧捏着书的手指发白了。那个穷女人环顾着挨个打量周围人的脸，似乎认为他们全都是白痴。穿饲料包装袋裙子的老女人继续面无表情地盯着对面地板，对面男人的那双高帮鞋。那个男人从特平夫妇进来后就一直在装睡。这会儿他痛快地大笑着，两只手仍然铺展在膝盖上。那个孩子已经倒在一边，几乎脸朝下躺在老妇人的膝上。

就在他们从笑声中恢复过来时，收音机里带着鼻音的合唱让房间里鸦雀无声。

"你走向你的虚空虚空

我走向我的

但我们都将走向虚空

在——一——起，

去往虚空的一路上

我们将互相扶持

笑——对任何

天——气！"

特平太太没有听清每一个字，但听到的部分已足以让她赞同这首歌的精神，足以令她的思想冷静下来了。帮助任何需要帮助的人，是她的生活哲学。只要发现有人需要，无论他们是白是黑，是低贱还是体面，她绝不吝惜自己。在她应该感谢的一切中，她最感激的就是这个。如果耶稣说："你可以成为上流人士，要多少钱有多少钱，而且身材苗条动人，但不能做一个好女人。"她一定会说："噢，那就不要让我变成那样吧。让我做个好女人，其他的都不重要，不管多肥多丑多穷！"她的心飞起来了。他没有让她做个黑鬼，或者穷白人，也没让她丑陋！他让她做了她自己，每样东西都给了她一些。耶稣啊，感谢你！她说。谢谢你谢谢你谢谢你！无论何时，只要她一计算自己领受的恩典，就感觉浑身轻快，仿佛自己体重只有一百二十五磅，而不是一百八十磅。

"你的小男孩怎么了？"和蔼的太太问那个穷女人。

"他有个溃疡，"那女人骄傲地说，"自从出生他就没让我消停过一分钟。他和她都一样。"她说着，冲那个老妇人点点头，老人正用她粗糙的手指梳理着孩子的头发。"看起来，除了可口可乐和糖，我给他们什么都咽不下去。"

你也就只能让他们咽下这些了，特平太太对自己说。明明是太懒不肯开伙。像他们这种人，没有什么是她不知道的。这不仅仅是因为他们一无所有。而是因为，如果你给了他们一切，不出两周，所有的东西不是破了，就是肮脏不堪，要么就是被他们劈开做了引火。她从自身经历中知道了这一切。你必须帮助他们，可你又没法帮助他们。

突然，那个丑女孩又把下嘴唇内侧翻到了外面。她的眼睛好似两把电钻，钉在特平太太身上。这一次没有弄错，那眼睛后面有某种非常迫切的东西。

姑娘，特平太太无声地呐喊道，我可什么都没对你做啊！那女孩可能是把她跟别的什么人弄混了。没必要坐在一旁任由自己受惊吓。"你一定是在读大学吧，"她大胆地说，直接看向那女孩，"我看到你在读书。"

女孩仍然盯着她，显然不准备回答。

她妈妈为这种无礼脸红了。"那位太太问你呢，玛丽·格蕾丝。"她压低声音说。

"我有耳朵。"玛丽·格蕾丝说。

可怜的妈妈又脸红了。"玛丽·格蕾丝在卫斯理学院，"她解释道，边说边拧着裙子上一粒纽扣，"在马萨诸塞，"她做了个鬼脸说道，"夏天她还一个劲儿学习。一天到晚都在看书，一个真正的书虫。她在卫斯理成绩真的很好；正在学习英语、数学、历史、心理学和社会研究，"她喋喋不休地说着，"我觉得太多了。我觉得她应该出去消遣消遣。"

那女孩看上去好像特想把她们从那个平板窗子里一股脑扔

出去。

"一路北上啊。"特平太太一边喃喃低语一边想，得了，学习对她的举止没什么好处。

"我简直宁愿让他生病。"那穷女人说道，将大家的注意强扭回自己身上。"他不生病的时候太讨嫌了。好像有些孩子天生就讨人嫌。有些孩子一生病就更糟，可他正相反。生病就变好。他现在不给我添麻烦了。是我在等着看医生呢。"她说。

如果我要把什么人送回非洲，特平太太想，肯定是你这种，女人。"是啊，没错，"她大声说着，眼睛却看着天花板，"有一大堆事情比黑鬼更糟糕。"而且比猪更肮脏，她对自己加了一句。

"我觉得坏脾气的人比世界上任何人都更可怜。"和蔼太太用果断而纤细的嗓音说。

"感谢主赐予我一个好脾气，"特平太太说，"我找不到什么事情可笑的那一天永远不会降临。"

"无论如何都不会，因为她嫁给了我嘛。"克劳德绷着脸说。

每个人都笑了，除了那个女孩和那个穷女人。

特平太太笑得肚子直颤。"他是这么好笑的一个人，我实在忍不住要笑他。"

那女孩牙缝里发出大声刺耳的噪声。

她妈妈紧紧地抿起了嘴。"我认为这世上最糟糕的，"她说，
"莫过于不知感恩的人。什么都有，却不知感激。我认识一个
女孩，"她说，"有愿意把一切都给她的父母，有热爱着她的小
弟弟，自己接受着良好的教育，穿着最好的衣服。可是她却从
来不对任何人说一句好话，从来不笑，一天到晚只知道批评和
抱怨。"

"她是年纪太大打不得了吗?"克劳德问。

那女孩的脸几乎成了紫色。

"是啊，"那位太太说，"恐怕除了让她干她的蠢事，没有
任何办法。总有一天她会清醒的，而那样就太晚了。"

"笑一笑绝不会伤害任何人，"特平太太说，"它只会让你
感觉更好。"

"当然了，"那位太太难过地说，"可是就有一些人，你没
法跟他们说任何事。他们不能接受批评。"

"如果要我说，最重要的一件事，"特平太太动情地说，
"那就是感恩。我一想到除了现在这个自己，我也可能成为别
的什么人，一想到我拥有的一切，每样东西都有一点，还包括
一个好脾气，我就只想大喊：'感谢你，耶稣，感谢你让一切
都如此！'它原本可能是完全不同的呀！"首先，可能是别人得

到克劳德。一想到这个，她就被感恩的潮水包围了，全身沉浸在巨大的喜悦之中。"噢，谢谢你，耶稣，耶稣，谢谢你啊！"她大声喊道。

书直接砸在她的左眼上。几乎就在那女孩准备扔书的同时，她突然意识到了。她还没来得及发出声音，那张丑脸就咆哮着，从桌子对面朝她猛冲过来。女孩的手指钳子一般嵌进她脖子柔软的肌肤里。她听到那个妈妈大声呼喊，克劳德也喊着："哇！"有一瞬间，她确定自己是遇上了地震。

突然，她的视野变窄了，她看到的一切都好像正在远处一个小房间里发生，或者像是她拿反了望远镜看到的场景。克劳德的脸皱成一团，然后消失不见。护士跑进来，又出去，又进来。接着，医生那瘦长难看的身影从里面的门冲出来了。随着桌子翻倒，杂志飞得到处都是。那女孩砰的一声倒下，特平太太的所见突然翻转过来，眼前的一切都变得很大，而不是很小。那穷女人的眼睛瞪得老大，盯着地板。女孩在那边，一边被护士压着，另一边被她妈妈压着，在她们的手里剧烈地扭来扭去。医生两腿分开跪在她身上，努力摁下她的胳膊，一秒钟后，他终于勉强把一根长针扎了进去。

特平太太感觉浑身上下都很空虚，只有心脏在左右摇摆，它似乎是在一个巨大而中空的血肉之鼓中跳动。

"有哪个不忙打电话叫急救车吧。"医生说，是年轻医生遇到突发情况毫无准备的那种声音。

特平太太一个指头都动不了。一直坐在她旁边的那个老头身手敏捷地跳进办公室打了电话，因为秘书好像还不在。

"克劳德！"特平太太叫道。

他不在椅子上。她知道她必须跳起来找他，可她感觉就像在梦里拼命追赶火车的人，当一切都在缓慢移动时，你越是努力快跑，就动得越慢。

"我在这儿。"一个快要窒息的声音，特别不像克劳德的声音说。

他在角落里的地板上弓着腰，面白如纸，抱着自己的腿。她想坐起来到他那儿去，可是动不了。她的眼神慢慢向下，越过医生肩膀俯视着地板上那张扭曲的脸。

那女孩的眼珠停止了转动，聚焦在她的身上。眼睛的蓝色显得比之前更淡了，仿佛后面一扇紧闭的门现在打开了，将光和空气放了进去。

特平太太的头脑清醒了，活动能力又回来了。她俯身向前，直视着那双炯炯有神的眼睛。毫无疑问，这女孩认识她，以某种强烈而又个人的方式了解她，这种认识超越了时间、地点和条件的限制。"你到底想跟我说什么？"她声音嘶哑地问，屏住呼吸等待着，像在等待天启。

女孩抬起了头，目光紧紧咬住了特平太太。"从地狱来就滚回地狱去，你这老疣猪。"她耳语着，声音低沉却清晰。她的眼睛燃烧了一会儿，似乎高兴地看到她的话已经命中了目标。

特平太太跌回自己的椅子里。

过了一会儿，女孩闭上眼睛，头无力地垂向一边。

医生起身把空注射器递给护士。他俯下身，双手在那位妈妈颤抖的肩头放了一会儿。她坐在地板上，双唇紧闭，把玛丽·格蕾丝的手夹在自己腿中间。女孩像婴儿那样，四个手指紧紧握着大拇指。"去医院吧，"他说，"我会打电话做好安排。"

"现在咱们来看看脖子。"他用快活的语气对特平太太说。他开始用头两根手指检查她的脖子。两条小小的月牙形纹路，像粉红的鱼刺，在她的气管上交错着。眼睛上那个包刚开始红肿发炎。医生的手指也在上面掠过。

"不用管我了，"她吐字不清地说着，推开了他，"看看克劳德。她踢了他。"

"我马上就会看他的。"他说着，摸了摸她的脉搏。他是个灰白头发的瘦子，喜欢开玩笑。"回家以后用今天剩下的时间让自己度个假。"他边说边轻拍她的肩膀。

别拍我了，特平太太在心里对自己咆哮着。

"放个冰袋在那只眼睛上。"他说。随后，他过去蹲在克劳德身边，查看他的腿。过了一会儿他把他拉起来，克劳德一瘸一拐跟着他进了办公室。

直到急救车来之前，房间里只有那女孩妈妈颤抖的呻吟声。她仍然坐在地板上。那个穷女人眼睛一直盯着女孩。特平太太则直直盯着前面，什么也不看。不一会儿，急救车停下了，窗帘后面出现一个长长的黑影。急救员进来把担架放在女孩身边，很专业地抬起她放上去，抬着她出去了。护士帮女孩妈妈收拾她的东西。急救车的影子无声地消失了，护士回到了办公室。

"那个，那个女孩要变成疯子了，对吗？"穷女人问护士，但护士继续往后走，根本不回答她。

"没错，她要成疯子了。"穷女人对剩下的人说。

"可怜的小东西。"那个老女人喃喃自语道。男孩的脸还放在她腿上，眼睛从她膝盖上懒洋洋地看出去。骚乱当中，他除了把一条腿放在身下，一动未动。"我感谢上帝，"那个穷女人热诚地说，"我不是个疯子。"

克劳德一瘸一拐地走过来，特平夫妇回家了。

当他们的皮卡拐上自家泥土路，向山顶上开去时，特平太太抓住车窗沿，狐疑地往外看。这片土地优美地顺坡而下，穿过一个点缀着薰衣草的牧场。山坡起处，他们小小的黄色木屋，周围有小小的装饰围裙般的黄色花坛，规规矩矩地坐在它习惯了的地方——两棵巨大的山核桃树之间。这会儿，就算她看见屋顶两个烧黑的烟囱之间有个烧焦的大洞，也不会感到吃惊。

他们俩都不想吃饭，因此换上家居服，放低卧室窗帘躺下了。克劳德的腿架在一个枕头上，她自己用湿毛巾敷着眼睛。平躺下来的那一瞬间，一头尖削脊背的野猪，脸上长了疣，耳朵后面长了角，打着响鼻出现在她脑海里。她呻吟着，低沉到近乎无声地呻吟着。

"我不是，"她眼泪汪汪地说，"来自地狱的，疣猪。"可惜，这否认没有力量。那女孩的眼睛和话语，甚至她说话的腔调，低沉却清晰，只针对她，一点不容否认。尽管房间里真有废物，正适合这话，她却被单独挑选出来接受这个信息，只有此刻，这一事实的全部力量才深深地震动了她。那儿有个女人根本不管自己的孩子，却被传信人忽略了。消息被传给了鲁比·特平，一个值得尊敬、努力劳作、经常去教堂的女人。眼泪干了，她的双眼开始因愤怒而冒火。

她用胳膊肘支撑起身体，毛巾落到了她手上。克劳德平躺着，在打呼噜。她想告诉他那女孩说的话。但与此同时，她又不希望把自己是来自地狱的疣猪这个形象放进他脑海里。

"嘿，克劳德。"她嘟哝着推推他的肩膀。

克劳德睁开一只婴儿般的淡蓝色眼睛。

她小心翼翼地打量着它。他什么都没想，他只是按他的方式活罢了。

"啊，什么?"他说着，又闭上了眼睛。

"没什么，"她说，"你的腿疼吗?"

"疼得像地狱。"克劳德说。

"会好的。"她说着，又躺了下去。不一会儿，克劳德又打起了呼噜。下午剩下的时间他们都躺在那儿。克劳德睡觉，她皱起眉头盯着天花板。她时不时地举起拳头，在胸前做个小小的刺戳动作，仿佛在看不见的客人面前保护着自己的清白，那些客人就像约伯的安慰者，表面通情达理，其实大错特错。

大约五点半，克劳德一个激灵醒了。"得去看看那些黑鬼了。"他叹口气，没有动。

她正直勾勾地向上看着，好像天花板上有难以理解的笔迹。眼睛上的肿块已经变成青绿色。"听着。"她说。

"什么?"

"吻我。"

克劳德俯身过来响亮地亲吻了她的嘴。他挤在她身边，两人的手交叉在一起。她极度专注的表情并没有变化。克劳德又是呻吟又是叫喊地起了床，一瘸一拐地走了。她继续研究天花板。

直到听见拉着黑人的皮卡回来，她才起床。她坐起来，把脚伸进棕色的牛津鞋里，懒得系鞋带，迈着沉重的步子拖拖拉拉来到后廊上，拿起她的红色塑料桶。她倒进去一盘冰块和半桶水，来到后院。每天下午克劳德带帮工回来，其中一个男孩都会帮他把干草放好，其余的人在车斗里等着，直到他弄好了送他们回家。卡车就停在一棵山核桃树的树荫下面。

"今天早上咋样啊？"特平太太淡淡地问，提着桶和长柄勺出现了。卡车里有三个女人、一个男孩。

"俺们干得挺好，"最老的妇人说，"你咋样？"她的眼神立刻黏在了特平太太前额那个黑色肿块上。"你摔倒了，是吧？"她用热切的语气问道。老妇人皮肤特别黑，几乎没有牙。她头上戴一顶克劳德的旧毡帽。另外两个女人年轻一些，肤色也浅一些，都有翠绿色的新遮阳帽。其中一个戴在头上，另一个摘下了帽子，那个男孩正在帽子下面咧嘴傻笑。

特平太太把水桶放在卡车地板上。"你们自己来吧。"她说。她看看周围，确定克劳德已经离开。"不，我没有摔倒，"她抱着自己的胳膊说，"要比那更糟糕。"

"没有坏事会发生在你身上！"老妇人说。她这么说，就好像她们都知道，特平太太受到了神灵某种特别的保护。"你只不过摔了一小跤吧。"

"我们去镇上医生的诊所，看特平先生被母牛踢伤的那个地方，"特平太太用平板的语气说道，意思是她们可以别傻了，"有个女孩在那儿。一个又大又肥的女孩，整个脸丑爆了。我能看出来那女孩很古怪，但说不出为什么。我和她妈妈正在说话，说着说着，突然砰的一声！她把自己正读着的一本大书朝我扔过来……"

"天哪！"老妇人喊起来。

"然后她跳过桌子，来掐我脖子。"

"天哪！"她们全都尖叫起来，"天哪！"

"她干吗那样干？"老妇人问，"什么事让她苦恼？"

特平太太只是盯着自己前面。

"有什么事让她苦恼吧。"老妇人说。

"他们用急救车把她拉走了，"特平太太继续往下说，"可是在她走之前，她在地板上打滚，他们想按住她给她打针的时候，她对我说了些话，"她停顿了一下，"你们知道她对我说什么吗？"

"她说什么?"她们问。

"她说。"特平太太开了口,又停下,她的脸异常阴郁凝重。阳光变得越来越白,漂白了头顶的天空,对比之下,山核桃树叶子变成了黑色。她实在无法说出那些字眼。"实在是难听啊。"她喃喃道。

"她不该对你说一点儿难听话,"老妇人说,"你是那么好。你是我认识的最好的太太。"

"她也很漂亮。"戴着帽子的那个说。

"还结实,"另一个说,"我从来没见过比你更好的白人太太了。"

"就是在耶稣面前,也是千真万确的真理,"老妇人说,"阿门!你是那么的温柔美丽。"

特平太太很清楚黑人的奉承话值多少钱,这增添了她的愤怒。"她说,"她再次开始,这次一口气说完了,"我是个从地狱来的老疣猪。"

一片震惊的沉默。

"她在哪儿?"最年轻的女人刺耳地叫道,"让我看见她,我会杀了她!"

"我和你一起杀了她!"另一个叫道。

"她应该进疯人院,"老妇人用力地说,"你是我认识的最温柔的白人太太。"

"她也很漂亮，"另外两个说，"要多胖有多胖，还温柔。耶稣对她都满意！"

"的确如此。"老妇人宣布。

一群傻瓜！特平太太对自己吼道。你永远不能对一个黑鬼说任何一句聪明话。你可以对他们说话，可没法跟他们交流。"你们还没有喝水呢，"她简短地说，"喝完以后把桶放在卡车上，我还有很多事要做，不能站在这儿虚度光阴。"说着，她回到了屋里。

她在厨房中间站了一会儿。眼睛上面那个黑包看上去就像一朵微型风暴云，随时会席卷过她眉毛的地平线。她的下嘴唇危险地突出着，她挺直了她宽阔的肩膀，然后大步走向屋子前面，走出侧门，走上了通往猪舍的路。一副赤手空拳投入战斗的表情。

太阳此刻是深黄色，像个满月，正迅速地向西方遥远的树木线上方落下去，似乎是想赶在她之前看到那些猪。这条路坑坑洼洼的，她一边阔步前进，一边踢开了路上几块相当大的石头。猪舍就在谷仓旁边延伸过来的小路尽头，一个小山坡上。是个小房间大小的水泥平台，周围一圈四英尺高的木栅栏。水泥地面微微倾斜，以便冲洗废水能流进一道沟，流进地里做肥料。克劳德正站在外面的水泥地面边缘，从顶板上俯下身子，用水管冲洗里面的地面。水管连接在附近水槽的水龙头上。

特平太太爬上去站在他身边，瞪眼往下看里面的猪。里面有七头长鼻子有刚毛的小猪——棕褐色加暗红色圆点——和一头几周前刚生产过的老母猪。它正侧躺在那儿，咕噜咕噜叫。小猪们像傻孩子一样摇摇晃晃到处跑，裂缝一样的小眼睛搜寻着掉在地上的任何一点东西。她以前读到，猪是最聪明的动物。她很怀疑这一点。它们应该比狗聪明。甚至还有过一位猪航天员。它圆满完成了它的使命，后来却死于心脏病，因为人们让它穿着电子航天服，整个测试过程中都笔直地坐着，而自然的一头猪，应当是四脚着地的。

呼噜呼噜，拱啊拱，哼呀哼。

"水管给我，"她说着，一把从克劳德手里抢过水管，"去把那些黑人送回家，然后卸了那条腿。"

"你看着就像吞下了一只疯狗。"克劳德评论说，不过他还是下去一瘸一拐地走了。他没注意她的心情。

等到听不见他的声音了，特平太太站在围栏旁边，只要哪头小猪看上去想躺下，她就拿着水管，将水柱对准它的后腿。等他有足够的时间走过那个小山坡后，她微微扭过头，愤怒的眼睛扫视着那条小路。看不见他了。她又扭过头来，似乎要振作精神。她抬起肩膀，深吸了一口气。

"你传给我那么个口信是为了什么呢？"她低声又激愤地说，简直像是耳语，其中凝聚的怒火却有呐喊的力量，"我怎么能既是我又是猪？我怎么能既得到救赎又来自地狱？"她闲着的那只拳头紧握着，另一手抓住水管，盲目地让水柱对着那头母猪的眼睛冲进冲出，根本听不见它气愤的尖叫。

猪舍可以远望后面的牧场，那儿有他们的二十头肉牛，聚集在克劳德和那个男孩整好的干草垛周围。刚割过草的牧场向公路倾斜而下。牧场对面是他们的棉花地，棉花地再远一点那片尘土飞扬的深绿色树林，也属于他们。太阳在树林后面，特别红，俯瞰着树木组成的栅栏，就像一个农夫在检查自己的猪。

"为什么是我？"她低声抱怨，"这附近的废物，不管黑人还是白人，我都接济过。我每天干活快把腰都折断了，还要去教堂帮忙。"

她似乎正是那个能够胜任指挥眼前这个竞技场的女人。"我怎么会是一头猪呢？"她质问，"我到底哪儿像它们？"她用水柱猛冲小猪。"那儿的废物够多了，不必非要我去。要是你更喜欢废物，那就给你自己找些穷鬼来啊，"她抱怨着，"你可以让我做废物。或者黑鬼。如果废物是你想要的，你干吗不让我做个废物？"她摇晃着拿水管的拳头，一条水汪汪的蛇顿时出现在空中。"我可以不再干活，还可以轻松自在，污秽肮脏，"她咆哮起来，"整天在人行道上闲逛，喝麦根沙士。在每个泥坑里乱拱、吐口水，让脏水糊满一脸。我可以变得肮脏。

"或者你本可以把我变成黑鬼呀。对我来说现在做黑鬼已经太晚了，"她带着深深的嘲讽说，"但我可以做得像黑鬼一样。躺在路中间妨碍交通。在地上打滚。"

在颜色变深的阳光下，一切都染上了一种神秘的色调。牧场变成一种特别的、透明的绿色，延伸的公路变成了薰衣草的紫色。她打起精神准备最后的进攻，这一次，她的声音在整个牧场上回荡。"来呀，"她叫道，"叫我猪！再叫我一声猪。从地狱来。说我是来自地狱的猪。把底儿翻到顶上来吧，照样会有个顶，有个底！"

一个错乱的回音回到她耳边。

最后一阵怒火让她浑身颤抖，她高叫着："你以为你是谁？"

田野与深红色的天空，乃至所有的一切仿佛都燃烧了一会儿，散发出透明的强光。那个问题飘过牧场，穿过公路和玉米地，又从树林远处清楚地传回到她身边，像个答案一样。

她张开嘴，但没有发出声音。

一辆小卡车，克劳德的，出现在公路上，又迅速驶出视线。车轮刺耳尖叫着，看上去就像个小孩的玩具。一辆大点儿的皮卡随时都可能猛撞过来，让克劳德和所有黑鬼的脑浆溅得遍地都是。

特平太太站在那儿，眼睛凝视着公路，浑身肌肉僵硬，直到五六分钟后卡车再次出现，克劳德回来了。她一直等到它拐上自家的车道，才像座苏醒过来的雕像似的，慢慢低下头，凝视着猪舍里的猪，仿佛目光是经过神秘的核心，落在了猪身上。小猪们全都在角落里，挤在老母猪周围，母猪温柔地咕噜着。一道红光笼罩着它们。它们似乎同呼吸共命运，分享着一种秘密的生活。

直到太阳最后掠过树木线的后面，特平太太仍然低头凝视着它们，仿佛在吸收某种深不可测的、赋予人生命启示的知识。终于，她抬起了头。天空中只有一道紫色彩带，像那条公路的一条延长线，穿过一片深红色的原野，一直延伸到暮色之中。她以一种高深莫测的姿态，在围栏旁边抬起双手。她的眼里闪着梦幻般的光。她把那条彩带看作一座巨大的桥，穿过一片浴火的田野，从土地中升起，向上延伸。在它上面，一大群人的灵魂正急急忙忙奔向天堂。全都是穷白人，平生第一次干干净净，还有一群群身穿白袍的黑鬼，一队队畸形人和疯子，叫喊着，拍着手，像青蛙一样蹦蹦跳跳。出现在队伍最后的一群人，她立刻就认出来了，那是与她自己和克劳德相似的人，每样东西都有一点，又有上帝赐予的智慧来正确利用它们。她探身过去更近地观察他们，他们正在其他人后面，迈着极庄严的步伐前进，一如既往地保持着良好秩序、常识与值得尊敬的举止。只有他们才合拍。然而，从他们震惊且变形的脸上她能看出，就连他们的美德，也正在被烧毁。她放下双手，抓住猪栏的扶手，眯着小眼睛一眨不眨地盯着眼前的一切。过了一会儿，这景象逐渐消失了，她却仍然站在那儿，一动不动。

终于，她下去关掉水龙头，慢慢走上那条黯淡下来的回家小路。周围树林中响起看不见的蟋蟀的合唱，可她听到的，却是那些灵魂正向星光璀璨的旷野攀登的声音，他们高唱哈里路亚的声音。

帕克的后背

　　帕克的妻子坐在前廊上，噼噼啪啪剥豆子。帕克坐在稍远一点的台阶上，阴郁地看着她。她很普通，很普通。她脸上的皮肤很薄，像洋葱表皮一样紧绷，灰色的眼睛锐利得像两把冰锥的尖儿。帕克明白自己为什么娶她——除此之外他没别的法子得到她——可他不明白，自己为何到现在还跟她在一起。她怀孕了，而怀孕的女人并非他喜欢的类型。然而，他却待在这儿，仿佛她对他施了魔法似的。他对此感到既困惑，又丢脸。

　　他们租的这所房子孤零零地坐落在俯瞰公路的高高堤岸上，旁边只有一棵高大的山核桃树。时不时有辆汽车从下面疾驰而过，他妻子的眼睛就会追随着那声音狐疑地一转，然后落回到她腿上满是豆子的报纸上。她不喜欢的诸多东西之一就是汽车。除了其他糟糕习性之外，她还永远对罪恶嗤之以鼻。她不抽烟，也不喝威士忌，不说脏话，也不涂脂抹粉，老天爷都知道涂抹一下会让她那张脸增色，帕克想。她反对鲜艳的色彩，嫁给他之后更是变本加厉。有时候他猜想，她嫁给他是因为想拯救他。其他时候他又怀疑，她其实喜欢她嘴上反对的那一切东西。他可以用这样那样的方式来解释她，可他自己，他却无法解释。

她朝他这边扭过头说："你为什么不能给一个男人干活，没道理啊。不一定非得是女人呀。"

"闭上你的嘴，换换口味吧。"帕克嘟囔道。

如果他能确定她是在嫉妒雇他干活儿的那个女人，他本来会很高兴的。但她更关心的可能是，假如他和那个女人相互喜欢上对方而招致的罪恶。他曾告诉过她，那女人年轻丰满金发碧眼。实际上她年近七十，干巴得对啥都不感兴趣，只想尽她所能让他多干点儿活。并不是说老女人就不会偶尔对年轻男人感兴趣，尤其是像帕克这样自觉颇具魅力的年轻人，可是这个老女人看他，跟她看自己的老拖拉机一个样儿——一副忍无可忍也得忍的样子，因为她只有这么点东西。帕克开上那辆拖拉机第二天，它就坏掉了，她马上派他去修剪灌木，还从嘴角边对黑鬼说了这么一句："他碰了啥，啥就坏。"她还要求他干活的时候穿上汗衫，尽管那天不算太热，帕克还是脱了衣服，结果只好不情愿地又穿上。

帕克娶的这个丑女人是他的第一任妻子。他之前有过其他女人，但从未打算让自己受到法律上的束缚。他初次见她是在一个早晨，当时他的卡车坏在了公路上。他设法把车开出公路，停进一个整洁的院子，院子里有幢墙皮剥落的两居室房子。他下了车，打开卡车引擎盖，开始检查马达。帕克的第六感告诉他，这会儿附近有个女人在注视着他。在马达上俯身几分钟之后，他的脖子开始感到刺痛。他将目光投向空荡荡的院子和房子的前廊。一个他看不到的女人，不是在附近的忍冬花丛后，就是在房子里，正从窗子上注视着他。

突然，帕克开始上蹿下跳，还猛甩自己的手，好像手被机器搅碎了一样。他深深弯下腰，把手举到胸前。"该死！"他叫喊道，"耶稣基督见鬼去！万能的耶稣哪上帝该死！上帝真该死！"他一股脑吐出一串毒咒，把几句同样的话用最大的声音喊了一遍又一遍。

毫无预兆地，一只可怕的长满毛刺的爪子砰地砸在他脸一侧，他向后倒在卡车引擎盖上。"不许在这儿讲下流话！"一个离他很近的声音尖叫道。

帕克的视线是如此模糊，有一瞬间他以为，自己是遭到了来自上空某种生物的袭击，一个目光锐利、身形庞大的守护神，在挥舞古老的武器。等他视线清晰后，他看见面前是个骨瘦如柴的高个儿姑娘，手里拿着个扫把。

"我伤了手，"他说，"我伤了手。"他实在太生气了，都忘了他根本没伤到手。"我的手可能断了。"他咆哮着，虽然声音还是不够稳定。

"让我看看。"那姑娘命令道。

帕克伸出手，她凑近了来看。手掌上没有什么伤痕，她握住那只手翻了过来。她的手又干又热又粗糙，帕克觉得自己经她一碰，猛然苏醒了。他更仔细地看着她，我可不想和这一位扯上任何关系，他想。

姑娘锐利的眼睛凝视着手中这只又短又粗红通通的手，手背上有红色蓝色的纹饰，是一只老鹰栖息在大炮上的图案。帕克的袖子卷到了胳膊肘上。老鹰上头，一条大蛇盘绕在一个盾牌四周，在老鹰和大蛇之间的空当里有几颗心，其中一些被箭刺穿了。大蛇上面是一把摊开的扑克牌。帕克胳膊上的每一寸皮肤，从手腕到肘部，都覆盖着喧闹的图案。姑娘带着震惊得几乎目瞪口呆的微笑看着这些，仿佛一不小心抓住了一条毒蛇。她放下了那只手。

"我身上还有好多是在外国文的，"帕克说，"这些大多是在美国文的。我只有十五岁的时候就文了第一个。"

"别跟我说这些，"姑娘说，"我不喜欢。对我一点儿用都没有。"

"你应该看看你看不见的那些。"帕克说着眨了眨眼。

两团苹果般的红晕浮现在姑娘脸颊上，让她的脸变柔和了。帕克有些好奇。他压根没想到她不喜欢这些文身。他还从来没见过哪个女人不被这些东西吸引呢。

帕克十四岁那年，在集市上看到一个男人，从头到脚都是文身。帕克站在帐篷后头不远处的长凳上，从这个距离看过去，那男人除了腰上束着块黑豹皮，全身皮肤都纹饰着一种花样复杂而色彩绚丽的图案。那个男人矮小壮实，在戏台上走来走去，不停收缩他的肌肉，让皮肤上那些人、兽、花的阿拉伯式纹样看起来就像自己在动一般。帕克激情满怀，在旗子经过他身边时，也像某些人那样高举双手。他还是个习惯张大嘴巴的男孩，严肃又认真，平常得像一块面包。演出结束后，他仍然站在长椅上，久久盯着文身男人曾站过的地方，直到帐篷里几乎空无一人。

在此之前，帕克内心从未体会过一丁点惊奇。直到他看见集市上那个男人，他才惊讶地发现，除了他的存在这一平常事实之外，世界上还有如此不同寻常的事情。即便那时这想法也并未成形，他只是感觉到了一种特别的不安。他就像一个盲目的男孩，被那么温柔地推向了不同的方向，竟不知道自己的目的地已经改变。

过了一段时间，他有了自己的第一个文身——站在加农炮上的老鹰。那是一个本地文身师做的。稍微有点疼，恰好疼到让帕克觉得这么做很值得。这也很奇怪，因为以前他认为，只有不受伤害的事情才值得去做。第二年他从学校退了学，因为他已经十六岁，可以退学了。他上了一阵子职业学校，然后又离开职业学校，在一家汽车修理厂干了六个月。他干活的唯一原因，就是为更多的文身挣钱。他妈妈在一家洗衣店工作，能养活他，但她不会为任何文身付钱，除非是文一颗心和她的名字，他只好很不情愿地文上了。不过，她的名字是贝蒂·简，没人非得知道那是他妈。他发现，文身对他喜欢的那种女孩很有吸引力，而她们以前是绝不会喜欢他的。他开始喝啤酒、打架。他妈妈为他的变化伤心流泪，有天晚上她拖着他去参加一个布道会，没告诉他到底去干吗。等他看到那座灯火通明的大教堂，他猛地挣脱了她的手，跑掉了。第二天，他谎报年龄，加入了海军。

紧绷绷的水手裤子对帕克的身材来说有点小，不过那傻乎乎的白帽子还行，低低压在他前额上，相比之下，让他的脸显得若有所思，简直有点紧张。在海军混了一两个月后，他的嘴巴不再张开了。他的外表变得硬朗，有了男人气质。他在海军待了五年，似乎成了那艘灰舰船天然的一部分。只有眼睛除外，它们与大海有一模一样的蓝灰色，映照出他周围无边无际的空间，仿佛是神秘大海的一个缩影。帕克在各港口四处闲逛，将他待过的那些破败地方与亚拉巴马州的伯明翰做比较。每到一处，他都会弄更多文身。

他已经不再文那些无生命的东西了，像什么锚啊、交叉的手枪啦。他在两个肩膀上各文了一只老虎、一头黑豹，胸口有一条盘在火把上的眼镜蛇，大腿上两只鹰，伊丽莎白二世和菲利普亲王分别文在胃和肝的位置。他不大关心文的是什么，只要颜色鲜艳就好。在小肚子上，他文了几句下流话，但也只是因为那儿似乎是最合适的地方。每个文身都会让帕克满意一个月左右，之后曾经吸引他的那些东西就渐渐失去了魅力。不论何时，只要有合适大小的镜子，他就会在镜子前从头到脚端详自己。当他发现那效果不再是繁复的阿拉伯式图案，而是毫无章法，一团乱麻，一种巨大的不满就会瞬间攫住他，他会跑去找另外一个文身师，再把另一块地方填满。帕克身体前面几乎完全铺满了文身，但后背上却一个都没有。他压根儿不想在自己看不大清楚的地方文身。随着前面的文身不断增加，他的不满也在增长，终于变成了对整体都不满意。

一次休假结束后，他没回部队，也没有请假，就在一个他不熟悉的城市里继续逍遥，在一间公寓里整天喝酒。他的不满从慢性潜伏突然变为急性发作，仿佛那些黑豹、狮子、毒蛇和鹰隼已经渗入了他的皮肤，住在他体内激烈地厮打。海军抓住了他，关了他九个月禁闭，然后给了他一个不光彩的开除处分。

从那以后帕克认定，世上唯一适合呼吸的是乡村的空气。他租下堤岸上那间棚屋，买了一辆旧卡车，干起各种各样的营生，只要活计适合自己，他就尽量坚持。遇上他未来老婆那一次，他正在倒卖苹果。用蒲式耳买进，再以相同价格按磅卖给乡村公路偏远处那些与世隔绝的自耕农。

"这些东西，"那女人指着他的胳膊说，"不比一个傻瓜印第安人弄得好多少。就是一堆毫无价值的东西。"她似乎找到了她想要的那个字眼。"虚空的虚空。"她说。

该死，我干吗要管她怎么想这个？帕克问自己，可他又明摆着为此困扰。"我觉得你无论如何都会喜欢其中一个，胜过其他的。"他磨蹭着说，直到想起什么能让她印象深刻的东西来。他把胳膊背面猛地伸向她。"你最喜欢哪个？"

"哪个都不喜欢，"她说，"不过那只小鸡不像其余的那么坏。"

"什么小鸡?"帕克差点叫起来。

她指着那只鹰。

"那是只老鹰,"帕克说,"哪个傻瓜会浪费时间在身上文个小鸡?"

"哪个傻瓜会弄其中任何一个?"姑娘说着转身离去。她慢慢走回那所房子,把他丢在那儿让他离开。帕克目瞪口呆地看着她进去的那扇黑门,又待了差不多五分钟才走。

第二天他拉着一蒲式耳苹果回来了。他这人可不会被任何像她那样的人打败。他喜欢丰满的女人,这样你就感觉不到她们的肌肉,更不用说那些老骨头了。他到的时候,她正坐在台阶最高处,院子里全是小孩,都和她一样又瘦又可怜。帕克记得那是个星期六。他痛恨在巴结女人的时候旁边围着孩子,不过很幸运,他把那一蒲式耳苹果从卡车上拿了下来。当孩子们凑过来看他带着什么时,他给了每人一只苹果,并叫他们走开。就这样,他打发掉了整个人群。

姑娘对他的出现没有任何表示。他很可能是头流浪的猪或迷路的山羊,闲荡进了这个院子,而她太累,懒得操起扫把把它赶走。他放下那一蒲式耳苹果,搁在台阶上她的旁边,在低一级台阶上坐了下来。

"随便吃。"他说着,冲那只筐子点点头,随后便陷入了沉默。

她飞快地拿起一只苹果，好像要是不那么快筐子就会消失似的。饥饿的人令帕克紧张。他自己一直不缺吃的。他变得很不舒服。他说服自己，既然无话可说，干吗非得说话呢？此刻他不能思考自己为何要来，为什么不在一帮熊孩子浪费掉另一筐苹果之前一走了之。他猜测那些孩子是她的弟弟妹妹。

她缓慢却津津有味地嚼着苹果，微微俯身，注视着前方。从门廊望出去，是一段长满斑鸠菊的斜坡，穿过公路，是一片广阔的山坡和一座小山。远望令帕克沮丧。你像这样望向太空，就会感觉到似乎有人在追赶你，海军，或者政府，或者，宗教信仰。

"那些孩子是谁的，你的吗？"他终于说道。

"我还没有结婚，"她说，"他们是妈妈的。"她这么说，仿佛她就要结婚了，只是个时间问题。

看在上帝的分上，谁会娶她呢？帕克想。

一个光脚、大个、牙齿稀疏、脸盘宽大的女人出现在帕克身后的门里面。很明显，她已经在那儿好一会儿了。

"晚上好。"帕克说。

那个女人穿过前廊，拿起筐里剩下的苹果。"我们感谢你。"她说完，带着筐子回到了屋里。

"那是你们家老太太？"帕克嘟哝道。

姑娘点点头。帕克知道他本可以说一大堆像什么"你让我同情"之类的刻薄话，但他却沮丧地沉默着。他只是坐在那儿，看着眼前的景象。他觉得，他一定是得了什么病。

"要是我明天弄到些桃子，就给你带点儿来。"他说。

"我会非常感谢你的。"姑娘说。

帕克本没打算带什么桃子回来，可第二天他却发现自己就这么做了。他和那个姑娘彼此几乎什么都没说，他只说了一句："我的背上一点文身都没有。"

"那你背上有什么？"姑娘说。

"我的汗衫，"帕克说，"呵呵。"

"呵呵，呵呵。"姑娘礼貌地说。

帕克觉得自己快要疯了。他一丁点都不相信自己会被这样一个女人吸引。她没有对他浑身上下任何东西表露一丁点儿兴趣，直到他第三次出现时带来了两个香瓜。"你叫什么名字？"她问。

"O.E. 帕克。"他说。

"O.E. 代表什么？"

"你叫我 O.E. 就行，"帕克说，"或者帕克。谁都不叫我的全名。"

"那代表什么?"她坚持问。

"不必在意,"帕克说,"你叫什么?"

"等你告诉我那两个字母到底是什么的缩写,我就告诉你。"她说。她的语气里只有一丝调情的味道,帕克飞快地捕捉到了。他从来没向任何男人女人泄露过这个名字,只有海军和政府的文件才有记录。那是他一个月大时受洗记录上的名字。他的妈妈是卫理公会教徒。当这个名字从海军文件中泄露出来后,帕克差一点没杀了用这名儿叫他的人。

"你会到处宣扬的。"他说。

"我发誓我绝不告诉任何人,"她说,"我以上帝的圣言起誓。"

帕克沉默着坐了好几分钟。然后伸手搂住姑娘的脖子,把她的耳朵凑到自己嘴边,低声地揭开了谜底。

"俄巴底亚 ①。"她低语着。她的脸慢慢明亮起来,仿佛这名字对她来说是个信号。"俄巴底亚。"她说。

在帕克看来,这个名字仍然令人讨厌。

"俄巴底亚·以利户 ②。"她用虔诚的口气说。

"你要这么大声叫我,我就砸爆你的脑袋,"帕克说,"你

---

① 俄巴底亚,《圣经·旧约》中的希伯来先知。
② 以利户,男子教名,源于《圣经》人物以利户。

叫什么?"

"莎拉·鲁丝·凯茨。"她说。

"见到你很高兴,莎拉·鲁丝。"帕克说。

莎拉·鲁丝的父亲是位正统的福音派传教士,不过不在家,正在佛罗里达传播福音。她母亲似乎不介意他对这姑娘的关注,只要每次来时带一筐东西就成。至于莎拉·鲁丝本人,帕克一眼看出,在他造访三次之后,她已经为他疯狂了。即便她坚持说他皮肤上那些图案是虚空的虚空,即便听到了他的恶毒诅咒,即便在她问他是否得救时,他回答看不出有什么特别的东西可以救他,她还是喜欢他。这一问之后,受到鼓舞的帕克说:"如果你吻我,我就得救了。"

她皱起了眉头。"那是没法拯救你的。"她说。

不久之后,她同意坐他的卡车去兜风。帕克把车停在一条废弃的路上,提议两人一起在车后面躺下。

"不行,除非我们结婚后。"她说——就这样子。

"噢,没那个必要。"帕克说着就去搂她,她一把推开他,力气大得连卡车门都掉下来了,他发现自己后背着地躺在了地上。他当时就下定决心,对她决不再搞任何进一步的行动。

他们在县教区长办公室结了婚,因为莎拉·鲁丝觉得教堂有偶像崇拜之嫌。这么结还是那么结,帕克都没有意见。教区长办公室里摆满了文件纸盒和记录本，里面灰扑扑的黄色纸片都掉出来了。教区长是个红头发老太太，坐办公室已经四十年，看上去和她的记录本一样灰扑扑的。她在一个立式桌子的铁栅后面给他们办了结婚手续，完事后她夸张地说："三块五，直到死亡把你们分开！"就猛地从一台机器里拉出几张表格。

婚姻没有改变莎拉·鲁丝一丝一毫，倒让帕克比从前更加郁闷。每天早晨他都认定自己受够了，晚上不会再回来；可每天晚上他都回来了。只要帕克感觉受不了的时候，就会再来个文身，可现在他身上仅存的空地只有后背了。要看到自己背上的文身他必须弄两面镜子，站在中间合适的位置。这对帕克来说，似乎是让自己成为白痴的好办法。要是莎拉·鲁丝的判断力再好点儿，本可以欣赏他背上的文身。可她对他身上其他地方的文身看都不看一眼。每当他试图指出它们的特殊细节时，她就会紧紧闭上眼睛，还背过身去。除非在完全黑暗当中，否则她宁愿帕克着装整齐，袖子彻底放下来。

"在上帝的审判席上，耶稣会对你说：'你这一辈子，除了画满全身都在干什么呢？'"她说。

"你骗不了我，"帕克说，"你不过是害怕我效力的那个强壮姑娘太喜欢我，害怕她会说：'来呀，帕克先生，你和我……'"

"你是在引诱原罪,"她说,"在上帝的审判席上,你也必须回答这个问题。你应该回去贩卖大地的果实。"

帕克在家时什么都不干,就是听她说:他若不改变,上帝在审判席上会对他说些什么。能插话时,他就用他效力的那个强壮姑娘的故事来打岔。"'帕克先生,'"他告诉她那姑娘这样说,"'我是因为你有头脑才雇用你。'"(其实她还加了一句:"所以你干吗不用用它呢?")

"你真该看看她第一次见我没穿衬衫时的那张脸!"他说,"'帕克先生,'她说,'你真是道行走的风景呢!'"这话的确是她的评论,不过是从她嘴角讲出来的。

帕克心中的不满开始变得如此强烈,除了文身,没有任何东西能遏制住。只能在后背了,实在没有办法。一个半成形的想法开始在他脑子里活动。他设想,在那儿弄个莎拉·鲁丝不能反对的文身——宗教主题。他想到了一本打开的书,下面文上"圣经"字样,书页上再来一行真正的诗句。这想法好像只维持了一会儿,他就听到她说:"我不是已经有本真经了吗?我本来可以把它从头到尾读个遍,怎么会想要把同一个句子翻来覆去读个没完?你怎么想的?"他需要比"圣经"更好的东西!他为这事考虑得那样多,都开始失眠了。他已经瘦了不少——莎拉·鲁丝做饭只是把食物往锅里一扔,任它沸腾。真不知道他为什么还跟她待在一起，长得丑，怀了孕，还没厨艺，搞得他总是既紧张又暴躁，他的一侧脸颊都有点抽搐了。

有一两次，他发现自己突然转过身，一副有人在跟踪他的样子。他以前有个爷爷就死在州精神病院，虽然死时已经七十五岁。对他来说，文身可能是一件很紧急的事情，但同样紧急的是，必须找个合适的文身，把莎拉·鲁丝踩在脚下。因为一直操心这个，他的双眼一副空洞而又专注的表情。雇用他的那个老女人告诉他，他要是不能把心思放在手头的活计上，她知道谁能，她知道去哪儿能找到一个十四岁的有色男孩。帕克太专注了，甚至都无暇体会这侮辱。要是以前，随便什么时候，他都会当场丢下她扬长而去，还冷冷地说："好啊，你去带他来啊。"

两三天后的早晨，他正开着老太太那辆破拖拉机，用她那台糟糕的打包机打包干草，清理那一大片田地。地里空荡荡的，只有一棵巨大的老树站在当中。老太太那种人，不会砍掉一棵老树，就因为那是棵大树，很老的大树。她指给帕克看那棵树，就好像他没长眼睛似的。她告诉他用机器收集附近的干草时要小心，别撞上去。帕克从那片田地外围干起，朝着树向里绕圈。每隔一会儿，他就不得不从拖拉机上下来，解开打包绳，或者踢开路上的石头。老女人告诉他要把那些石块运到田边，只有她看着的时候他才这么做。当他觉得时机合适，就直接从上面开过去。他一边在田里转圈，一边思考着后背上合适的图案。太阳像高尔夫球一般大小，有规律地在他身前身后转换，但他似乎都能看到，就像脑袋后面也长了眼睛似的。突然，他看见那棵树伸出手来要抓他。一声巨响把他推向空中，他听见自己在大叫，声音高得难以置信："上帝啊！"

就在他仰面着地的时刻，拖拉机撞到树上翻了车，一下子燃烧起来。帕克看到的第一个东西是他的鞋，瞬间就被火焰吞了进去；一只卡在拖拉机下面，另一只在远处，兀自燃烧着。刚才他没穿鞋。他能感觉到燃烧的大树喷到脸上的热气。他保持坐姿向后爬行，两眼十分空洞，如果知道怎么画十字，他会一直画个不停。

他的卡车停在田边一条土路上。他朝它挪去，仍然是坐姿，仍然向后，但越来越快。半路上他站了起来，开始向前弯曲着身体奔跑，有两次都跪倒在地上。他的腿就像两条生锈的排水槽。终于到了卡车旁边，他爬上去歪歪扭扭地上了路。他开过了堤岸上自己的房子，径直奔向五十英里外的城里。

进城的路上，帕克不让自己思考。他只知道，他的生活出现了巨大变化，他纵身一跃，跳进了更糟糕的未知处境，而他对此无能为力。其实，大局已定。

文身师在后街一家手足病诊所上面，有两个凌乱的大房间。帕克仍然光着脚，在下午三点过一会儿一言不发地闯了进来。文身师和帕克差不多同岁——二十八——但瘦削秃顶，正坐在一张绘图桌后面，用绿色墨水描一个图样。他生气地抬头看了一眼，似乎没认出眼前这个两眼空洞的活物就是帕克。

"让我看看你书里所有的上帝画像，"帕克上气不接下气地说，"宗教的那本。"

文身师继续用他聪明过人、高人一等的目光看着他。"我不给醉汉文身。"他说。

"你认识我！"帕克愤怒地嚷道，"我是 O.E. 帕克！你以前给我文过身，我一直付钱的！"

文身师又看了他一会儿，好像不能完全确定似的。"你瘦了好些，"他说，"你一定是进监狱了吧。"

"结婚了。"帕克说。

"噢。"文身师说。这个文身师曾借助镜子在他头顶上文了一只微型猫头鹰，每个细节都堪称完美。大约半美元大小，是作为展示品给他做的。镇上有更便宜的文身师，但帕克除了最好的，其余一概不想要。文身师仔细检查房间后面的壁柜，寻找几本画册。"你对谁感兴趣？"他说，"圣徒，天使，基督还是什么？"

"上帝。"帕克说。

"圣父、圣子还是圣灵?"

"就是上帝,"帕克不耐烦地说,"基督。我不在乎。只要是上帝就行。"

文身师拿着本书回来了。他移开另一张桌上的几张纸,把书放在上面,让帕克坐下看看喜欢什么。"最新的在后面。"他说。

帕克坐下来拿起书,舔湿了大拇指开始浏览,先从后面最新的图案看起。其中有些他认出来了——《好牧人》《不要禁止他们》《微笑的耶稣》《耶稣,医生的朋友》,但他一直飞快地往后翻,图案变得越来越令人不安了。有一个是一张憔悴泛绿的死人脸,带着道道血痕。还有一个是黄脸,长着下垂的青紫色眼睛。帕克的心跳得越来越快,直到最后就像一台巨大的发电机一样在他体内轰鸣。他飞快地翻动书页,觉得当他翻到命定的那一个时会有信号出现。他继续翻找,最后差不多翻到了书的最前面。某一页上,一双眼睛敏捷地瞥了他一眼。帕克一掠而过,然后又停住不动。他的心跳似乎被切断了,只剩下绝对的寂静。如果沉默本身也是一种语言,那它说得清清楚楚:翻回去。

帕克翻回那一页——一个单调严厉的拜占庭式基督,头顶光环，有苛求一切的眼神。他坐在那儿浑身颤抖，心脏又开始缓慢跳动，似乎因一种微妙的力量而重获了新生。

"发现你想要的啦？"文身师问。

帕克喉咙干得说不出话。他站起来把书塞给文身师，翻开那幅图。

"那要花你好多钱，"文身师说，"不过，你用不着弄所有的小细节，只要轮廓，再把脸做好一些就行。"

"就要书上这样的，"帕克说，"就像这样，否则就不做。"

"自找麻烦，"文身师说，"我可不会白干这种活儿。"

"多少？"帕克问。

"可能要干两天。"

"多少？"帕克说。

"分期还是现金？"文身师问。帕克的其他活儿都是分期付的，不过都付清了。

"十块定金，每一天加十块。"文身师说。

帕克从钱包里拿出十块钞票，里面还剩三张。

"你明天早上过来吧，"文身师说着把钱放进自己口袋，"我得先把它从书上描下来。"

"不，不行！"帕克说，"现在就画，不然就把钱还我。"他两眼冒火，好像准备打上一架。

文身师同意了。他分析，不管是谁蠢到了想在背上文个基督的程度，都不大可能下一分钟就改变主意，不过一旦工作开始，他就几乎不可能再反悔了。

描线的时候，他叫帕克去水槽边用那种特制的肥皂洗一洗后背。帕克洗完之后，在房间里来来回回地踱步，紧张地耸动肩膀。他既想过去再看看那幅图，但同时又不想看。文身师终于站起身，让帕克在桌上躺下。他用氯乙烷涂抹了帕克的背，然后开始用碘笔在上面勾勒那个脑袋。等他拿起电动工具时，已经过去了一个小时。帕克没觉得特别疼。在日本，他让人用象牙针在上臂文了一尊佛；在缅甸，一个棕色皮肤的小个男人用两英尺长的尖头木棍在他两只膝盖上各刺了一只孔雀；外行们还用针和烟灰给他文身。通常情况，帕克在文身师手下都十分放松随意，经常会睡着。可这一次，他一直很清醒，每块肌肉都紧绷绷的。

半夜时分，文身师说他准备收工了。他在桌上靠墙支起一面四英尺见方的镜子，又从盥洗室墙上拿下一面小点的镜子，放进帕克手里。帕克背对着桌上那面镜子站着，移动另一面镜子，直到看见背上映出的一片炫目色彩。后背几乎完全被红色、蓝色、象牙色和橙黄色的小方块覆盖着，他从中辨认出了那张脸的轮廓——嘴巴，浓密的眉梢，挺直的鼻子，但脸上却是空的。眼睛还没画上。这一刻的印象几乎像是文身师骗了他，他画的是《耶稣，医生的朋友》。

"没有眼睛啊。"帕克叫起来。

"会有的，"文身师说，"到时候就有了。我们另找一天接着干。"

帕克在基督教会光明避难所的简易床上过了一夜。他发现这地方是待在城里的最佳选择，因为一切都免费，还包括一顿差强人意的饭菜。他得到了最后一张空床，而且因为他仍光着脚，还得到了一双二手鞋。迷糊之中，他穿着鞋就上了床，白天发生的这一切仍然令他震惊不已。整个晚上，他都清醒地躺在那间长长的宿舍里，简易床上满是笨重的身影。唯一的光来自房间尽头，是个闪烁的磷光十字架。那棵树又伸手来抓他，然后一下子燃烧起来；鞋子兀自静静燃烧；书里那双眼睛清清楚楚地对他说翻回去，同时又不出一声。他真希望自己不在这城里，不在基督教会光明避难所，也不是独守空床。他可怜巴巴地思念着莎拉·鲁丝。她犀利的舌头和冰锥般的眼睛是他能想到的唯一安慰。他认定自己要失去这安慰了。与书上的那双眼相比，她的眼睛显得非常柔和，不慌不忙。即便他想不起那双眼睛的确切神情，仍然能感觉到它们的穿透力。在这样的双眼凝视之下，他觉得自己就像苍蝇翅膀一样，完全透明。

文身师告诉帕克，十点之前不要来，可是等文身师按时到那儿后，帕克已经坐在黑乎乎的走廊地板上等着他了。他已经决定了，一旦把文身做好，他决不再看它一眼；他还认定，昨天白天和晚上的所有感觉像个疯子，他要回归正常，按照自己合理的判断做事。

文身师从昨晚停下的地方开始。"有件事我想知道，"他一边在帕克背上工作，一边说道，"为什么你想文这个？你是信教了吗？你被拯救了？"他用嘲讽的语气问道。

帕克感觉喉咙又咸又干。"没有，"他说，"宗教对我半点用处没有。不管宗教是什么，一个男人要是不能从宗教中解脱，就一点不值得我同情。"这些话幽灵一般溜出他的嘴巴，立刻蒸发得无影无踪，仿佛他从未说过一般。

"那为什么……"

"我娶的这个女人得救了，"帕克说，"我根本不该娶她。我应该离开她。她已经得救了，还怀了孕。"

"那太糟糕了，"文身师说，"那么是她让你做这个文身的吧。"

"不，"帕克说，"她完全不知道。这是给她的惊喜。"

"你觉得她会喜欢，让你消停一阵儿？"

"她不得不喜欢，"帕克说，"她总不能说不喜欢上帝的样子吧。"他认为他对文身师说的已经够多了。在自己的地盘上，文身师一切都好，但他可不喜欢他们多管普通人的闲事。"我昨天晚上没睡觉，"他说，"我现在想睡会儿。"

这话让文身师闭上了嘴，却并没给他带来任何睡意。他躺在那儿，想象着莎拉·鲁丝会被他背上那张脸惊得说不出话的样子，每隔一会儿这想象都要被一个情景打断：着火的大树，他空空的鞋子在树下燃烧。

文身师一直工作到将近四点，没有停下来吃午饭，除了把干活时滴到帕克背上的染料擦掉，他的电动工具几乎没停过。最后终于完工了。"你现在可以起来看看了。"他说。

帕克坐起来，却还是待在桌边不动。

文身师对自己的作品很满意，想让帕克马上看到。然而帕克继续坐在桌子边，微微向前俯身，脸上一片茫然。"你怎么啦?"文身师说，"去看看它呀。"

"我什么事都没有，"帕克突然用好斗的口气说道，"那文身又不会消失。我到哪儿它就在哪儿。"他伸手去拿他的衬衫，开始小心翼翼地往身上穿。

文身师粗暴地抓住他的胳膊，把他推到两面镜子之间。"现在就看。"他说着，因为工作被无视而十分生气。

帕克看了看，脸色变白，移开了目光。那张脸上的眼睛继续看着他——沉静、直接、苛求、与世隔绝。

"这是你的主意，记住，"文身师说，"我本来建议你文别的。"

帕克什么都没说。他穿上衣服出了门，此时文身师大喊："我要拿到所有的钱！"

帕克朝街角一个杂货店走去。他买了一品脱威士忌，拿到附近小巷里，五分钟就喝了个精光。然后，他又往前走向附近的台球房，进城的时候他经常去那儿。那地方像个谷仓，宽敞明亮，一边是酒吧，另一边是赌博机，后面是台球桌。帕克一进去，一个穿红黑方格 T 恤的大块头就过来招呼，一把拍在他背上吼道："嘿小子！O.E. 帕克！"

帕克还没准备好后背挨打。"住手，"他说，"我那儿刚弄了新文身。"

"这次你弄的什么？"那人问完，对赌博机边的几个人叫喊，"O.E. 又弄了个文身。"

"这次没啥特别。"帕克说着偷偷溜到一台没人用的机器前。

"来吧，"那大块头说，"咱们来看看 O.E. 的文身。"虽然帕克在他们手里扭来扭去，他们还是拉起了他的衣服。帕克发觉，所有的手都在瞬间松开了，他的衬衫又落了下来，像面罩一样蒙在他脸上。台球房里一片寂静，在帕克看来，那寂静似乎从包围他的人群中滋长起来，又蔓延到整栋楼的地基下面，穿过房梁，上达屋顶。

终于有人开口说："基督！"随后，他们一下子全都喧闹起来。帕克转过身，脸上露出不确定的笑容。

"让 O.E. 自己处理吧！"穿方格衬衫的男人说，"这小子真有意思！"

"也许他信了教吧。"有人喊道。

"你活着是看不到这一天了。"帕克说。

"O.E. 信了教，他是在为耶稣做见证，对不，O.E.？"一个嘴里叼着烟的小个男人挖苦说，"这是我见过最有创意的皈依方式。"

"帕克自己想出来一个新花样，他有这自由！"那个胖子说。

"你你你你你小子！"有人大叫，接着他们全都吹起了口哨，又是吹捧又是咒骂，直到帕克说："都给我闭嘴。"

"你做这个是为了什么？"有人问。

"为了好玩，"帕克说，"关你什么事？"

"那你怎么不笑？"有人叫道。帕克突然跳进人群之中，在翻倒的桌子和挥舞的拳头之间，一场激烈的战斗有如夏日旋风般爆发，直到两个人抓住他拖到门口，将他扔了出去。然后，台球厅里静了下来，静得令人精神崩溃，仿佛那长长的谷仓似的房间就是那条船，约拿①正是从那儿被抛进了大海。

帕克在台球厅后面的小巷地上坐了很长时间，审视自己的灵魂。在他看来，它是一张由事实和谎言组成的蜘蛛网，对他来说一点也不重要，但不管他怎么看，它似乎都是不可或缺的。现在已永远刻在他背上的那双眼睛，就是他应该服从的眼睛。他对此十分肯定，比以往任何事都肯定。纵观他这一生，尽管有时发牢骚诅咒，经常感到恐惧，只有一次狂喜，帕克却一直都听从着降临到自己身上的这种直觉，不管它是什么——看到集市上那个文身男人时，他精神振奋满心狂喜；加入海军时他感到恐惧；娶了莎拉·鲁丝后，他一直牢骚满腹。

想到她，他慢慢站了起来。她会知道他该怎么做的。她会清理剩下的一切，至少她会感到高兴。似乎对他来说，从始至终，他一直想要的，就是让她高兴。他的卡车还停在文身师店面那栋楼前面，不过并不远。他上了车，开出城市，开进乡

---

① 约拿是《圣经》中的人物，本来上帝召唤约拿去尼尼微城传道，约拿却坐上一艘船，躲避耶和华的差派。上帝使海上起了大风，几乎要将这船只吞没。约拿知道这灾祸都是因自己而起，就主动要求船上的人将自己抛到海中。船上的人将约拿抛到海中后，风浪果真平息了，船上的人因此大大地敬畏耶和华，并向神献祭。

村的夜色之中。他的脑袋几乎醉意全无，他发现自己的不满消失了，但又觉得自己不太像自己。好像他对自己来说是个陌生人，正把车开进一个陌生的村子，尽管对他来说，他所看到的一切即便是在晚上都非常熟悉。

他终于到达堤岸上那所房子，将卡车停在山核桃树下，下了车。他尽可能地弄出最大噪声，表明这儿仍然由他掌管，他不说一声就离开她一晚上，除了说明他做事就这样，别的什么意思都没有。他砰地关上车门，重重踏上两级台阶，穿过前廊，将门把手拧得咔嗒作响。没有反应。"莎拉·鲁丝!"他大叫，"让我进去。"

门上没有锁，她显然用椅子靠背顶住了把手。他开始砸门，同时扭动把手。

他听到床垫弹簧嘎吱响，弯下腰把头凑近锁孔，可是它被纸堵上了。"让我进去!"他叫喊着，又咣咣敲门，"你为啥把我锁在外面?"

门旁边一个尖利的声音说："谁在那儿?"

"我，"帕克说，"O.E.。"

他等了一会儿。

"我，"他不耐烦地说，"O.E.。"

里面仍然没有声音。

他又试了一次。"O.E.,"他说着，又咣咣地敲了两三下，"O.E. 帕克。你知道是我。"

一片沉默。接着，那个声音慢慢地说："我不认识什么O.E.。"

"别闹了，"帕克恳求道，"你不该这样对我。是我呀，老O.E.，我回来了。你别怕我。"

"谁在那儿?"那声音还是无动于衷地说。

帕克扭过头，好像希望身后有人替他回答。天空已经微微发亮，地平线上飘浮着两三道黄色光带。就在他站起来的时候，一树的光突然出现在天际。

帕克向后靠在门上，似乎被一支长矛钉在了那儿。

"谁在那儿?"里面的声音说，此刻那声音里有种最后通牒的性质。把手咔嗒作响，那声音蛮横地说："是谁在那儿，我问你呢!"

帕克弯下腰，把嘴凑近堵上的锁孔。"俄巴底亚，"他小声说，突然之间，他感觉光芒贯注他的全身，将他蛛网般的灵魂变成了完美无瑕、色彩鲜艳的阿拉伯藤蔓，变成了一座树木、鸟儿和野兽组成的花园。

"俄巴底亚·以利户!"他低语着。

门开了，他跌了进去。莎拉·鲁丝双手叉腰，若隐若现地站在那里。她马上开口了："你根本不是给什么强壮的金发女郎干活，你得把撞坏的拖拉机一分不少地赔给她。她没给它买保险。她来过这儿，和我长谈了一次，我还……"

帕克哆哆嗦嗦地去点煤油灯。

"你什么毛病，这会儿快天亮了还浪费煤油？"她责问道，"我不想看到你。"

昏黄的光包围着他们。帕克放下火柴，开始解衣服扣子。

"今天早上你可休想碰我一下。"她说。

"闭上你的嘴，"他平静地说，"看看这个吧，我不想再听你说一句话了。"他脱下衣服，背转向她。

"又是文身，"莎拉·鲁丝咆哮起来，"我早该知道，你跑出去就是为了往自己身上再弄些垃圾。"

帕克的膝盖直发软。他转过身来大喊："看看它呀！不要那么说！看看它！"

"我当然看了。"她说。

"你知道这是谁？"他极其痛苦地问。

"不知道，这是谁？"莎拉·鲁丝说，"不是我认识的人。"

"是他呀。"帕克说。

"他是谁？"

"上帝！"帕克大叫。

283

"上帝？上帝看上去不是那样！"

"你怎么知道他长什么样？"帕克悲叹着，"你又没见过他。"

"他是看不到的，"莎拉·鲁丝说，"他是个神灵。没有人能看到他的脸。"

"噢，听着，"帕克呻吟着说，"这只是他的画像。"

"偶像崇拜！"莎拉·鲁丝尖叫道，"偶像崇拜！在各青翠树下 ① 和偶像一起燃烧你自己吧！我可以容忍谎言和虚荣，但我不让这房子里有任何偶像！"她抓起扫把开始猛打他的肩膀。

帕克实在太震惊了，毫无抵抗之力。他坐在那儿任她抽打，直到被她打得快要失去知觉，长长的笞痕已经出现在那个基督文身的脸上。他蹒跚着站起来，向门口走去。

她把扫把扔到地上踩了两三下，然后走到窗前去抖搂，想去掉他留在上面的污染。她抓着扫把，向山核桃树看过去，眼神变得更加冷酷。他就在那儿——这个自称为俄巴底亚·以利户的人——靠着那棵树，哭得像个婴儿。

---

① 基督教反对偶像崇拜，《圣经》中有许多相关表述，关于青翠树来自《圣经·旧约·以西结书》第六章第十三节：他们被杀的人，倒在他们祭坛四围的偶像中，就是各高冈，各山顶，各青翠树下，各茂密的橡树下，乃是他们献馨香的祭牲给一切偶像的地方。那时，他们就知道我是耶和华。

审判日

坦纳在为回家的旅途积蓄全部力量。他打算尽量走远一点，他相信，全能的上帝会带他走完剩下的路。这天早晨及前一天早晨，他允许女儿给他穿衣服，已经保存了更多体力。此刻，他坐在窗边的椅子里——他的蓝衬衫一直扣到领口，外套搭在椅子靠背上，帽子戴在头上——等着她离开。他得等她让开道，才能逃跑。窗外是一堵砖墙，窗下是一条充满纽约气息的小巷，那种适合猫与垃圾的氛围。几片雪花飘过窗前，可惜对他正在衰退的视力来说，太细小，太分散。

女儿正在厨房里洗盘子。她做每件事情都磨磨蹭蹭，还自言自语。他刚来的时候曾应答过她，却并不受她欢迎。她朝他瞪了眼，好像他是个老傻瓜，他本该有点理智，不去应答一个自言自语的女人。她用一种声音问自己，用另一种声音回答。

靠昨天让她给自己穿衣保存的体力，他写了张便条别在衣服口袋里。如果发现我死了，快运至佐治亚州科林斯的柯尔曼·帕罗姆处。这一句下面他接着写道：柯尔曼卖掉我的财产，付运费和丧葬费。剩下的一切你都可以保留。你真正的朋友 T.C. 坦纳。又及：待在你那儿，别让他们说服你搬到这儿来，这儿不是个好地方。写这张纸条花了他将近三十分钟，虽然笔迹起伏不定，只要有耐心还是可以辨认的。他不得不用一只手抓住另一只手，才能控制着写字。等他写完的时候，她已经买好杂货回到了公寓。

今天他准备好了。他要做的全部，就是把一只脚伸到另一只脚前面，一直来到门口，走下台阶。一旦走下楼梯，他就能离开这个社区。一旦离开社区，他就叫一辆出租车奔货车场去。某个流浪汉会帮他上货车。一旦上了货车，他就可以躺下来休息。晚上火车会开往南方，第二天或第三天早上，不管是死是活，他都将回到家乡。不管是死是活。重要的是回到那儿去，死活并不重要。

要是他足够明智，本该在到这儿的第二天就走；更明智的话，他就不该来。直到两天以前，他才彻底绝望。当时，他听到女儿和女婿早饭后互相道别。他们站在前门口，女婿要出门三天，女儿为他送行。他是开长途厢式货车的。她一定是把他的皮帽子递给了他。"你应该买顶礼帽，"她说，"真正的礼帽。"

"然后整天坐着，"女婿说，"就像他那样。吓！他啥都不干，整天就是戴着帽子坐在那儿。头上戴着那该死的黑礼帽，一天到晚坐着。就在家里！"

"得了，你连自己的礼帽都没有呢，"她说，"只有一个带护耳的皮帽子。有身份的人都戴礼帽。其他人才戴你这种皮帽子。"

"有身份的人！"他叫道，"有身份的人！笑死我了！真是笑死我了！"女婿有张满是横肉的脸，还有与之相配的扬基佬口音。

"我爸爸待在这儿，"他女儿说，"他活不了多久了。当年他可是个人物。他这辈子从来没给人干过活，除了给自己干，或者让人——其他人——给他干。"

"哟？给他干活的不就是黑鬼嘛，"女婿说，"仅此而已。我自己也让一两个黑鬼干过活呢。"

"给你干活的不过是北方黑鬼罢了，"她说着，声音突然压低了好多，坦纳只好探身向前去听，"雇个真正的黑鬼可是需要头脑的。你得知道怎么对付他们。"

"哟，这么说我没有脑子啦。"女婿说。

一阵极其偶然的对女儿的温柔情感突然涌上坦纳心头。她偶尔说的一些话会让你觉得，她还是有一点理智的，不过为了安全起见藏在了某个地方。

"你有脑子，"她说，"但你不是总用脑子。"

"他在大楼里看到个黑鬼就中风了，"女婿说，"她告诉我……"

"说话别那么大声，"她说，"那不是他中风的原因。"

一阵沉默。"你打算把他埋在哪儿?"女婿问道，换了一个话题。

"埋谁?"

"屋里的他呀。"

"就在这儿，纽约，"她说，"你以为会在哪儿? 我们在这儿有块地呀。没人陪我，我才不会再回那儿去呢。"

"啊。我只是想确认一下。"他说。

她回到房间里时，坦纳两手紧握着椅子扶手。他的双眼像是来自一具愤怒的尸体，紧紧盯着她。"你保证过把我埋在那儿的，"他说，"你说话不算话。你说话不算话。你说话不算话。"他的嗓音是那么干涩，几乎听不到。他开始颤抖，他的双手，他的头，他的脚，都在颤抖。"把我埋在这儿，在地狱里烧!"他喊叫着倒在椅子里。

女儿看着他，吓得一哆嗦。"你还没死呢!"她沉重地叹了口气，"你还有很长时间操心这个呢。"她转过身，开始捡散落在地板上的报纸。她的灰色头发垂到肩头，一张圆脸已经开始凋零。"我为你做了你活着时的每一件事，"她嘟囔着，"你就这么对我。"她把报纸夹在腋下说："别拿地狱来吓唬我。我才不相信这一套呢。硬核浸礼会教徒①这种胡言乱语多的是。"说完她走进了厨房。

他把嘴绷得紧紧的，上排假牙卡在舌头和上腭之间。泪水静静地顺着脸颊流淌，他偷偷地用肩膀把眼泪擦掉。

她的声音从厨房里响起。"简直跟养个孩子一样糟糕。他想来就来，现在到了这儿，又不喜欢这儿了。"

他根本没想来。

"假装他不想来，可我能看出来。我说，你要真不想来，我也不能强迫你。如果你不想过得像个体面人，我能有什么办法。"

"至于我，"她用更高的声音回答说，"等我死的时候，就不是能挑三拣四的时候了。他们可以把我放进最近的墓地。等我离开这世界时，我会体谅那些还活着的人。我不会只为自己考虑。"

---

① Hardshell Baptist，又译作原教浸礼会教徒，指信奉加尔文主义的保守派浸礼会教徒。

"当然不会，"另一种声音说，"你从来不会那么自私。你是那种为别人着想的人。"

"噢，我尽力吧，"她说，"我尽力。"

他把头放在椅背上靠了一会儿，礼帽歪下来盖住了他的眼睛。他养育了三个儿子，还有她。三个男孩都走了，两个死在战争中，一个去见了魔鬼，除了已婚无孩的她，没有一个人觉得对他负有责任。她像个大人物的太太一样住在纽约。等她回到家，发现他过的是那种生活，就要他跟她一起生活。当时，她把脸探进那个破棚子门口，面无表情地瞪眼看了一秒钟。然后，突然尖叫着跳了回来。

"地板上那是什么？"

"柯尔曼。"他说。

那个老黑人蜷缩着睡在坦纳床脚一张小床板上，浑身恶臭，皮包骨头，那样子似乎只是略具人形。柯尔曼年轻的时候，看上去像头熊；现在他老了，看上去像只猴子。而坦纳正相反，他年轻时看上去像只猴子，可变老以后，却像头熊。

女儿走回到前廊上。那儿有两个藤椅的底座斜靠在护墙板上，但她拒绝坐下。她走到离房子大约十英尺开外的地方，好像非得有那么大空间才能清除那气味似的。然后，她发表了自己的意见。

"就算你一点自尊都没有了，我还有。我知道自己的责任，把我养大就是为了尽责任的。我妈妈养我就是为这个，哪怕你不是。她来自普通人家，但不是那种喜欢和黑鬼混在一起的人。"

就在此时，那个老黑人醒过来溜出了房门，坦纳只看到一个佝偻的影子一闪而逝。

她羞辱了他。他大声喊叫，好让他们两个都听到。"你以为是谁做的饭？你以为是谁给我砍柴、倒脏水？他就好比是假释给我了。这个一无是处的家伙在我手里已经三十年了，他不是个坏黑鬼。"

她无动于衷。"不管怎样，这个棚子是谁的？"她问道，"你的还是他的？"

"是他和我一起盖的，"他说，"你回那儿去吧。不管你给我一百万，还是一包盐，我都不会跟你走。"

"看着就像他和你一起盖的。可它盖在谁的土地上？"

"住在佛罗里达的某个人吧。"他闪烁其词地说。他早就知道这是块待售的土地，但他觉得这块地太糟糕了，没人会买。就在那个下午，他发现情况有变。他发现得很及时，觉得自己应该和她一起走。如果他晚一天发现，他很可能还在那儿，占着医生的土地。

那天下午，当他看到那个海豚身形的棕色人影大步跨过这片土地时，他立刻明白发生了什么。用不着什么人告诉他。如果那个黑鬼除了他栖身的这一片坑坑洼洼的矮豌豆地，已经拥有整个世界，他就会那样子走路。他把杂草扫到一边，粗壮的脖子鼓胀起来，一个大肚子就是金表金链子的宝座。福利医生，他只有部分黑人血统，剩下一部分是印第安人和白人的血统。

对黑鬼们来说，他就是一切——药剂师、殡葬承办人、日常事务总顾问和房地产经纪人。有时候，他那邪恶的目光会从他们身上移开，有时候又盯了回去。做好准备吧，坦纳对自己说，他注视着福利逼近，来拿走他的某些东西，尽管他是个黑鬼。做好准备吧，因为你除了这身皮囊，没有什么可以阻挡他，而且现在这皮囊也并不比蛇蜕掉的皮更有用。政府要和你作对，你根本没有任何机会。

他坐在前廊那把斜靠棚屋的直背椅上。"晚上好，福利。"医生走过来在空地边缘暂时停下后，他边说边点了点头，好像他那会儿才看到医生似的，尽管事情明摆着，福利穿过那片荒地时，他就看到了。

"我过来看看我的地产，"医生说，"晚上好。"他说得很快，声调很高。

是你的地产还没多久呢，他对自己说。"我看见你过来了。"他说。

"我最近刚把这儿买下了。"医生说着不再看他，继续往前走到棚屋的一边。过了一会儿，他走回来停在他面前。接着，他大胆地走到棚屋门前，把脑袋伸了进去。柯尔曼那会儿也在里面睡着。他看了一会儿之后，把头扭到了一边。"我认识那个黑鬼，"他说，"柯尔曼·帕罗姆——他要睡多久，才能消化掉你们做的那些残酒啊？"

坦纳握住椅子底座上的藤结，握得紧紧的。"这个棚屋不在你的财产里，只是由于我的错误，在它上面而已。"他说。

医生立刻把雪茄从嘴里拿了出来。"这不是我的错误。"他笑着说。

坦纳只是坐在那儿，看着前方。

"犯这种错误不值得。"医生说。

"我还从没发现有什么事是值得的。"他嘟囔说。

"每件事都值得，"黑人说，"只要你知道怎么去做。"他仍然在那儿微笑，上下打量这个蹲在别人土地上不走的人。然后，他转过身走向棚屋另一边。四周一片寂静。他在找那台蒸馏器。

接下来本该是杀他的好时机。棚屋里有把枪，他本可以轻松地这么干。不过从童年时起，对地狱的恐惧就削弱了他的那种暴力倾向。他从来没杀过一个人，他总是用智慧和运气来对付他们。人人都知道他对付黑鬼有一套。对付他们是门艺术。对付黑鬼的秘密，就是让他明白，他的脑子根本没机会与你的头脑抗衡，然后他就会跳到你背上，知道自己在那儿一辈子都有好日子过。他就让柯尔曼待在自己背上，已经整整三十年了。

坦纳初次见到柯尔曼，是雇了六个黑人在锯木场干活的时候，锯木场在一片松树林中间，离哪儿都有十五英里的距离。这帮黑鬼和他用过的任何一帮黑鬼同样糟糕，都是那种到了星期一都不会露面的家伙。他们捕捉到了空气中的某种信号，他们以为会选出一位新的林肯，最终会废除劳动。他用一把非常锋利的小刀对付他们。他肾脏出了点毛病，导致手抖，他只好借着削木头不让他们看见那些多余的动作。他不想让他们看到他的手不由自主地颤抖起来，他自己也不想亲眼看到，不想纵容这毛病。那把刀一直在他颤抖的手里剧烈地摆动，一些粗糙的小玩意——那些东西他从来不再看，就算看了也说不出来那是些什么——就散落得到处都是。黑人们把它们捡起来，带回家。这些东西与他们最黑暗的非洲故土相隔似乎并不久远。那把刀一直在他手中闪耀。他不止一次暂停下来，用漫不经心的口气对某个歪着脑袋半躺半卧的黑人说："黑鬼，这把刀现在在我手里，但你要继续浪费我的时间、浪费我的钱，它立刻就会到你肠子里去。"不等这句话说完，那个黑人就会起来——虽然动作很慢，但还是会行动的。

一个松松垮垮、尺寸顶他两倍的大个黑人，开始在锯木场边上晃悠，看着别人干活。不看的时候，就当着所有人的面睡觉，四肢摊开仰躺在地上，像一头巨大的熊。"那人是谁?"他问，"要是他想干活，叫他到这儿来。要是不想，就叫他走。这儿可不是让游手好闲的家伙转悠的。"

黑鬼们没人知道他是谁。他们知道他不想干活。其余他们一概不知，不知道他从哪儿来，为啥来，尽管他很可能是某个人的兄弟，或者所有人的侄子。第一天坦纳没搭理他，他是一个面黄肌瘦、双手颤抖的白人，要对付他们六个呢。他宁肯等待麻烦到来，但也不会永远等待。第二天，那个陌生人又来了。给坦纳干活的六个黑鬼看到这个闲人在这儿晃了半个上午，他们就不干活儿了，到正午还有整整三十分钟，他们就开始吃饭。他没有冒险命令他们起来，他去找问题的源头了。

那个陌生人斜倚着空地边上一棵树，眼睛半睁半闭地注视着他们。他脸上的傲慢差点掩盖了那后面的警惕。他的表情在说，这不是个多厉害的白人，那他为什么来头这么大，他想干吗?

他本想说:"黑鬼,这把刀现在在我手里,但假如你不从我眼前消失……"可等他靠近时,却改变了主意。那黑人眼睛很小,布满血丝。坦纳猜测他身上什么地方也有刀,他有可能不用,也有可能随时拿出来。坦纳自己的刀在移动,完全靠灵机一动指挥着在移动。他不知道自己要雕刻什么,但当他到了那黑人身边时,已经在一片树皮上挖出了两个半美元大小的洞。

黑人的目光落在他手上,停住不动了。他的下巴松弛下来,眼睛一动不动地盯着那把刀,看它肆意地撕扯树皮。他就那么看着,仿佛看到了一种无形的力量在操纵那木头。

坦纳自己看了看,惊讶地发现,是一副眼镜的边框。

他把眼镜框举起来,透过一堆刨花的洞眼往树林里看,看向黑鬼们拴骡子的围栏边缘。

"你看不太清楚,对吧,小伙子?"他说着,开始用脚刮地,刨出了一根铁丝。他先是捡起一小截捆干草用的铁丝,过了一会儿又发现了一截更短的,也捡了起来。他把这两截铁丝拧到那块树皮上去,这会儿他已经不着急了,他知道自己在做什么。眼镜完工后,他递给了那个黑人。"把这戴上,"他说,"我讨厌看见别人眼神不好。"

有那么一秒钟，那黑人很可能要做点什么，可能会接过眼镜一把捏碎，或者抢过刀去插到他身上。就在一秒钟里，他在那双肿胀浑浊、酒气十足的眼睛里看到，黑人在权衡，到底是给这个白人的肠子插上一刀呢，还是干点别的，至于别的到底是什么，他也说不出来。

黑人伸手接过眼镜。他把弯曲的镜腿小心翼翼架在耳后，往前看。他带着夸张的严肃劲儿东张西望，然后直直地看着坦纳，咧嘴一笑，或者是做了个鬼脸吧，坦纳分不清。但刹那间，他觉得眼前看到的是自己的反面形象，滑稽可笑与被囚禁似乎是他们共同的命运。他还未及辨认，这景象就消失了。

"教士，"他说，"你为什么在这儿闲逛?"他拿起另一块树皮，看也不看，又雕刻起来。"今天不是星期天。"

"今天这儿不是星期天?"黑人说。

"今天是星期五，"他说，"你们教士就是这个样子——整个星期都喝得醉醺醺的，所以你不知道什么时候是星期天。你从眼镜里看到了什么?"

"看见一个人。"

"什么样的人?"

"做这个眼镜的人。"

"他是白人还是黑人?"

"他是白人！"好像就在这一刻，黑人的视力才充分改善到看清了黑白。"是的，他是白人！"他说。

"好吧，你就用对待白人那种态度来对待他吧，"坦纳说，"你叫什么名字？"

"叫柯尔曼。"黑人说。

从那以后，他就一直没有摆脱柯尔曼。你把他们当中一个弄得像个猴子，他就跳到你背上待一辈子。可是，要是哪个黑鬼把你弄得像个猴子，你能做的就只有杀了他，或者一走了之。他可不打算因为杀了一个黑鬼而下地狱。棚屋后面，他听到医生踢翻了一个桶。他继续坐着，等待。

过了一会儿，医生再次出现，在房子另一头敲敲打打，用手杖狠狠抽打四散的一丛丛石茅高粱。他停在院子中间，那天早晨就是在那儿，女儿下了最后通牒。

"你不属于这儿，"他开口了，"我可以起诉你。"

坦纳仍然坐在那儿，不言语，凝视着远处的田野。

"你的蒸馏器在哪儿？"医生问。

"就算这儿有蒸馏器，也不属于我。"他说完，就紧闭起嘴巴。

黑人轻轻地笑了。"你穷困潦倒啦，不是吗？"他嘟囔着，"你过去在河对面有过一小片地，后来又没了，是吗？"

他继续研究着前面的树林。

"如果你想为我操作那台蒸馏器，就是另一回事了，"医生说，"如果你不想，还不如打包走人的好。"

"我用不着为你工作，"他说，"政府还没有强迫白人兄弟为有色人种打工呢。"

医生用他的拇指肚擦亮了戒指上的宝石。"我比你更不喜欢政府，"他说，"那你打算去哪儿？你要进城去，在贝尔特摩旅馆弄个破房间？"

坦纳一言不发。

"那一天就要到了，"医生说，"白佬们**就要**给有色人种打工了，你还不如走在众人前面呢。"

"对我来说这一天还没来。"坦纳简短地说。

"对你来说已经来了，"医生说，"对其他人来说还没有。"

坦纳的目光从树木线最远处的蓝色边缘转向苍白空洞的午后天空。"我在北方有个女儿，"他说，"我用不着给你打工。"

医生从表袋里拿出手表，看一眼又放了回去。他盯着自己手背看了一会儿，似乎已经权衡过，而且暗自知道最终会把一切都颠倒过来。"她才不想要你这种老爹爹呢，"他说，"也许她会说她想，可那不太可能。就算你很有钱，"他说，"北方佬也不想要你。他们有自己的算盘。他们稀罕黑人，然后就把黑人扔到一边。我有自己的主意，"他说，"我才不会像他们那样。"他又看了坦纳一眼。"下星期我会回来，"他说，"如果你还在这儿，我就知道你打算给我干活了。"他又在那儿站了一会儿，踮着脚后跟摇晃，等待某个回答。最后，他转过身，穿过那条野草丛生的小路，开始往回走。

坦纳继续看着面前的土地，仿佛他的灵魂已经被抽空，吸入树林之中，椅子上除了躯壳空无一物。如果他早知道是这样的局面——要么整天坐在这儿，从这扇窗子往外看这个不是地方的地方，要么为一个黑鬼操作蒸馏器，他就会为那个黑鬼操作蒸馏器了。总有一天，他会成为一个黑鬼的白人黑奴。他听到身后有动静，女儿从厨房过来了。他心跳加速，可是过了一秒，他就听到她一屁股坐进了沙发。她还没准备好出发呢。他没有转身去看她。

她默默地坐了一会儿，然后开口了。"你的麻烦是，"她说，"你一直坐在窗前，那儿没有任何东西可看。你需要点刺激和发泄。如果你让我把椅子推过来看看电视，你就不会再想病态的事儿了，死亡啦，地狱啦，审判啦，我的大老爷。"

"审判就要来了，"他嘟囔着，"绵羊要和山羊分开。[1] 信

---

[1] 见《圣经·新约·马太福音》第二十五章第三十二到三十三节。

守诺言的人要和不守诺言的人分开。竭尽全力做到最好的人要和那些没做到的人分开。为父母争光的人要和诅咒父母的人分开。那些……"

她发出一声巨大的叹息，差一点淹没他的声音。"我白费口舌又有什么用呢？"她问道。她起身回到厨房，开始摔打东西。

她是那么高傲、那么强势！在家里，他一直住着棚屋，可至少屋子周围有空气，他可以把脚踩在地板上。可在这儿，她住的都算不上一栋房子。她住在一栋大楼的一个鸽子笼里，周围住着形形色色的外乡人，所有人的舌头都像打了结。对一个精神健全的人来说，这儿根本就不是个地方。来这儿的第一天早上，她曾带他四处转了转，十五分钟后，他就把这儿看得一清二楚。从那以后他再未离开过公寓。他根本不想再踏上那条地下铁路，也不想站在那种当你静静站着时还在你脚下晃动的台阶上，不想乘那种能通向三十四层楼的电梯。当他再次安全回到公寓后，他开始想象与柯尔曼一起浏览这地方的情景。每隔几秒钟，他就得扭过头，确定柯尔曼在不在自己身后。他会说，待在屋里，不然这些人会撞倒你，跟在我后面，不然你会掉队。把你的帽子戴好，你这该死的傻瓜。而柯尔曼会弯着腰跌跌撞撞地跟上，气喘吁吁地絮叨，我们来这儿干什么？你从哪儿来的这蠢主意，竟然跑到这儿来？

我来，是让你看看这儿不是个地方。现在你知道了吧，你在你那儿过得有多好。

我以前就知道，柯尔曼说，是你不知道。

他来这儿一星期后，收到了柯尔曼寄来的明信片，是让火车站的胡腾替他写的。卡片上用绿色墨水写道："我是柯尔曼——X——你咋样 老板。"这句下面是胡腾自己的话："别老在那些夜店鬼混了，回家来吧，你这坏蛋，你真诚的W.P.胡腾。"他给柯尔曼回了张卡片，由胡腾转交，上面写道："如果你喜欢，这个地方还是不错的。你真诚的 W.T. 坦纳。"因为只能让女儿去寄卡片，他没在上面写：只要他的养老金支票一到，他就回家去。他不想告诉她，只想留个纸条。等支票来了，他就自己叫辆出租车去公共汽车站，上路回家。这样她就会像他一样高兴。她早就发现跟他在一起令她压抑，她的责任叫她厌烦。如果他偷偷跑掉，她就会为自己已经尽力而高兴，最重要的是，忘恩负义的人是他。

至于他嘛，他会回去占着医生那片土地，听一个抽一毛钱雪茄的黑鬼发号施令。他不再像以前那样老纠结这事儿了。他已经被一个黑鬼演员搞得筋疲力尽了，或者说是个自称演员的黑鬼。他才不相信那黑鬼真是什么演员。

这栋楼每一层有两套公寓。他和女儿住了三周后，隔壁笼子里的人搬走了。他站在过道里看着他们搬出去，第二天又看着有人搬进来。过道狭窄黑暗，他站在角落里让路，时不时地给搬运人提出建议，如果他们能注意一下，这些建议会让他们轻松不少。家具崭新又便宜，因此他断定搬来的人可能是一对新婚夫妇，他要一直等到他们来，向他们致以美好祝愿。过了一会儿，一个身穿浅蓝色西装的大块头黑人，提着两个帆布行李箱冲上楼梯，箱子很重，他低着头。他身后走来一个棕色皮肤亮铜色头发的年轻女人。那黑人在隔壁公寓门前砰的一声放下了箱子。

"小心点，亲爱的，"那女人说，"我的化妆品在里面呢。"

他突然明白了这是怎么回事。

那黑人咧嘴一笑，在她臀部猛击一掌。

"少来，"她说，"有个老家伙看着呢。"

两人都转过身来看他。

"你们好。"他说着点了点头，然后迅速转身进了自己房门。

他女儿在厨房里。"你觉得租隔壁那公寓的是谁？"他问道，脸上直放光。

她狐疑地看着他。"谁啊？"她嘟囔道。

"一个黑鬼！"他用窃喜的口气说，"假如我没看错，是亚拉巴马南部的黑鬼。他带着个大叫大嚷趾高气扬的红头发女人，他们两个要住在你隔壁啦！"他拍着自己的膝盖。"是的，先生！"他说，"要不是就活见鬼！"自从来到这儿，这是他第一次有机会放声大笑。

她立刻板起了脸。"好了，现在听我说，"她说，"你离他们远点儿。别过去试着跟他们交朋友。这儿的人不一样，我可不想跟黑鬼惹任何麻烦，你听到了吗？如果你不得不住在他们旁边，你只要操心自己的事就好，他们也会操心他们的事。在这个世界上，人们就是这样相处的。只要管好自己的事，每个人都能和睦相处。自己活，也让别人活。"她开始像只兔子一样皱起鼻子，那是她一个傻乎乎的习惯。"在这里，每个人都只关心自己的事情，每个人都和睦相处。那就是你要做的。"

"在你出生之前，我就和黑鬼和睦相处了。"他说。他又回到过道里去等待。他情愿打赌，那个黑鬼喜欢和理解他的人聊一聊。等着的时候，他因为太激动忘记了，有两次都把烟草沫子吐在了踢脚板上。大约二十分钟后，那套公寓的门再次打开，那个黑人出来了。他戴上了领带和一副角质框眼镜，坦纳这才注意到，他留着一小撮几乎看不出来的山羊胡子。真漂亮。他走过来，似乎并未看到走廊里有别人。

"你好啊，朋友。"坦纳边说边点头，可那黑人没听到这话，跟他擦肩而过，飞快地噔噔下了楼梯。

可能是聋哑人吧，坦纳想。他回到屋里坐下来，但每次一听到走廊里有声音，他就站起来走到门口，探出头去看是不是那个黑人。有一回是下午三点左右，就在那黑人转过楼梯拐角时，他捕捉到了他的眼神，可是没等他说出一个字，那人就进了自己房间，砰地关上了门。他以前从来不知道，一个人的动作会那么快，除非，有警察在后面追。

第二天一早他正站在走廊里，那个女人独自出了门，脚蹬金色漆皮高跟鞋。他本想问她早上好，或者只是点个头，但本能告诉他，要小心。她看上去不像他之前见过的任何女人，无论黑白。他继续紧靠墙站着，比谁都害怕，还假装看不见她。

那女人冷淡地看他一眼，就转过头避开他走，仿佛是在绕开一个敞口的垃圾桶。他屏住呼吸，直到她走出了视线。然后，他又耐心地等待那个男人。

大约八点钟，那个黑人出现了。

这一回，坦纳径直走上前来。"早上好，教士。"他说。这是他的经验，如果哪个黑人显得闷闷不乐，这个称呼通常会让他的表情多云转晴。

那黑人立刻停住了。

"我看到你搬进来了，"坦纳说，"我自己上这儿来也没多久。如果你问我的话，我要说这儿真不是什么好地方。我猜你一定希望回到亚拉巴马南部去。"

那黑人没有迈步，也没回答。他的眼珠开始移动。目光从他的黑礼帽顶上往下移，移向他干净的直扣到脖子的蓝色无领衬衫上，移到褪色的吊裤带上，又向下移到灰裤子和高帮鞋上，然后再非常缓慢地往上，与此同时，似乎有种深不可测又完全冰冷的怒火，让他全身的肌肉都收缩僵硬起来。

"我想你可能知道，咱们能在这附近哪儿找个池塘，教士。"坦纳说，他的声音越来越小，但其中仍然怀着相当大的希望。

黑人说话之前，嘴里已经喷出一种沸腾的杂音。"我不是从亚拉巴马南部来的，"他屏住呼吸气喘吁吁地说，"我来自纽约城，我也不是教士！我是个演员。"

坦纳哈哈大笑。"大多数教士都有点儿演员味儿，不是吗？"他说着眨了眨眼，"我看你只是兼职传教吧。"

"我不传教！"那黑人喊叫着，从他身边冲过去，就像一大群不知从哪儿来的蜜蜂突然落到了他身上。他冲下楼梯，走了。

坦纳在原地站了一会儿，才回到房间里。那天剩下的时间，他都坐在椅子里跟自己争论，是否应该再试一次，和他交个朋友。每次听到楼梯上的动静，他都会走到门口往外看，但那个黑人直到下午很晚才回来。当他走到楼梯顶上时，坦纳正站在走廊里等着他。"晚上好，教士。"他说道。他忘记了黑人自称为演员。

那黑人停下脚步，攥住了栏杆扶手。一波震颤从他头顶一直传到胯部。然后，他开始慢慢地走过来。等足够靠近坦纳时，他一个猛扑过去，抓住了坦纳的双肩。"我不跟你废话，"他低声道，"滚远点儿，你这羊毛礼帽、红脖子、狗娘养的啄木鸟老混蛋！"他喘了一口气，接着发出极度恼怒，差一点就变成大笑的声音。那声音高昂、刺耳却又虚弱："我不是什么传教士！我连基督徒都不是。我才不信那些废话。根本没有耶稣，也没有上帝。"

老头子觉得，自己的心脏如橡树结节一般，既坚硬又粗糙。"你不是黑人，"他说，"我也不是白人！"

黑人一把将他撞在墙上，又猛地一拉黑礼帽，盖住了他的眼睛。然后，他拽着坦纳的衬衫前襟，把他向后推到开着的门前，让他重重地摔了进去。厨房里的女儿看到他跌跌撞撞地碰到走廊门的门框上，又踉踉跄跄地倒在起居室里。

有好几天，他的舌头好像冻结在嘴里了。在未解冻之前，它是正常尺寸的两倍，他没法让她明白自己的意思。他想知道，政府的支票是否寄来了，因为他想用它买张汽车票回家去。几天之后，他终于让她明白了。"来了，"她说，"刚好够付前两周医生的账单。请你告诉我，你不能说话，不能走路，思路不清，还有一只眼打着绷带，你打算怎么回家？就请你告诉我！"

后来他慢慢弄清了他当时的状况。起码他得让她明白，必须得把他送回家安葬。他们可以把他装进冷藏车运回去，这样他在旅途上就能保持新鲜。他可不想要什么送葬人上这儿来胡乱摆弄他。让他们立刻带他离开，他可以搭上早班火车，他们可以拍电报给胡腾，找到柯尔曼，剩下的事情柯尔曼都会做的。她甚至都不必亲自去。经过多次争论，他终于强迫她答应，会把他运回去。

这以后，他睡得很安稳，身体也好转了一些。在梦里，透过那个松木箱子①的裂缝，他能感觉到回到家乡那个早晨的寒冽空气。他能看到柯尔曼红着眼睛在火车站台上等待，胡腾也站在那儿，戴着他的绿眼罩和黑色羊驼毛袖套。胡腾会想，如果这个老傻瓜待在他的家乡，他就用不着躺在这箱子里在早晨

---

① 指棺材。

六点零三分回来了。柯尔曼已经掉转借来的骡子和马车，这样他们就能让箱子从站台上直接滑到马车敞口的那一头。一切都准备就绪，他们两个嘴巴紧闭，朝着四轮马车缓缓推动沉重的棺材。棺材里的他开始抓挠木板，他们立刻松了手，好像它着火了一般。

他们站在那儿看看彼此，又看看那盒子。

"是他，"柯尔曼说，"是他本人在里面。"

"不对，"胡腾说，"肯定是只老鼠钻进去和他在一起了。"

"是他。这是他玩的一个小把戏。"

"如果是老鼠，还是待在里面比较好。"

"是他。拿根撬棍来。"

胡腾跌跌撞撞地走开，拿了根撬棍回来，开始撬棺材盖子。他还没有撬开最上面，柯尔曼就上蹿下跳，激动得呼哧呼哧直喘粗气。坦纳双手猛地向上一推，从那箱子里跳了起来。"审判日！审判日！"他叫道，"你们两个傻瓜不知道今天是审判日吗？"

现在，他清楚地知道她的承诺价值几何。他还是相信别在外套口袋里的那张纸条为好，相信发现他死在街头或厢式货车或随便哪里的随便哪个人，都比相信她强。她会按她的方式行事，除此以外对她不能有任何指望。她又从厨房出来了，拿着她的帽子、外套和橡胶靴子。

"现在听我说，"她说，"我得去趟商场。别想着在我出去的时候起来到处走动。你已经去过卫生间了，不该再去。我不想回家以后，在地板上找到你。"

等你回来的时候，根本就找不到我了，他对自己说。这将是他最后一次看到她平板麻木的脸。他感到内疚。她对他很好，然而他对她却什么都不是，只是个祸害。

"我走之前，你想要杯牛奶吗？"她问。

"不。"他说。接着，他深吸一口气又说："你住的这地方很好。它是这国家很好的一部分。如果我给你惹了很多麻烦，我很抱歉。我想跟那个黑鬼套近乎，是我错了。"而且我还是个该死的骗子，他对自己说，借以消灭这段声明带来的不靠谱味道。

她瞪眼看着他好一会儿，好像他精神错乱了一般。随后她似乎想开了一点。"现在偶尔说点儿这种让人高兴的话，是不是让你感觉更好些？"她一边问，一边在沙发上坐了下来。

他渴望伸直膝盖。走吧，走吧，他无声地发着怒。赶快走吧。

"有你在这儿真好，"她说，"我不会让你去别处的。我自己的亲爸爸。"她给他一个大大的笑容，抬起右腿开始穿靴子。

"这种天气，连狗我都不希望它出门，"她说，"可我得出去。你可以坐在这儿，祝我不要滑倒，摔断我的脖子。"穿靴子的那只脚重重踏在地板上，她开始对付另外一只。

他将视线转向窗外。雪开始大起来了，在外面的窗格上结了冰。等他再看她时，她正站在那儿，像个塞进帽子和外套里的大洋娃娃。她戴上一副绿色的编织手套。"好了，"她说，"我走了。你确定不想要点什么吗？"

"不了，"他说，"走吧。"

"那就再见了。"她说。

他把帽子抬得很高，都露出了那苍白而斑斑点点的秃脑袋。走廊门在她身后关上了。他激动得颤抖起来。他伸手到身后把大衣拉到膝盖上。穿上大衣后，他一直等到不再气喘，才抓住椅子扶手把自己撑了起来。他的身体就像只沉重的大钟，铃锤左右摇晃，却发不出声音。刚起来时，他又摇晃着站了一会儿，才保持住平衡。恐惧感和失败感席卷了他。他根本做不到嘛。无论是死是活，他都绝对到不了那儿了。他向前伸出一只脚，竟没有倒下，信心又回来了。"耶和华是我的牧者，"他嘟囔着，"我必不致缺乏。"[①] 他开始向沙发移动，到那儿就可

----

① 见《圣经·旧约·诗篇》第二十三章第一节。

以撑住了。他到了，他已经上路了。

等他到门口时，她应该已经在四层楼梯下面，走出这栋楼了。他经过了沙发，手撑在墙上，支撑着自己慢慢挪动。谁也别想把他埋在这儿。他满怀信心，仿佛家乡的树林就在楼梯底下。他来到房间的前门，打开它向走廊窥探。自从那个演员撞倒他以来，这是他第一次打量走廊。那里空空荡荡，一股潮湿的味道。薄薄的、发霉的油毡一直延伸到另一套公寓门口。门关着。"黑鬼演员。"他说。

楼梯口离他站的地方有十到十二英尺，他一心要到那儿去，想着怎么不用一只手扶墙把这段长路蹭完。他把胳膊从身体两侧伸出去一点，直接向前走。半路上，他的腿突然消失了，或者说是他觉得似乎消失了。他低头一看，感到十分困惑，因为它们还在。他向前倒下去，双手紧抓住楼梯栏杆。他挂在那儿，凝视着下面那段陡峭无光的楼梯，觉得有生以来好像从没看什么东西看得这么久过。后来，他闭上了眼睛，向前一倒，头朝下栽倒在那段楼梯中间。

此刻，他感觉到箱子倾斜了，他们正把它抬下火车，抬上那辆马车。他还没来得及出声。火车刺耳鸣叫着，滑行而去。不一会儿，马车轮子在他身下隆隆作响，载着他运往车站一边。他听到嗒嗒的脚步声越来越近了，他猜那是一群人在围过来。等到他们看见这棺材再说吧，他想。

"就是他，"柯尔曼说，"这是他玩的一个小把戏。"

"是只该死的老鼠在里面。"胡腾说。

"是他。拿撬棍来。"

过了一会儿，一束绿幽幽的光落在他身上。他尽力迎上去，用微弱的声音喊道："审判日！审判日！你们两个傻瓜，不知道今天是审判日吗？"

"柯尔曼？"他嘟囔着。

朝他弯下腰的那个黑人有张乖戾的大嘴，眼神愠怒。

"不是柯尔曼，也不是送煤工人。①"他说。这肯定是弄错车站了，坦纳想。那些傻瓜把我放下得太早了。这个黑鬼是谁？这里甚至还没天亮呢。

黑人的旁边是另外一张脸，女人的脸——很苍白，顶上一堆铜光闪闪的头发，脸扭成一团，仿佛她刚踩上一坨屎。

"噢，"坦纳说，"是你呀。"

演员凑近了一些，抓住他的衬衫前襟。"审判日，"他用嘲讽的语气说，"不是审判日，老头子。接受现实吧。也许今天此地就是你的审判日。"

———————————

① 坦纳以为黑人是 Coleman（柯尔曼），但黑人告诉他，自己既不是 Coleman，也不是 coal man（送煤工人）。

坦纳试图抓住一根栏杆站起来，可是他的手只抓住了空气。那两张脸，一张黝黑一张苍白，似乎在眼前摇晃。他运用意志将两张脸聚焦在眼前，同时抬起手，用最快活的、轻如呼吸的声音说："帮我起来，传教士。我在回家的路上！"

女儿从杂货店回来时发现了他。他的礼帽被拉下来盖在脸上，他的头和胳膊伸到栏杆的辐条之间，双脚垂挂在楼梯井上方，像个戴足枷的人。她疯狂地用力拉他，然后飞奔去找警察。他们锯断栏杆把他弄了出来，说他已经死去大约一个钟头了。

她把他葬在纽约城里，可是这么做之后她晚上就不能入睡。一夜又一夜，她辗转反侧，脸上开始出现非常明显的皱纹，于是她把他挖出来，将尸体运回了科林斯。现在她晚上睡得很好，她的好脸色已经恢复大半。

树林里的一个下午

　　他的枪在树的那一边闪闪发光，他从牙缝里挤出声音半喊道："好了，梅森，你只能走到这儿了。"之后，因为没准备好什么后续，他蹲下去开始从白色外套的袖子里往外拽一截带刺的藤蔓。他这身行头，带枪不算，是为了那个他已经逃掉的孩子们的聚会。她在门口看见他拿着礼物走掉，注视着他拐过街角。他在那儿等着，躲在一辆卡车后面，看见她开车走了以后，才回头从后窗进去又出来，去拿枪套和枪。之后他就跑到树林里来消磨这个下午。他是个浅色头发的十岁胖男孩，厚厚的银丝边眼镜后面那双浅蓝色的眼睛，老是水汪汪的。

　　礼物用粉色纸包着，上面扎一个银色蝴蝶结。在树林里走得足够远了之后，他撕掉了包装纸和彩带。那东西是个心形的香水瓶，给小姑娘的那种，上面印着"爱心与鲜花"的字样——是他母亲和祖母选的。他抄起一块大石头砸碎了那瓶子，把它和包装纸彩带统统扔进一道沟里。这让他体会到极大的快意，于是他继续往前走，几乎是第一次注意到，正在变颜色的树叶是那么有光彩。他经常到林子里来，却不为看它们，只为逃避做别的事。在树林里漫步，他仍然沉浸在电视屏幕上不断闪过的画面里，而现在，当他看到头顶上大片鲜活的红色黄色光斑时，觉得受了干扰，用了五到十分钟，才又缩进《独行侠》的角色中。就在他停下来往外拽那根刺藤的时候，他又一次意识到了包围着自己的浓烈色彩。树木拔地而起，像跃起的烈火拱门在他头顶上枝叶相交。整个树林都有种很奇特的生命力，一种有人在窥伺着你的感觉。他突然感觉像是不小心闯入了陌生人的领地，就要遭到伏击。他感到皮肤刺痛，在离他不到五英尺的灌木丛里，他看到一只深红色的眼睛正静静地盯着自己，带着狂怒。

他蹲在那儿瑟瑟发抖，就像在等待一把斧头来砍自己的后脖颈。盯住他的那只眼睛轻轻地闭上了，他认出了青铜色大胸脯和下垂翅膀的一部分。他松了一口气。那是只野火鸡，它蹒跚地走了一步，又停下来，抬起一只脚，倾听着。

见它瘸着腿，他的恐惧消失了。他两手撑地爬过去了一点儿，它又走了一步，于是他开始双膝跪地一点点向它移动，不

316

再理会身上的白裤子。他两只胳膊伸得笔直，手指正准备抓住它时，它发出破锣般的响亮叫声，冲向另一边，掉下了树木稀疏的山坡。它蹲在坡底，竭力伸展翅膀而不得，只好重重地坐在地上喘粗气，而他迅速来到它面前，已经看到自己把它搭在肩上走进家门，他们都尖叫起来："看曼利跟那只野火鸡！曼利！你到底从哪儿弄来这么个火鸡！"他要说的就是，他打算去树林里抓上一只，就抓到了一只。就在他的手差点抓住它的时候，它又猛地站起来跌跌撞撞地逃跑了。"你飞不成啦，梅森，你已经没机会啦。"他大叫着狂追上去，穿过一片枯死的棉花田，又穿过围栏冲进另一片树林。它那肉瘤似的脑袋已经从蓝色变成了鲜艳的红色，从他的距离看，就像一个血淋淋的小拳头在灌木丛中疾驰。他看见它冲进了一个灌木丛，可等他到那儿以后，它又窜出来消失在了一道树篱下面。他穿过那道树篱，听到里面有东西在跑而且没有停，他把手指放进从肘部延伸到袖口的一道裂口里面。他继续跑。如果他带着这只火鸡回去，他们就会忘了他的衣服。每次小罗伊带着他弄死的什么东西回去，他们都会忘掉他刚做过的任何一件坏事。小罗伊杀死山猫的那一次，他们就忘了前一天他倒车撞上了运冰车。

火鸡像喝醉了一样，歪歪扭扭地沿着不到三十英尺远的一道水沟跑。跑到水沟尽头时，它又滑进树篱下面，脖子朝前倒在地上。有那么一两分钟，他和那鸟各自在灌木的两边休息，都气喘吁吁。透过树叶他能看到它的尾巴，小心翼翼地，他伸过手去紧紧抓住了它。火鸡没有动。他把脸凑近树叶去查看，一只眼睛，好像一颗被血淋淋的拳头紧紧攥着的黑钻石，凝视着他浅色的双眼。他倒吸一口气松开了尾巴，那火鸡猛一转身跑掉了。

一秒钟后他跳起来，怒气冲冲地爬过树篱，朝他以为它跑掉的方向跑去。他爬上两个陡峭的小山坡又爬下来，没有看到它，随后，就在他自以为看到了远处一抹红色的当口，他被一个树根绊倒，四脚朝天躺在了地上。他没有起来。眼镜飞出大约三英尺远，撞上了一块石头。

他懒洋洋地看着眼镜。他早该知道他根本抓不住它。有生以来，他比赛或打架一次没赢过，也没弄死过什么东西，没让他们为他骄傲过。如果他们为他骄傲，只是因为他属于他们。小罗伊就做了好多让他们感觉骄傲的事情，可就算他什么都没做，他们也会为他骄傲，就因为他是小罗伊。他们现在为他变坏了而骄傲。他们的祖母说："小罗伊变坏了！"看上去就好像她简直没法克制那份骄傲，就因为那是小罗伊干的坏事。他的父亲说："噢，他会幡然醒悟，继续让我们为他骄傲的！"可他看起来已经太骄傲了，不大再会为另外一点鸡毛蒜皮骄傲了。

接下去，等他们说完他们要为小罗伊多么骄傲之后，他的母亲会像一个疲惫的啦啦队长那样，用格外振奋的声音说："总有一天我们也会为老曼利骄傲的！"而他的父亲会说："我们肯定会的。"仿佛他能说服自己相信任何事情似的。他的祖母则会说："特别是在他学会进客厅之前在门垫上蹭干净脚以后！"他本来可以抓住那只火鸡搭在肩上走进去，他们全都会跳起来大喊："看看曼利！曼利！**你**从哪儿抓到野火鸡的？"

他坐起来，慢条斯理又恶狠狠地，一边用鞋后跟踢土，一边眯起水汪汪的眼睛窥探模糊不清的树林。眼镜要花二十五块，西装要花好多好多，他们要问他去了什么地方。如果他说自己被卡车撞了，他们一定要亲眼看到那辆卡车。他回想起自己每次犯了哪怕一丁点错误，都会被罚五十次以上。他很想知道，如果他没能耐抓住那只火鸡，为什么起初会看到它。就好像上帝对他开了个卑鄙的玩笑。想到这儿他又反省了自己，该怎么看上帝他总是小心谨慎。他坐了几分钟，厌恶地看着自己那从长裤里伸出套进短袜里的肥白脚踝，然后翻身朝下让脸颊贴住地面，但沙砾刺痛了他，他又坐了起来。真见鬼，他想。

"真见鬼。"他小心地说道。

接着他马上又用更大的声音试探着说"见鬼"，好像在跟什么人打电话似的。

然后他像小罗伊说这个字眼那样，自信满满地又说了一遍。有一次小罗伊说："上帝！"祖母踩着脚跟在他身后说："我不想再听见你这么说了！你不可妄称耶和华神的名你听到了没有！"可是等小罗伊不再那么说以后，她又非常骄傲地说："他正在经历那个阶段呢！"好像一切都好得不能再好了。

　　"上帝。"曼利说。

　　他探究地看着双腿贴着的那片菱形地面。"上帝。"他重复了一遍。

　　"该死的上帝。"他轻轻地说。他能感觉到自己的脸越来越热，心开始怦怦直跳。"该死的上帝见鬼去吧。"他几乎无声地说。他越过肩膀看过去，脑袋还是放得很低，只把眼睛缓缓地转动着。

　　"仁慈的父亲，仁慈的天主，把卡车倒进院子里吧。"他说着咯咯笑了起来。脸变得很红。"我们在天上的父啊，击中他们六个，打翻他们七个吧。"他随口凑出这么一句，无助地傻笑着。小家伙，那老太太要能听见他的话，会一巴掌把他脑袋打得缩进去。该死的上帝，她会哐哐揍他该死的脑袋。他在一阵让他浑身颤抖的大笑中翻了个身。该死的她会拧断他的脖子，她会拧断他该死的脖子，她会该死的他该死的，她会……他笑得肋疼，虽然竭力想忍住，可每次一想到该死的脖子，他

320

就又颤抖起来。他仰面躺在地上，笑得满脸通红，浑身没劲，过了一会儿，几乎和开始时一样突然，他止住了笑。

他重复那几个词，却不再能让自己笑出来。他想到了摔坏的眼镜和撕裂的西装，想到了所有徒劳的追逐。他一走进那道门，他们就会叫唤："你衣服怎么撕坏的？你的眼镜哪儿去了？这次又是谁揍了你一顿？"

他捡起破眼镜举了一会儿，让它离自己稍远一些，好像是在展示证据，然后把它装进口袋站了起来。他已经完全不再注意树林的色彩了。他正在用几块几分钱来衡量罪与罚：砸碎的礼物大概是两块，眼镜要二十二块，西装差不多十五块。任何人都可以从这些数字里看出它的不公平，你战胜它的唯一办法就是干点儿非常糟糕的事情，糟糕到就算你因此被杀掉都不及你所做的一切那么糟糕。他使劲儿想了一会儿那是什么样的事。他想不出来有什么针对别人的罪恶能够不麻烦到他自己。后来他想到了一件，这想法如此惊悚，让他停在原地张嘴站着，双手半开着举在身前，好像刚让什么东西掉在地上。

他想到的是亵渎神灵，一种对小孩和大人都开放的罪——尽管他以前从没想过这对他来说是多么方便。他的嘴角微微向上翘起，又撇下去。一次动一边，像个正在平衡他那张胖脸的天平。看上去他好像拿不准该笑还是该哭。

这种邪恶的感觉模糊而冷酷。这不像他那些秘密的罪愆和砸碎瓶子那种更公开的犯错带给他的感觉。那些事让他激动莫名，完全没了想法。这一回完全是种精神上的感觉。他把双手插进口袋，贴着自己的身体。

"该死的上帝。"他用一种急促的高音说，听起来就像一只年轻的鸟儿初唱新曲。

过了一会儿，他开始机械地朝前移动，意识到那些色彩像华盖一样在头顶升起。微风习习，所有的小灌木似乎都在朝他点头。傍晚时分的太阳沿着他的小路斜射下一道光，钻进了灌木丛。他还没走到一百英尺，突然青铜色一闪，阳光照亮了那只死去的火鸡的胸膛。那鸟翻滚到一块巨大的白色石英岩石上，蓝色的脑袋和脖子无力地躺在地上，可怕的眼睛紧闭着。他盯着看了足足一分钟没有动，然后蹑手蹑脚开始朝它爬过去。

他不打算碰它。他确信这是个陷阱。为什么它在此时此地等着他来抓？他在它旁边蹲下来。它身体一侧的羽毛浸满了鲜血，他抬起那翅膀，看见弹孔就在大腿上面。他又想起了自己肩扛火鸡走进门去的画面。他断定这只鸡有二十磅重。这不太像个陷阱。这是同一只火鸡，它死了，而且还是热的。

他开始努力判断，假如这不是个陷阱，上帝的动机又是什么。他想起了迷途的羔羊和浪荡的游子，随后一道闪光照亮了他幽暗的脑海：他已经变坏了！不知不觉中，他一直在变坏，这是一个警告。这是上帝在说，**他**想要他到**他**这一边来。这不是个陷阱，而是个贿赂，但他不允许贿赂这个词进入脑海。他想，这是个礼物，为了让我保持正直！

他意识到，上帝在等待他下定决心，是否接受这个礼物。上帝必定是确信他值得拯救。他发现自己突然脸颊火热，咧嘴在笑，他用手在自己的大嘴上蹭了蹭，把鼻子上的眼镜往高推了推。他发出一阵狂笑，又很快地自我反思一番。内心有一个非常清晰又丑陋的声音说："要是**他**不得不用一只糟糕的火鸡贿赂你这么个傻瓜，**他**一定没那么性感。"

他能看见那只火鸡，看得出来，它并不糟糕。

"如果你变坏了，你会从这里面得到更多。"那个声音接着说。

他抓住火鸡的脚把它提起来，断定它有三十或四十磅重。他弯下腰，把它挂在肩头。火鸡头在他屁股上面摇荡，他带着它动身穿过绚烂的树林，树林映照在七彩光芒和火鸡羽毛的青铜色泽之中。他停住了，突然意识到，之前发生的一切显然是在召唤他去做牧师。

"哎呀呀，"那个声音说，"现在你应该做个传道者，聪明小伙儿。"

他把肩上的火鸡轻轻挪动了一下。就像比利·杰罗米那样,他想,一天到晚飞去欧洲。

"不不不,就像镇上卫理公会教堂那个肥胖的老格利克。"那个声音说。

不,就像创建男孩镇①的那位神父一样,他说。我要为那些快变坏的男孩创建一个小镇。这个想法的恰当得体让他大受震撼,他开始想象被他改造的一长队男孩,正跟在他身后穿过树林。来吧,男孩儿们,他说,上帝已经给了咱们一只火鸡啦。

你给了我们一只好鸟,他对上帝说。

好船配好帆嘛,上帝说。很高兴让你站在我这边了,梅森。

他决定绕远路穿过镇子回家。刚走上这条路,他就听见那个声音说:"唉呀,你以后会变坏的。"但他马上用积极的想法代替了它。他试着思考能做些什么表示他对上帝的感激,他决定,假如看到一个盲人或一个乞丐,他就把口袋里的一毛钱

_____

① 男孩镇,位于美国内布拉斯加州奥马哈市区以西,是一个收留被遗弃、遭受虐待、未被好好照管或有残疾的儿童的社区。由爱德华·J. 弗拉纳根神父(1886—1948)于 1917 年创建。社区的法定名称是"弗拉纳根神父的男孩之家"。

放进他们的杯子里。街上的乞丐极其罕见，但仍是种可能性，他认为，如果上帝真想让他放弃这点小钱，就会让一个乞丐出现。

走进商业街的时候，他引起了众人的关注。两个男人吹着口哨朝他走过来，还招呼其他几个一直懒洋洋躺在角落里的人也过来。曼利停住了，听凭一群人围在他身边。一个穿猎装的男人走上来把那火鸡看了很久，轻轻地咒骂着。一位女士问他觉得它有多重，一个男人说，这一带林子里已经不剩多少野火鸡了。穿猎装的男人不停地嘀咕："该死的小鬼，该死的小鬼。"

"你肯定累坏了吧。"那位女士说。

"没有，"曼利说，"不过现在我得走了。我还有些事要处理。"他做出一副好像正在深思的表情，匆匆离开了那条街，那只鸟轻轻撞着他的背。

"让你侥幸得手，上帝肯定是个真正的笨蛋。"那个熟悉的声音说道，但他没去注意这句话。三个一直坐在马路牙子上的乡下男孩站起来想看看那只火鸡，并没表示出多大兴趣。他想象着自己身穿教袍，正带领这三个被改造好的男孩沿街走。要不是他及时抓住他们，他们就会变成骗子。他感觉很温暖，很亲切。他回头一瞥，看见那三个男孩确实跟着自己。他希望他们跟上来请求再仔细看看那只火鸡。他感到迫切需要为上帝做点什么。他没看见一个乞丐，而且已经走出了商业街区。在他走到住宅街区之前，有可能看到个把乞丐。如果看到了，他就送出那一毛钱——尽管得到这点钱很不容易。

乡下男孩仍然跟在他后面慢吞吞地走着。他认为自己应该停下来问问他们是不是想看看火鸡，但他们是佃户的孩子，有时候佃户的孩子只会瞪着你看。他考虑了一下要不要回到商业街去看看能不能碰上一个乞丐，接下来他又想要祈祷一个乞丐出现。

主啊，让乞丐出现吧，他突然祷告了。在我到家之前让一个乞丐出现吧。

"你在考验他，啊？"那个声音问道。

他已经来到住宅区了，这儿不太可能发现乞丐。除了几辆没有被收进去的三轮脚踏车，人行道上空空如也。几个乡下男孩仍然跟着他。他决定慢下来。这样可以给他们机会追上他，也可以给上帝更多时间好造出一个乞丐。他越来越害怕上帝已经失去了兴趣，因为在这些街区里就不大可能有乞丐。

他猜想一个都不会来。也许，上帝对他已经没有信心了。不。上帝有！主啊，请送给我一个乞丐吧，他乞求道。他眯起眼睛，绷紧了脸上每一块肌肉说，请快点让一个乞丐出现吧！

他们的牧师说过，敲门，门就会为你打开，请求，你就会得到回答！可是他不敢睁开自己的眼睛，因为他知道事情不会是这个样子。他知道，这儿不会有任何乞丐。他睁开眼睛，看到海蒂·吉尔曼转过街角，朝着他的方向走过来。

这是迄今为止整个下午最令他震惊的事。

她歪着身子快速地向他走过来。她是个老女人，人们说她的钱比镇上任何人都多，因为她乞讨了二十年。她偷偷溜进各家各户，要不到钱就不肯走，如果弄到的钱不及她预期的那么多，她就留下诅咒。曼利走得更快了。他把那一毛钱从口袋里拿出来，以便两人擦肩而过时能准备好。他的心在胸膛里上上下下地乱跳。她走过来了，一个长脸的高个子老女人，穿着黑大衣，黑帽子拉得很低。她的脸是那种死鸡皮的颜色。他们俩靠近以后，他伸出手去，手上是那个亮闪闪的硬币，她猛一伸胳膊，像剃刀一样从他手掌里刮掉了那一毛钱。然后她抛给他一个贪婪的奸笑，咧开嘴说：小屁孩只能拿出来区区一毛钱！他匆匆往前走去，只觉得奇迹已经为他而显现。

他的心慢慢平静下来，他开始觉得，好像不再需要脚下这片土地了。他觉得自己能在水上行走。也许，他想，他可以把所有的钱都给乞丐呢。他会献出生命去帮助像海蒂·吉尔曼这样的人。他注意到那几个乡下男孩就在自己身后拖着脚步走，几乎想也没想，他就转过身优雅地问道："你们都想看这只火鸡吗？"

他们停在原地瞪着他。脸色苍白，神情镇定，头发颜色极淡，眼睛细小透明。最高的那个微微扭过头啐了一口。曼利低头看着那唾沫。里面有真正的烟草末！

"你从哪儿弄的这火鸡？"吐唾沫那个问道。

"我在林子里发现的，"曼利说，"它被我追得跑死了。看，它翅膀下面中枪了。"他把火鸡从肩头卸下举着，好让它翅膀打开。"我认为它被打了两枪，"他激动地说，"我追了它大概二十五分……"

"让我看看。"吐唾沫那个说。

曼利把火鸡递给他。"你看见那儿的子弹孔了吗？"他问，"呃，我认为它是在同一个弹孔上中了两枪，我认为它……"

吐唾沫那人把火鸡甩到空中，扛在自己肩上转过了身，火鸡头飞到了曼利的脸上。另外两个人也转过身，跟他一起朝来的方向漫步走去，火鸡在吐唾沫那人背上僵硬地挺着，脑袋随着他的走动慢慢转着圈。

在曼利能动弹之前，他们已经到了下一个街区。他终于意识到他们已经太遥远了，自己连看都看不到他们了。他转过身，几乎是蹑手蹑脚地朝家走去。走过四个街区后，他突然注意到天黑了，就跑了起来。他跑得越来越快，当他跑上通向自己家房子的那条路时，心跳得像腿跑得一样快，他确信，有个可怕的东西正在他身后狂奔，胳膊伸得笔直，手指准备把他牢牢攥住。

有"毒"的奥康纳
——译后记

想要消遣快活的读者很难喜欢上奥康纳，因为她笔下的世界阴暗复杂、充满畸形人物。这个世界叫人不知所措，难下断语，甚至有点"邪恶"。喜欢喝鸡汤的读者更不会喜欢奥康纳，她才不会老老实实地安慰你，讲些励志又正能量的故事，让你第二天有力气继续在这个"操蛋"的世界上奋斗。然而，也正是这样的奥康纳，让一代代读者深陷其中，不能自拔。因为，奥康纳"有毒"。

有毒表现之一：喜欢描写暴力和死亡，甚至总让最无辜的那个人死掉，显得十分残酷。我们习惯于在小说中看到的慈悲和温暖，奥康纳似乎全都吝惜给予。

《上升的一切必将汇合》是奥康纳最后一部短篇小说集，十个短篇多以非正常死亡结尾，或以死亡和疾病为主要线索；

《帕克的后背》与《树林里的一个下午》，不讲死亡也没人生病，但男主角最后都几近精神崩溃，应该算是虽生犹死。如此密集的死亡和病态，也许与奥康纳本人的状况直接相关。彼时，纠缠她十三年的红斑狼疮已经恶化，作家正在走向生命终点。然而，即便没有身患恶疾，奥康纳仍然对死亡、暴力与病态别有兴味。二十一岁发表的处女作《天竺葵》里，的确没有死亡，世界也不是太阴沉；但是到几年后的《好人难寻》，所有专属于奥康纳的写作特点便已完全成熟，暴力与死亡充斥其间，全书共有十人死亡，平均一篇一个；去世一年后出版的这部《上升的一切必将汇合》，则是她创作的顶峰，名副其实的天鹅之歌。她的残酷在这里"变本加厉"，故事主人公几乎无一幸免，而且都有点冤枉。所有死者中最无辜的莫过于被父亲无视的诺顿、一心向善的托马斯母亲和辛苦持家的梅太太，三个人的结局让我们尤其难以接受。但同时我们也明白，三个人的死看似意外，实则必然，完全符合情节和人性的逻辑。甚至可以说，只有让诺顿死去，我们才能彻底看清父亲谢泼德全力"拯救"弃儿鲁夫斯的善举背后，其实隐藏着极其浓重的自负、傲慢和残忍；也只有让托马斯的母亲死去，我们才会明白泛滥无度的善行是多么脆弱，善恶之间的逆转是多么偶然。用奥康纳自己的话说："对于耳背的人，你得大声喊叫他才能听见；对于接近失明的人，你得把人物画得大而惊人他才能看清。"习惯了庸常日子的我们，正是耳聋眼花的人，需要强刺激才能警醒过来。那么，奥康纳用强刺激想要让我们看清什么呢？现实，赤裸裸的现实。没有温情脉脉掩映的现实。这种现实追求，正是她作品毒性的第二个表现：

她总是揭开"好人"的面纱，嘲弄中产阶级的价值观。除此之外，她还暴露所有人的毛病，塑造出一群病人、怪人、零余者。换言之，在她笔下，没有一个"好人"（理想人物），无论身体还是精神。

奥康纳最熟悉、刻画最多的，当属中产阶级普通人。《天启》中的特平太太，本是一位没毛病的"好人"，她勤勉虔诚，夫妻恩爱，有房有地，中产阶级引以为豪的品质和资产，她"都有一点儿"；同时她又爱憎分明，虽然并不把黑人当回事，但最瞧不上懒惰无能的穷白人——典型的新教徒伦理。因为自我感觉实在良好，她在诊室里畅谈生活感悟，号召大家感恩上帝，笑对人生。如此正能量的一个典型，却被她划定的自己人（丑女孩）一下子砸进了地狱，从前光滑饱满毫无瑕疵的生活瞬间崩塌。特平太太对着天空发出了约伯之问：凭什么要冤枉我？

其实，答案就在她的提问当中。特平太太坚信，世上的人分为三六九等，最底层的有色人种和穷白人，因为懒惰，必须下地狱。而她这一类人，自然应该上天堂，无论人世风云如何变幻，原有的阶层秩序不能乱。这种价值观与《上升的一切必将汇合》中的朱利安母亲如出一辙，两人都是表面上和蔼可亲，骨子里界限分明。细心的读者会注意到，这位太太一出场就"很占地方"，让诊室都显得小了很多。她的"完美"无时无刻不在彰显别人的不完美，她毫不自知的自以为是构成了基督教徒最深重的原罪：傲慢。出于傲慢，这位好教徒竟爆出了严重冒犯上帝的言辞："你以为你是谁?!"反讽的是，这也正是上帝和读者要反问她的。

奥康纳自己是虔诚的天主教徒，许多作品都散发出浓重的宗教色彩，但又完全不受宗教阐释的羁绊。优秀的小说家，会让一个故事呈现出各种不同的意义维度，《天启》正是这样（《帕克的后背》亦如此）。你可以说它是一个有关原罪与救赎的寓言，是天主教徒奥康纳对新教徒的嘲讽；但如果抛开宗教背景，读者照样可以从中找到诸多共鸣。丑女孩攻击特平太太，也完全可以与宗教、天启无关，只是因为受不了她那种自以为是、对别人指手画脚的态度。我们自己在生活中碰到这种人，恐怕也会很想动手吧。不过，奥康纳在作品中已经明示，评判者自己也并不具有道德优势，芸芸众生都没有评判他人的力量。有些人抱怨奥康纳"邪恶"，大概就是不太适应她在小说中所表现出的这种表面上的道德虚无色彩。公允地说，她本人非但不虚无，还坚定地信奉着天主教教义，相信上帝才是最高审判者。但上帝在她的作品中却隐藏得很深，甚至根本缺席。她在小说里细致入微地揭开一个人的内心隐秘，却从来不会代行上帝职权，旗帜鲜明地赞扬谁、肯定谁。中产阶级在她的毒眼烛照下体无完肤，并不意味着其他人就有光环。不，奥康纳一个都不放过。白人废物、黑人、底层人物当中，照样没有英雄。她成心要扯掉蒙在一切事物之上的面纱，揭穿真相。

所以，读者最爱抱怨奥康纳阴暗冷酷，说她描绘的世界过于绝望，看不到亮色。对于这个指控，作家的回答是："那些真正对未来缺乏希望的人不会去写小说。如果一个小说家不是为赚钱而苦苦支撑，一定是救赎的希望支持着他。"希望究竟在哪里？执着地去她作品中寻找，一定会失望，因为描绘希望不是她的写作内容，她是在用一个个故事唤起读者对救赎的渴望，或者，用不涉宗教的话语来说，唤起读者对未来的希望。奥康纳小说之所以具有"毒药"般的力量，源于它无情祛除了遮蔽现实的假象和幻象。在这个祛魅过程中，我们的某些固有观念发生了变化，我们对现实的理解变得开阔起来。这种效果，来自她高超的小说技艺。这，才是她一切"毒性"的源头。

毒性之源：小说技艺。如果只有观念而缺少高超的小说技艺，奥康纳距离优秀小说家的距离仍将十分遥远，可惜这个假设根本就不成立。她的小说是个整体，是由特定人物和事件组成的故事。故事讲得好，才让我们欲罢不能。怎么讲的呢？说实话，只有亲自阅读才能体会。如果一定要总结，她的技艺就是——用精心组织的、调动所有感官的、充满生活基础的细节，来表现活生生的人。那些暴力和死亡的设计，戏剧化的情节，画龙点睛的细节，不动声色的幽默，再加上一点点毒舌，都有强大的生活基础，都紧紧围绕个体存在而展开。在同时代美国作家当中，奥康纳是写得最具体、最饱满的一个，她从不在小说中夹带抽象的思想和哲学；但也绝不会流于琐碎和印象主义，反而会将具体而微的细节凝炼为内涵复杂的象征。比如帕克后背上基督的头像，比如闯进梅太太农场的杂种公牛，比如新湖岸边吞吃泥土的黄色拖拉机……生活在南方农场，天主教徒，文学硕士，终身未嫁，红斑狼疮，这些构成奥康纳个人生活的关键词，是她写作最直接的生活基础，得到她最极致的开发，她深入这个世界的一角，挖掘出令无数读者心生共鸣的巨大宝藏。

哈罗德·布罗姆说过，阅读经典并不能使人变好或者变坏，只会促进一个人内在自我的成长。如果我们把小说当作道德教科书，那么奥康纳的确是有毒的，如果我们愿意让自己的想象接受现实淘洗，愿意让自己对现实的理解被小说扩充，那么，奥康纳一定会让你大开眼界。

译　者

Flannery O'Connor
Everything That Rises Must Converge
根据 The library of America 1988 年版以及 Farrar, Straus and Giroux 2014 年版译出
Cover illustration for "Everything That Rises Must Converge" by Flannery O'Connor ©
Farrar, Straus and Giroux, 2014

图书在版编目（CIP）数据

上升的一切必将汇合 ／（美）弗兰纳里·奥康纳著 ；
温华译 . －－ 上海 ：上海译文出版社，2024. 11.
（奥康纳文集）（2025.5重印）.
ISBN 978-7-5327-9685-4

Ⅰ. I712.45

中国国家版本馆 CIP 数据核字第 2024CL8835 号

上升的一切必将汇合

［美］弗兰纳里·奥康纳 著 温 华 译
责任编辑 / 管舒宁 装帧设计 / 胡 枫

上海译文出版社有限公司出版、发行
网址：www.yiwen.com.cn
201101 上海市闵行区号景路 159 弄 B 座
浙江中恒世纪印务有限公司印刷

开本 850×1168 1/32 印张 10.75 插页 6 字数 144,000
2024 年 11 月第 1 版 2025 年 5 月第 2 次印刷
印数：4,001—6,000册

ISBN 978-7-5327-9685-4
定价：78.00 元